가까 가라니까!

가가 가라니까!

초판 1쇄 인쇄   2015년 3월 6일
초판 1쇄 발행   2015년 3월 12일

지은이   서 상 국
펴낸이   손 형 국
펴낸곳   (주)북랩
편집인   선일영   편집   이소현, 이탄석, 김아름
디자인   이현수, 김루리, 윤미리내   제작   박기성, 황동현, 구성우
마케팅   김회란, 박진관, 이희정
출판등록   2004. 12. 1(제2012-000051호)
주소   서울시 금천구 가산디지털 1로 168, 우림라이온스밸리 B동 B113, 114호
홈페이지   www.book.co.kr
전화번호   (02)2026-5777   팩스   (02)2026-5747

ISBN   979-11-5585-508-9 03810(종이책)   979-11-5585-509-6 05810(전자책)

이 도서의 국립중앙도서관 출판예정도서목록(CIP)은 서지정보유통지원시스템 홈페이지(http://seoji.nl.go.kr)와
국가자료공동목록시스템(http://www.nl.go.kr/kolisnet)에서 이용하실 수 있습니다.
(CIP제어번호 : CIP2015007196)

가가 가라니까!

'그 사람이 맞습니다'의 경상도식 표현

| 서상국 지음 |

북랩 book Lab

PROLOGUE

세월이 참 빠르다. 선인들의 말을 따로 빌리지 않더라도 어느새 나도 거울 앞에 서면 세월의 유수함을 느끼고 회한에 잠긴다. 지난날을 뒤돌아본다. 인생에 정답은 없다지만 내가 살아온 길은 어떠했나. 중학교 1년, 고등학교 30년의 교직 생활 중 나는 과연 좋은 선생이었나? 좋은 사람이었나? 좋은 인연이었나?

대부분의 사람들이 떠올리는 선생이란 이미지와는 다른 사람이고 싶었다. 선생 자질이 부족한 탓이라 그랬는지 옷은 내 편한 대로 입고 다녔고, 말과 행동은 '선생 맞어?' 할 정도로 그리 고상하지 못했다. 술 취하면 가끔 공중도덕쯤이야 발로 걷어차 버렸고, '이놈의 법!' 하면서 하늘 향해 삿대질도 예사로 해댔다. 자유롭고 싶었다.

그러고 보니 나는 첫 출근하던 날 학생들에게 약속했던 좋은 선생도, 바른 선생도, 참된 선생도 아니었다. 낼모레면 50줄에 들기 시작할 그때 그 시절의 첫 제자들, 17세~19세 여고생들에게 미안할 따름이다.

학생들이 나를 선생이라 어렵게 대하기보다는 말 건네기 좋은 동네 형이나 늙수그레한 오빠, 삼촌 정도로 여겨주면 그로 그만이었다. 무엇보다 아이들과 재밌게 지내려 했다. 적어도 나랑 인연이 있어 교실에서 만나게 된 아이들에게는 따뜻한 시선을 주도록 노력했고 그들의 가능성을 인정해주었다. 아이들이 흥미를 잃지 않도록 교실의 학습 분위기를 한 손에 잡아 즐거운 마음으로 흔들었다. 수업시간에 지식만 주입하는 건조한 인연으로 남기는 싫었다. 훗날 사회에 나와 반짝! 단 한 번이라도 유용하게 써먹을 수 있는 지혜가 될 수 있으면 좋겠다고 생각했기에 수업 진도는 젖혀두고 내 나름 역사 이야기를 꺼내기 좋아했다. 중요한 사건이나 인물, 시대를 오가면서 비슷한 상황의 역사는 없었는지, 앞으로 어떤 일이 일어날 수 있을지 그런 얘기를 주고받았다.

가는 학교마다 수업시간을 빼어 학생들에게 꽃씨를 심게 했고, 고3학생들에게 산꼭대기에 올라 인증샷을 찍어오라는 엉뚱한 숙제를 주기도 했다. 좋은 말로 안 되고 벌이 꼭 필요할 때에도 학생들의 자존심을 건드리지 않았던 것은 내 타고난 장난기를 좋은 방향으로 써먹었기 때문이다. 그렇게 지내면서 조금씩 마음을 열고 서로를 알아간 사이이기에 학생들과 헤어질 때 그만큼 힘들었다.

집에서도 나름 열심히 살아왔다. 전생에 내가 진 빚이 많아 만나게 된 아내, 아들, 딸이라 여기고 싶었다. 부모가 해준 말 한마디, 편지 한 구절이 냉엄한 현실에 던져진 아이들에게 희망의 끈이었다는 것을 늦게야 알았다. 건강하고 바르게 자라줘서 더없이 고마운 아이들의 소소한 일상을 생각날 때마다 한 줄씩 적어두었다.

2004년 처음 여기 올라왔을 때 가족들과 같이 살게 된 것은 좋았지만 동서남북도 모르는 상황에서 어디로 갈지 몰라 참으로 암담했다. 낯선 길에서 멍 하니 하늘을 쳐다보고 있으면 눈 감아도 구석구석 훤히 그려지는 남쪽 부산이 그리웠다. 부산의 파란 바다가 보고 싶었다.

다행인 것은 고등학교 졸업하고 30년 만에 옛 친구들을 만난 것이었다. 친구들과 산에 가면 고교시절로 돌아가 즐거웠다. 자전거를 타고 서울에서 부산까지, 나아가서 4대강 종주까지 마쳤다. 작년에는 내가 탄 자전거 1년 주행거리가 11,000Km를 넘었

CONTENTS

다. 어지간한 사람 자동차로 다닌 거리다. 그렇게 살았다. 그런 생활 기록이다.

 내가 사랑한 학생들, 나를 사랑해준 학생들, 내가 사랑했던 사람들, 길 잃고 떠돌던 강아지에, 길에 핀 들꽃까지… 인연되어 어깨동무해 살아가는 이야기를 부끄럽지만 책으로 엮어 세상에 내보낸다. 우리는 예로부터 3이란 숫자를 좋아했다. 삼 세 번, 삼판양승, 고스톱도 3점이 돼야 난다는데 그러니까 이것도 서상국의 세 번째… 얘기가 된다.

 마지막 출근하던 날, 현관 앞에서 사진 한 장 찍어주며 가슴 먹먹해 하던 아내 박해옥에게 이 책을 바친다.

2015. 2. 학교를 떠나며…

2장
아빠, 곱창 사켜야 돼요

3장
안지와 깻잎

4장

여기는 태백산이라니까…

1장

떠나며,
남南을 떠나며

떠나며,
남南을 떠나며

내 나이 마흔 아홉. 일곱 살 때 남해에서 이사를 와, 군 생활을 객지에서 한 것을 빼고는 꼬박 40년을 살아온 도시, 부산.

초등학교 4학년 때 사회 과목 주관식 시험 문제, ( )안에 숫자 써넣기.

· 부산 인구 (140)만. · 서울 인구 (600)만.

140만 부산 인구가 400만이 될 때까지 여기에 살면서 참 많은 사람을 만났다. 세월 보내면서 누구나 마찬가지로 나에게도 수많은 만남과 이별이 있었다. 사람이든 동물이든, 나도 모르게 찾아온 사랑에 가슴 떨린 적이 있었는가 하면, 예상치 못 했던 이별에 가슴 시퍼렇게 멍들기도 했다. 만남과 이별 속에 머리가 하얗게 세어가고 이제 오십 고개가 바로 저기 가까이 보인다.

부산에서… 많은 사람을 만났다. 그리고 이제 헤어진다. 만나고 헤어지는 게, 본인의 의지와 상관없이 인연이 닿고, 또 그 인연이 소멸해 그런 것이라 해도, 내가 기억하는 그 많은 사람들. 내가 그들을 기억하듯이 그들도 나를 기억할까?

화명고 아이들과 헤어지는 게 많이 힘들었다. 부담임을 맡았던 7반에서의 마지막 수업 시간, 교실을 들어서는데 아이들이 합창을 한다.

"일마들이… 이게 무슨 노래고?"

내 목소리는 아이들 합창에 묻혀 들리지 않고 노래는 계속 이어졌다. 가만 보니 노래를 하는 아이들 눈가에 눈물이 잡혀있다. 노래를 부르다가 훌쩍이는 아이들이 속출하면서 끊어질듯 하다가도, 노래는 계속 이어진다. 어느 순간 가사가 귀에 들어온다.

"당신은 사랑 받기 위해 태어난 사람…"

노래가 끝날 때까지 교탁 앞에 서서 아이들을 찬찬히 둘러보았다. 눈시울이 붉어졌다. 눈물 보이지 않으려니 많은 인내가 필요했다. 노래가 끝나고 잠시 침묵, 일어서는 반장 진주의 눈가와 코가 발갛다.

"차렷! 선생님께 경례!"

구령에 물기가 묻었더니, 아이들이 인사를 마치고, 어디서 홀쩍! 하는 소리에 모두 대놓고 울어버린다. 눈물이 뚝뚝 떨어지는 아이는 손으로 눈물을 훔치고, 많은 아이들은 책상에 엎드려 섧 게 울었다. 하도 슬피 울어 나까지 눈시울을 붉혀야했던 시간. 눈물을 감추려고 칠판을 향해 돌아섰지만 칠판 가득 쓰인 낙서 들이 또 나를 슬프게 했던 교실.

'선생님, 정말 사랑해요.'

'부디 건강하세요.'

'저희들 잊으시면 안 돼요.'

'선생님, 우릴 두고 떠나신다니 나빠! 잉~'

'호박꽃 같은 선생님, 선생님 가시면 우리 학교 꽃밭은 누가 돌 보나요. 꽃들은 어쩌라고…'

"일마들이… 나이 오십이 내일인데, 이 나이든 사람을 울리면 되나. 나쁜 놈들."

'나쁜 놈들'이란 말에 울음 멈추고 잠시 웃었다가 다시 우는 녀 석들. 분위기를 빨리 돌려야했다. 교탁 위에 큼직한 케이크, 케이 크에 초가 많이 꽂혀있었다.

"이게 몇 개고?"

"선생님, 큰 것 3개, 작은 것 7개. 우리가 37명이잖아요."

"그래. 37명 모두 모두 잘 되어 대학도 잘 가고, 하고픈 일 하 고, 나중에 좋은 사람 만나 시집도 잘 가고, 무엇보다 잘 살아야지. 고맙다. 일단 우리 먹자, 너희들 먹는 것 좋아하잖아?"

촛불을 끌 때는 모두 우는 걸 멈추고 박수. 케이크를 자르고 아이들에게 나눠주었다. 모두들 눈은 벌겋고 입가에는 하얀 크림 자국이다.

진주가 들고 나온 선물을 받아드니 뭐가 들었는지 묵직하다. 적당한 크기의 예쁜 앨범이었다. 앞표지에 2-7반 교실 팻말 사진이 들어있고, 넘겨보니 학교 전경 사진과 나랑 같이 근무했던 화명고 선생님들의 사진과 멘트, 그리고 자기들 사진. 그룹을 지어 교실에서, 칠판을 뒤로한 교탁 앞에서, 복도에서, 또 내가 만든 꽃밭에서까지 내가 화명고를 잊을 수 없도록 곳곳에서 행복한 표정의 꿈 많은 여고생 얼굴들이 작년 교정 뒤뜰에 만개한 코스모스들처럼 싱그럽다. 개인별 이름에, 별명까지 다 붙여둔 이 많은 사진, 그리고 맨 뒤에는 사연이 담긴 37장의 엽서가 있었다. 언제 이렇게 정성들여 앨범을 만들었는지 내가 받은 선물 중 최고의 선물이었다. 며칠 전 교무실에 와 내 사진을 찍겠다고 해서 처음엔 손사래를 쳤는데, 이 녀석들 알고 보니 그때부터 꿍꿍이가 있었구나.

"그래, 고맙다. 정말 고맙다. 선물도 고맙고 너희들 진심어린 눈물도 고맙다. 너희들 수능 칠 때까지 옆에서 도움이 되려고 했는데 끝까지 책임져주지 못하고 떠나게 되어 너무 미안하다. 하지만 좋은 선생님이 오실 것 같아 마음이 놓이고, 잘 배워서 좋은 성적 얻도록 해라."

떠난다는 말에 녀석들이 다시 훌쩍인다.

"마지막으로 아까 너희들이 불러주었던 노래, 참 고맙다. 그 가사 내가 다시 너희들에게 돌려줄게. 너희들도 정말 사랑받기 위해 태어난 사람이다. 내가 너희들을 사랑했듯이, 아니 그 이상으로 누군가에게 사랑을 받으며 살아가야 한다. 그러기 위해선 먼저 자기가 자기 자신을 사랑해야 한다는 걸 잊지 말고."

다시 우는 아이들이 속출하는 와중에, 우느라 얼굴이 아예 홍당무처럼 되었던 혜숙이가 용감하게 앞으로 나온다.

"선생님! 우리 두 사람, 사진 찍어요."

곁에 다가와 바짝 붙어 포즈를 취하니까 샘이 난 아이들이 몰려나와 둘러선다. 혜숙이가 급해졌다.

"야, 내하고 선생님하고 둘이서만 한 번 찍는다니까, 야들이 지금 뭐 하노?"

"나도 찍을래."

"나도, 나도."

나오는 녀석들 모두 눈이 벌겋다. 한 명도 빠지지 않고 모두 앞으로 나와, 같이 사진을 찍었다. 교실에선 계속 플래시가 터졌다.

종업식 날 아침, 국어과 효숙선생이 내 자리 옆에 쪼그리고 앉아, 발개진 얼굴로 나를 올려보며 선물을 내밀었다.

"부장 신생님, 이건 둥글레 찬데요. 이것 드시면서 제 생각해주셔야 해요."

선물에 펜으로 쓴 카드가 달려있었다.

<세상에서 제일 멋있는 부장 선생님! 선생님의 넉넉한 웃음과 인자하신 말씀 몇 마디, 제게 얼마나 힘이 되었는지 모릅니다. 가시더라도 저, 화명고의 예쁜 효숙이 잊으면 안 됩니다. 선생님 가시고 나면 빈자리가 너무 클 것 같습니다. 사랑해요.>

강당에서 종업식을 하면서 훌쩍이던 아이들이 반별로 뭉쳐 교무실까지 찾아와 눈물을 뿌리고 갔다. 하도 많이 찾아오니 나중에는 선생님들이 자리를 비켜주신다.

"일마들이 아직 눈물이 남았나? 이젠 울지 말고, 자. 마지막 악수!"

9반 여학생들이 제일 당돌했다. 내가 내민 손을 물리치며 울먹이는 목소리로 청한다.

"선생님, 악수 대신에 한 번만 안아 봐도 되나요?"

"허참, 머리 허연 내가 무슨 안을 게 있다고. 그래… 안아봐라."

아직 교무실에 남아있었던 젊은 처녀, 효숙선생이 마지막으로 자리를 비켜주면서 한 마디 한다.

"그래, 선생님 실컷 안아봐라. 얼마나 좋아했으면 저래 슬플까. 하긴 나도 눈물이 나네. 나도 안아봤으면, 큭큭."

유진이를 선두로 너나할 것 없이 차례로 다가와, 안아주는 것인지, 안기는 것인지, 어깨에 얼굴을 묻고 울고 있다

"임마, 운다고 옷 다 버리겠다. 홀아비로 살아간다고 세탁도 제대로 못하는데."

"선생님, 지금이라도 안 가시면 안 돼요? 가지 마세요."

8반 아이들이 몰려왔다. 반장 두리는 선생님이 되는 게 꿈인데 눈물범벅이다.

"선생님, 제가 사범대 가서 나중에 경기도로 발령 나갈 겁니다. 같이 있어요."

"그래, 송두리는 꿈을 이루어 행복 송두리째! 그리고 주연이는 인생의 주연! 조연 말고 주연! 알제?"

두리가 고개를 끄덕이며 손으로 얼굴을 감싼다. 뽀얀 얼굴이 참 귀여운 주연이는 방울방울 떨어지는 눈물, 눈물도 맑다. 미숙이와 현애, 선주… 그리고 10반 아이들도 많이 울고 섰다.

작년 담임했던 아이들이랑, 문과반 수업 받는 남학생, 작년에는 수업했지만 2학년이 되어서는 수업 안 들어가는 이과반 아이

들까지 합세한 남학생들이 찾아와 저 쪽에 늘어서 있다. 주욱 늘어선 녀석들, 교실에 앉아 있을 때는 몰랐는데 저렇게 서 있는 걸 보니 삭년보다 기기 많이 큰 것 같다

여학생들 우는 걸 보고 처음엔 싱글거리며 강한 남자인 척 하던 녀석들도 차츰 인상이 굳어진다. 그래도 남자는 남자다. 서운한 마음을 감추느라 머리를 일부러 좌우로 흔들어 보는 녀석도 있고 괜히 어깨를 으쓱거리는 녀석들, 모두 이별을 아쉬워하는 눈빛이다. 악수하는 손에 힘이 느껴진다.

"그래, 희석이, 민섭이, 할배, 중은이, 성인이, 재성이, 재환이, 만덕이, 성민이… 다 잘 할 거야. 몸 건강하고."

"예, 선생님, 나중에 찾아뵐게요."

"그래, 서울 오면 찾아와라. 소주 한 잔 사줄게."

공부하고는 좀 거리가 있는 학교에서 주먹이 센 은재와 종우, 마치 조폭처럼 탄탄한 어깨를 가진 이 녀석들도 얼굴을 붉히며 굳은 얼굴로 손을 잡는다. 수업시간에 그 까불던 대욱이와 굳센이, 자범이도 얼굴에 장난기가 사라졌다.

"선생님, 서울 가서 꼭 찾아뵙겠습니다."

"그래, 연락하거라."

"선생님!" 하면서 굳센이가 안겨온다. 돌아서서 무거운 걸음을 옮기는 아이들 어깨를 툭툭 쳐주었다.

저 아이들은 또 뭐야, 수업을 한 번도 들어가지 않았던 1학년 여학생들이 찾아왔다.

"일마들이? 너희들은 내 모르잖아."

"왜 몰라요, 선생님은 우리 학교 자랑인데. 우리 이제 2학년 되는데, 우리도 수업 해줘야 하잖아요. 우리 모두 문과반에 갔는데 우리도 가르쳐 주셔야죠."

평소 교무실을 들락거리다 겨우 얼굴을 익힌 몇이서 친구들을 달고 와서는 다짜고짜 눈물을 흘리며 억지를 부린다.

"하 참. 나는 너희들 이름도 제대로 모르는데…"

"씨, 그런 게 어딨어요. 우리는 선생님 이름 다 아는데. 서상국 선생님! 가지 마세요. 우리도 수업해 줘요."

아이들을 피해 담배나 한 대 피우려고 밖에 나갔더니 이건 혹 떼려다 혹 붙인 꼴이다. 집으로 돌아가던 1학년 아이들이랑, 아까 교무실에 못 왔던 아이들이 몰려와 둘러싼다. 다시 눈물바다가 되었다.

수진이 엽서는 깨알 같은 글씨로 이렇게 적혀 있었다.

『선생님, 저는 선생님을 처음 만나던 순간을 잊지 못합니다.
첫 시간, 그러니까 고등학교 1학년 첫 국사 수업시간. 선생님이 자기소개를 하시고 앞으로 어떻게 공부 할 거라 하시면서 마지막으로, 우리들더러 선생님한테 무슨 부탁할 것 없냐고 물었지요. 그 때 제가 저는 이름을 불러주세요. 그랬더니 선생님은 김춘수의 꽃이란 시를 읊어주시면서 내가 너의 이름을 불러주었을 때 너는 내게 다가와 꽃이 되었다. 수진이라고 했나? 그래 수진아, 너는 꽃. 나의 꽃, 꽃이구나. 꽃처럼 사랑 받으며 살아야지? 나는 그 때, 그 감정이 잊히질 않아요. 아마 평생 잊지 못할 거예요. 선생님을 생각하면 그 장면이 제일 먼저 떠올라요. 선생님, 멀리 가시더라도 우리가 선생님을 사랑했다는 것 잊지 말아요. 건강하셔야 해요.』

수업하다 보면 앞자리에 앉아 3초 정도 졸다가 머리를 크게 한 번 까딱! 하는 순간 잠을 깨는 학생 수진이. 성적이 최상위권이

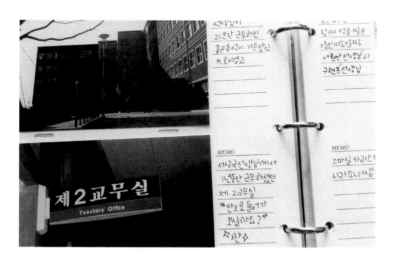

면서 무슨 일이든 똑 부러지게 하는 야무진 성품을 가졌으니 꽃처럼 사랑하고 또 사랑 받으며 살아갈 아이다.

소정이는 한 시간 내내 너무나 섧게 울어서 눈길을 끌었다. 평소 나를 좋아한다고 대놓고 떠들던 혜숙이나 초롱이보다 더 섧게 우는 소정이를 모두 다 좀 의아하게 생각했었는데 다음날, 교무실. 책상 위에 선물이 하나 놓여있었다. 편지지 2장에 연필 글씨, 몇 군데는 지우개로 고친 흔적이 있지만 아주 깔끔한 글씨로 자신의 심정을 절절하게 적어 내려갔다.

『선생님, 저는 어제 교실에서 펑펑 울었던 소정입니다. 저는 참 모난 성격, 그게 흠인 줄 알면서도 못 고쳤는데 우연히 호박꽃 책을 읽고 잠 못 이루며 많은 생각에 잠겼습니다…(중략)… 이제 정말 선생님 수업, 잘 들을 수 있고 공부도 열심히 할 수 있는데 선생님이 가신다니 너무 슬픕니다. 하지만 이제 선생님 혼자 외롭게 밥 챙겨먹지 않아도 되신다니 기쁜 마음으로 보내드리겠습니다. 추운 곳에 가시는 데 감기 들면 안 된다는 생각에 내복을 준비했습니다. 내복같이 따뜻했던 선생님, 건강하셔서 훗날, 제가 시집 갈 때 꼭 주례 서 주셔야합니다. 선생님, 정말 사랑했습니다.』

오래된 제자들과 헤어지는 자리. 멀리 언양에서 온 미선이는 학창시절 때와 같이 여전히 밝고 씩씩해서 좋다. 창원에 사는 귀

란이는 독감에 걸려 못 오게 되는 걸 너무 아쉬워하고, 금곡에서 직장에 다니는 순학이는 점심시간에 시내에서 만나면 나보고 오지 말라는 소리 아니냐며 화를 내더라는데, 모임을 주선한 창회는 언제나 그랬듯이 수줍은 얼굴이다. 아이 둘, 친정 엄마에게 맡겨두고 내가 멀리 떠나간다고 제일 좋은 음식점 찾아 예약하느라 고생을 했다.

"이렇게 비싼 집에서 먹으면 내가 부담스럽잖아."

"선생님, 덕분에 우리도 이런 곳에서 한 번 식사하는 거죠. 부담 갖지 마세요. 그리고 선생님, 이거 선물. 필립스 면도긴데 그리 비싼 것 아니지만 저희들 성의입니다."

"선생이라고 맨날 나는 이렇게 받기만 하는구나."

"무슨 말씀이세요. 선생님이 우리들에게 얼마나 많이 주셨는데요."

모임을 마치고 돌아가는 길, 방향이 같아 창회를 집까지 데려다 주었다. 차 안에서 묻는다.

"선생님, 저 고등학생 때 제 얼굴 생각나요?"

"그럼, 알지. 맨 앞에 앉아 얼굴 발갛게 물들이고 있었잖아. 교탁 위에 음료수 하나 얹어두고. 그러면 아이들이 창회! 창회! 하면서 놀려댔지."

"맨 앞에 앉아 선생님한테 혼난 적도 있었는데."

"어? 나는 기억 안 나는데. 착한 모범생이 왜 혼이 났을까?"

"필기를 하는데 선생님이 가까이 있으면 숨이 막혀 필기를 못하고 꼼지락거리고 있었지요. 근데 선생님은 제 공책을 보시며, 어? 창회, 왜 필기 안 하노? 그래서 제가 선생님 탓 하니까, 선생님이 그랬어요. 아이구, 골키퍼 있다고 골 못 넣으면 되나? 그러면서 머리에 알밤을 먹였어요."

"그랬나? 하긴. 지금도 앞에 앉은 아이들이 가끔 피해(?)를 보기도 해."

"선생님 재채기 소리가 하도 특이해서 아이들 모두 알잖아요. 옆 반에서 선생님 재채기 소리가 나면 아이들 모두 폭소를 터뜨리고 나는 공부하다 말고 가슴이 두근거렸지요. 복도에 선생님이 지나가면 아이들이 내 이름을 부르면서 어찌나 놀렸는지."

"그래, 그랬다. 생각난다."

창회를 내려주고 차를 돌려 나오는데, 길에 선 창회 얼굴은 거의 울음 일보 직전이었다. 고2, 고3. 2년간 배우면서 내 앞에 서면 언제나 얼굴이 붉어졌던 아이, 말없이 부끄러워하면서 고개를 숙이던 열여덟, 열아홉 살. 15년 넘은 세월을 건너 세라복의 고운 창회 얼굴이 차창에 오버랩 되면서 시야가 뿌옇게 흐려졌다.

흙을 담으려고 빨간색 조그만 종이 보석 상자를 들고 뭉치 무덤을 찾아가는 길. 아직은 좀 이를 것인데 아낙네 몇이 양지바른 언덕에 붙어 쑥을 캐고 있었다. 뭉치는 아무 말이 없었다. 무덤 주위를 둘러보니 온통 진달래가 많은 게, 봄이 오면 지천에 진달래꽃 천지가 될 것 같았다.

"뭉치야, 아저씨는 이제 간다. 아저씨 가더라도 너는 여기 경치 좋은 데서 잘 지내. 여기는 봄에 진달래가 필거야. 너도 잘 알잖아, 배산에서 진달래 꽃잎을 하나 따주니까 너는 먹는 것인 줄 알고 한 번 씹어보고는 바로 뱉어버린 걸. 그리고 저기 찔레나무에도 하얀 찔레꽃이 필거고, 이건 어름 넝쿨. 진달래꽃, 찔레꽃, 어름 열리는 것 보면서 잘 지내라. 저 아래에는 이제 곧 아파트가 들어설 거라 땅이 다 파헤쳐지겠지만 네가 묻힌 여기는 안전하니 걱정 말고 편히 잠들어. 그리고 뭉치 널 안 잊으려고 네 무덤가에 있는 흙 조금 가져간다. 서울 올라가서 내가 자주 다니는 곳에 뿌려두고 너를 생각하며 잊지 않으마. 잘 있어라."

마지막 날, 물금엔 봄비가 내렸다. 생각할 것이 많아 혼자 술에 취하고 싶었다. 물금에서 범어까지 걸어 찾아든 술집. 자리에 앉으니 마침 나오는 음악이 임희숙의 노래, '나 하나의 사람은 가고'. 따라 부르기엔 어려운 노래다. … 삶의 무게여… 가거라, 사람아, 나 하나의 사람아… 내가 신청한 노래도 아닌데 마음은 심란하지, 지붕에선 빗소리 토닥거리지, 취할 작정을 하고 빈 속에 맥주를 부어넣었다. 빈 병이 자꾸 자꾸 늘어선다. 혼자 마시는 것을 의아하게 생각한 주인이 몇 잔 대작을 해주었을 뿐, 계속 혼자 마셔나갔다.

잊지 못할 사람들이 눈에 어른거렸다. 한 사람 한 사람 마음속으로 불러내어 혼자서 건배를 했다. 더 마시면 완전히 인사불성될 것 같아 마지막 잔을 비우고 일어선 시각이 밤 11시.
밖엔 봄을 재촉하는 비가 아직까지 추적추적 내리고 있었다. 밤늦은 시각, 집으로 돌아가는 사람들은 우산을 받고 있었다. 환각일까, 이름이 참 예쁜 마을, 물금은 꿈속처럼 아련하게 떨어지지 않는 걸음을 어렵게 옮겨가며 나에게서 저만치 멀어져 가고 있었다. 어깨가 젖고 얼굴도 젖고, 빗물인지 눈물인지 앞이

흐린 채 갈 곳 몰라 헤매는 중년의 초라한 모습으로 밤거리에 한참을 서 있었다. 비는 하염없이 내리고 있었다. 노란 택시가 앞에 있다. 이제 정말 떠나야 한다.

(2004. 2)

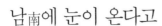

남南에 눈이 온다고

문자 메시지가 띠링 띠링 울렸습니다.

부산에 눈이 온다고 여긴 눈이 와 좋은데 선생님, 거기엔 눈이 안 오느냐고.

부산에 눈이 와서 좋은데 펑펑 쏟아지는 눈에 우린 너무 즐거운데 거긴 눈이 안 오냐고.

눈이 와 좋으면서도 눈이 많이 오면 선생님 힘드실 텐데 북쪽에 눈이 많이 오면 선생님 출퇴근길 어쩌나하고 걱정하는 아이들이 있었습니다.

전화를 넣었더니 눈을 맞아 들뜬 목소리.

그래, 담임이 누고?

선생님, 새로 오신 선생님이 담임이 되었어요.

그래, 누가 되었든 잘 해라, 잘 해라.

전화기 저편에서 건너오는 아이들 목소리는 눈처럼 희고 통통 튀는데, 나는 어쩌다 인연의 소멸과 생성에 마음을 다친 중늙은이가 되어 어물쩍 전화를 끊고 담뱃불을 붙였습니다.

구리시엔 마음이 구릿빛처럼 누렇게 변한 사람 하나, 두고 온 사람이 그리워, 그리워 어림잡아 멀리 남쪽으로 눈을 돌렸으나 하늘은 흐리고 바람은 찬데 길이 너무 멀어 보입니다.

아, 거기 눈이 온다고.

남南에 눈이 온다고.

(2004. 3)

꽃씨를 심고…

　지난 주 토요일, 꽃씨를 심었다. 남쪽에서 가져 온 씨앗. 접시꽃, 봉숭아, 금잔화, 코스모스, 분꽃 등 여러 씨앗을 구리여고 화단에 심었다. 혼자서 하기엔 너무 힘든 일이라 학생들 수업을 한시간 빼고 다들 밖으로 데리고 나왔다. 직접 꽃씨를 심어본 적이 없다는 아이들. 두 손에 조심스레 꽃씨를 받아들고 무척 신기해하며 서울 말씨로 상냥하게 묻는데, 나는 그 서울말이 신기하다. 날아갈 듯 간지러운 아이들의 서울말에 무뚝뚝한 부산 사투리가 섞여 끊이질 않는다.

　"선생님, 정말 여기서 꽃이 피어요?"

　"하… 이… 가스나들이… 와 내 말을 못 믿노?"

　"신기하잖아요."

　"머가 그리 신기하노? 다 핀다. 하나라도 아스팔트길에 흘리지 마라. 꽃씨 하나하나 말은 못해도 모두 살아있다. 생명이니까."

　"어머, 정말 그래요? 꽃씨가 살아있다고? 호호. 그런데 가스나가 뭐예요?"

"가스나들이니까 가스나지. 그라몬 너그가 머스마가?"

아이들은 손에 흙이 묻어 더러워졌어도 가을이 되면 코스모스 천지가 된다는 내 말에 아주 즐거워하면서 꽃씨를 심었다. 손으로는 꽃씨를 심고, 입으로는 연방 내 투박한 부산사투리를 흉내 내느라 쉴 새 없이 재잘대며 열아홉 여고생들이 병아리처럼 나를 졸졸 따라다녔다.

"머가 그리 신기하노? 깔깔."

"하… 이… 가스나들이… 와 내 말을 못 믿노? 까르르."

구리여고는 은행나무가 많은 학교인지라 이제 가을이 되면 하늘에는 온통 노란 은행잎, 땅에는 한들거리는 코스모스가 등하굣길 아이들의 피로를 씻어줄 것이다. 오늘 꽃씨를 심어본 애들이 훗날 여고시절을 돌이켜볼 때, 꿈 많고 고민 또한 많았던 십대의 마지막을 보낸 이 학교의 모든 풍경과 추억들이 한 폭의 수채화처럼 얼마나 아름다울까. 아마 오늘 듣고 따라해 보았던 투박한 경상도 사투리, 꽃씨 심으며 들떴던 마음, 정말 싹이 나와 여기서 꽃이 피어날까 두근거렸던 그런 마음까지 떠오른다면 오늘 이 작업은 한 시간 교실수업 빼먹은 것 벌충하고도 남지 않을까.

고3이라 마음이 바쁘다하면서도 아이들이 사진과 함께 메일을 보내왔다. 학교에서 무심코 눈을 돌리면 눈에 들어오는 광경들. 내가 봉숭아를 심었던 운동장의 은행나무 아래와 화단, 아직 꽃이 피지 않은 텅 빈 뒤뜰의 꽃밭을 보면 저절로 내 생각이 나면서 눈시울을 붉힌다는 아이들. 아침저녁으로 교문을 드나들 때 보게 되는 내가 지은 글귀의 현수막. 거기에 적힌 '대한민국 미래의 일꾼, 여기서 꿈을 키운다'는 글을 보면서 선생님 흔적이 안 보이는 곳이 없고, 심지어 주차장을 지날 때도 내가 간혹 차에 있는 물건 가져오라며 심부름시켰을 때, "우리 학교에서 제일 큰 차, 옆구리에 상처 난 마티즈 알제?" 그렇게 당당하던 선생님 목소리가 생각난다는 아이들. 아직 교무실에 계시는 것으로 착각해 교무실을 지날 때 힐끔거린다는 아이들. 공부 열심히 해서 서울로 와, 만나게 되기를 바란다는 아이들… 가을이 되어 남쪽에서 가져 온 꽃씨가 꽃을 피우면 그런 아이들 얼굴이 많이 떠오르겠다.

(2004. 3)

팬지,
나를 생각해 주세요

올해 내 업무가 환경부장이라, 팬지꽃 화분으로 학교를 꾸미고
는 직원회의 시간에 마이크를 잡았다.

"… 팬지꽃 화분 훼손되지 않게 학생들한테 주의 좀 시켜주시
고 … 팬지꽃은 우리 꽃으로 치면 제비꽃에 해당합니다. 그러니
까 서양제비꽃인 셈인데, 자세히 보면 꽃잎에 까만색 무늬가 들
어가 있는 것이 있고 나머지는 무늬 없이 단색입니다. 무늬가 있
는 좀 화려하게 보이는 꽃잎은 후처 딸, 우리식으로 하자면 팥쥐
에 해당하고, 무늬 없이 소박한 것은 콩쥐라고 생각하면 될 낍니
다. 그리고 마지막으로 이건 팁인데, 팬지꽃 꽃말이 '나를 생각해
주세요'라 하네요."

발음이 이상해 그러는지, 나도 몰래 사투리를 써서 그러는지
갑자기 모두들 깔깔깔 웃었다. 몇몇 여선생님들은 내 옆을 지나
갈 때 나를 보며 고개를 숙이면서 "나는 팬지꽃이랍니다."라고

의미 있는 농담을 했다. 왜 그렇게 웃었냐고 물어보니 좋아서 웃었단다. 일주일에 한 번 직원회의 있을 때마다 내가 마이크를 잡으면, '오늘은 무슨 말을 하려나?' 온 신경을 다 기울인다고 한다. 말이 너무 정감 있고 재밌다나? 그참, 남은… 땀이 나는 줄도 모르고…

(2005. 4)

학교 뒤뜰,
소국들이…

학교 뒤뜰, 올봄에 봉숭아 꽃씨 무더기로 뿌렸더니 봉숭아꽃 얼마나 많이 피어났는지, 여름 내내 화단을 온통 붉게 물들여 보는 내 가슴에 불 지르더니만 가을엔 말이지, 또 저리 많은 꽃들이 내 곁을 찾아왔던 거라.

녀석들은 하루에도 몇 번씩 뒤뜰로 나를 불러내곤 이렇게 말하는 것 같았지.

"아저씨 날 보러 왔나요?"

"나 좀 보고 가세요."

"나 예쁘지요?"

그렇게 서로 자기를 보아달라며 얼굴을 내밀곤 마치 한여름 밤 무논에 개구리 울 듯 그리 소란을 떨었는데도 그리 시끄럽진 않고 귀 간지러울 만큼 달콤한 밀어로 들려 입가에 살짝 웃음꽃 피었지.

형형색색 화장을 한 작은 국화, 소국들이 하도 예뻐 허리 숙이
고 국향을 맡을라치면 언제 왔는지 벌들이 날아와 주위를 돌며
잉잉 질투를 해대는 것 같아.

아서라!

보는 것만으로도 좋은데…

뒷걸음치며 웃음 흘리고 있었지.

(2005. 11)

노란 은행나무 길

교문을 들어서면 은행나무 양쪽으로 늘어선 길, 수덕로修德路 하루에도 몇 번씩 나는 저 길을 걸었다.

겨우내 삭막하던 나뭇가지에 새순이 돋고 그걸 바라보던 사람들 모두 마음이 연두색으로 물들어 갈 때, 누님은 먼 길을 떠났다.

연두색 새순이 신록으로 빛나고 다시 녹음으로 우거지면서 그렇게 봄이 가고 여름이 오는 동안 매일 저 길을 거닐 때마다 생각나던 누님.

저 나무들은 누님이 올려다 보며 참 좋다! 감탄하던 나무들이고 저 나무 그늘아래서 누님이 여름 한낮을 쉬었으며, 깊은 생각에 잠긴 누님이 그 가벼운 몸으로 따박따박 발에 힘주며 걸었던 길이라, 저 길 걸으며 혼자 누님 생각에 얼마나 마음이 아렸는지 모른다.

나무 아래에 파란색 플라스틱 화분을 놓고 봄엔 팬지, 가을엔 소국을 심었더랬다.

팬지나 소국, 따로 손이 가는 성가신 꽃은 아니지만 그래도 물은 제 때 주어야 했기에 화분이 마르지는 않았는지 늘 신경 쓰고 다녔다.

260개나 되는 화분에 아이들과 함께 아침마다 물을 주다 보면 아이들은 꼭 물장난을 치게 마련이었고 몇몇은 옷을 흠뻑 적시고도 좋아서 호호 깔깔 그리 웃었다.

열아홉 살 까르르 넘어가는 여고생들의 웃음이 있었기에 아린 마음 그나마 참고 견딜 수 있었지 않았을까.

각자 느낌은 다르겠지만 세월은 늘 같은 속도로 흘러가고 세월 가는 만큼 상처 또한 천천히 아물어 가나 보다.

은행나무 언제 저렇게 노란 물이 들었는지 수덕로 전체가 온통 노란 물이 들자 거길 거니는 내 마음도 노랗고 바람도 노란 바람이 불었다.

노란 바람에 날려 우수수 떨어지는 노란 은행잎을 맞으며 나는 마음먹었다.

봄이 오기 전 여길 떠나야겠다고.

(2005. 11)

말, 말,
부산 사투리

지난 2년간 구리까지 출퇴근하면서 거리가 너무 멀어 고생했었다. 집을 옮기지 않으면 학교를 옮기는 수밖에 없었다. 한 시간 걸리던 출근길이 10분 정도로, 거리는 40Km에서 5Km로 확 줄어들었으니 정말 살판난 셈이다. 하지만 세상 일이 다 그렇듯, 좋은 것만 있는 것은 아니고 직장을 옮겨 다시 새로운 환경에 적응하느라 피곤한 게 한둘이 아니었다. 오전 7시 출근, 밤 10시 퇴근하는 3학년 담임 업무에 몸을 맞춘다고 무척 힘들었다. 한 달만 잘 견디면 나아질 것이라 믿고 정신없이 3월을 보냈다. 오랜만에 보는 사람들은 죄다 내 얼굴이 많이 축났다고 혀를 찼다.

지난 겨울방학 40일 동안 20번 산행을 했다. 그러니까 이틀에 한 번은 산에 간다며 집을 나와 싸돌아다니며 자유롭게 살았던 내가, 3월 한 달 내내 밤 10시까지 학교 4층에만 갇혀서 야자감독을 해야 했으니 몸은 얼마나 스트레스를 받았을까.

첫날 아침부터 목이 혹사당하더니 어둠이 내릴 무렵 아니나 다를까, 목과 눈이 따갑기 시작했다. 전형적인 몸살감기 초기 중상이다. 숨쉬기조차 힘들었고, 나중에는 교무실 사방의 벽이 나를 죄어오는 듯 착각까지 들었다. 아, 이러다 정말 돌아버리는 것은 아닌지 걱정이 되었다.

담임이 가장 먼저 해야 할 일은 아이들 이름을 최대한 빨리 외우고 신상을 정확히 파악하는 일이다. 담임 맡은 지 이틀째 되는 날, 계속된 면담으로 목소리가 쇳소리를 내며 갈라지고 있었다. 처음 며칠간은 책상위에 컴퓨터도 없고, 전화기도 없고, 면담할 학생 앉힐만한 변변한 보조의자도 없었다. 아이는 서 있고 나는 옆으로 몸을 돌려 수첩에 적어가며 면담을 했다. 면담을 마친 아이가 교실로 돌아가고 복도에서 기다리던 다음 아이, 종원이가 들어와 옆에 섰다.

"매~뻔이고?"

나는 분명 그렇게 번호를 물었다.

녀석이 갑자기 몸을 곧추세운다. 바짝 긴장하는 모양이다. 대답이 없어 다시 물었다.

"매~뻔이고?"

재차 물어보는 내 말에 신경질이 좀 묻어있는 것을 느꼈는지 갑자기 녀석이 군인처럼 절도 있게 왼손을 휙 들고 손목시계를 확인하더니, 택도 없이 이렇게 대답한다.

"예, 7시 26분입니다."

잠시 어색한 침묵이 흐르고.

"하하하. 야 이… 짜슥아, 내가 언제 시간 물었더냐? 니 번호가 매뻔이냐 말이다."

웃고 말았지만, 속으로는 아… 이놈들이 또 말귀를 못 알아듣네. 학교가 바뀌고 학생이 바뀌었으니 당분간 또 전쟁을 치러야겠구나 하는 생각에 뒷골이 땅~ 했다. (이놈이 졸업하고도 몇 번 찾아와 "선생님, 지금 7시 26분입니다."라고 나를 놀리는 종위이다.)

수업 시간. 지금부터 꼭 110년 전, 고종이 러시아 공사관으로 피신을 간, 일명 아관파천시기에 조선을 두고 일본이나 러시아, 서양의 여러 나라들이 세력다툼을 벌인다. 아이들은 못난 조상들의 역사에 흥미를 잃기 쉽다. 하지만 아픈 과거도 잘 알아둬야 하는 것, 아이들 흥미를 돋우기 위해서는 설명에 신경을 많이 써야 한다.

열강들의 이권침탈이 본격화 되는 시기를 강조하고, 또 각 나라들은 최혜국대우 조항을 들먹이며 금광, 은광, 산림채벌권까지 요구하던 그 정황을 실감나게 설명해야 기억에 오래 남는 법이다. 그러면서 나도 몰래 사투리가 진하게 섞인 모양이다.

"미국이랑 영국이… 어이, 조선! 러시아는 압록강이고 두만강, 또 울릉도에 있는 나무를 엄청 베어갔다메? 우리한테는 뭐 없어? 우리한테도 쫌 내나라! 그랜 기라."

교실 전체가 잠잠한 게 전혀 반응이 없다. 이 자식들이 말을 잘 못 알아들었구나싶어 다시 말을 보탰다.

"임마들아, 전에 설명한 최혜국대우란 말을 떠올려 보라니까! 미국이랑 영국이 우리보고 금광이나 은광 쫌 내나라! 내나바라! 핸 기라."

아이들 표정이 아까보다 더 굳어진다. 어, 이놈들이 진짜 못 알아듣네? 하는 수없이 목소리를 바꿔서…

"하, 이 문디들아. 못 알아듣겠다고? 음… 그러니까 미국, 영국 그놈들이 우리보고 금광 쫌 도! 도바!… 아, 이것도 못 알아들어? 가만… 그래… 내가 서울말을 쓰는 수밖에. 야, 이 자슥들아, 너그들은 내가 꼭 안 되는 표준말로, 금광 좀 주세요~ 그래야 알아듣겠니?"

나도 좀 아는 게, 서울 사람들은 뭘 물어볼 때 말끝을 올리더라. 알아듣겠니의 '니'를 소프라노처럼 올리면서 길게 여운을 깔면 아이들은 갈갈갈 넘어간다. 웃는 것을 멈추고 정신을 차리고서는 그제서야 "내나라! 내나바라! 도! 도바!" 이런 요상한 말이

"주세요"와 비슷한(?) 말인 줄 눈치 챈 아이들까지 가세해서 본격적으로 갈갈갈 웃음이 터진다.

웃음이 좀 잦아들지 서울내기 깍쟁이 아니랄까, 요놈들이 하나하나 따지기 시작한다. 처음 내 발음 '내나라!'를 듣는 순간 '내봐라'가 아니라 내나라, 즉, 우리나라 대한민국으로 알았단다. 그러니 다음이 연결될 리가 없고, '내나바라'란 말이 나오자 이젠 우리나라 대한민국도 아니고 완전 일본말인 줄 알고 모든 게 뒤죽박죽된 셈인데, 결론은 내 발음에 문제가 있지 자기들은 죄가 없다는 것이다. 요것들이 건수 하나 물어 수업 파투 놓고 어떻게 좀 놀아볼 작정으로 단체로 덤벼든다. 군중심리에 휩싸여 간땡이가 부어 배 밖에 나오는지 목소리가 커진다. 교실 천정까지 들썩거릴 판이다. 아, 수업도 힘 든다.

공부시간에 자신도 모르게 자꾸 볼펜을 똑딱거리는 녀석들이 있게 마련이다. 첫날 첫 시간에 다 같이 이렇게 외웠다. "볼펜 똑딱! 선생님 꺼! 다리 달달! 선생님 꺼!"

무슨 말인고 하면 수업 중에 볼펜을 똑딱거리거나 다리를 달달 떨어 수업을 방해하는 녀석들에게는 다리랑 볼펜을 압수한다는 말이다. 서로 그렇게 약속했으니 볼펜을 심하게 똑딱거리는 녀석들은 뺏겨도 말을 못 한다, 법적으로 수업 방해죄에 해당한다.

얼마 전 우리 반에서 수업 중, 맨 앞에 앉은 녀석. 내가 반달곰
이라고 별명 붙여준 오윤이가 볼펜을 똑딱거리며 자꾸 신경을
건드렸다. 설명하다가, 오윤이를 보고

"어이, 반달곰! 니… 볼펜 많나?"

내 딴엔 또 똑딱이면 압수하겠다고 경고성 발언을 한 것이다.
그런데 이 녀석은 계속 볼펜을 똑딱거리면서 눈을 동그랗게 뜨
고 천연덕스레 "예!" 하고 아무렇지도 않다는 듯 대답하는 게 아
닌가. 아, 이 땐 어떻게 해야 되나? 순간적으로 머리가 어지럽다.

"볼펜이 그리 많타꼬? 그 참, 내도 니 볼펜 뺏을라카이 마음이
아프다만 할 수 없지. 이리 가 온나."

가져오라는 손짓을 하며 볼펜을 뺏겠다니까, 아, 이 놈이 그제
야 사태를 알아차리고는 손짓, 발짓 다 해가며, 또 눈은 얼마나
크게 뜨고 덤비는지 참으로 가관이었다.

"선생님, 저는 선생님이 이게 볼펜 맞냐고 물은 줄 알았는데요.
그래서 볼펜 맞다고 '예' 한 죄밖에 없는데요."

폭소가 터지는 교실에 몇 놈은 책상을 두드리며 아예 숨이 넘
어가는 시늉을 한다. 아… 요놈들이 단체로 담임 말을 못 알아
듣는단 말인가? 하, 참. 경기도 와서 신학기마다 겪는 전쟁이다.

고3 아이들, 그들은 그들 나름대로 걱정도 많고 스트레스도 엄

청 많이 받을 때다. 그래서 뭔 일은 없었는지, 아침저녁으로 조종례를 하면서 아이들과 시선을 맞추고 한 명도 빠짐없이 얼굴을 유심히 훑어본다. 어느 날 아침, 장래 희망이 영화감독인 섭이 목에 어제까지는 못 보던 반찬고가 붙어있었다.

"어이, 섭아! 니 목에 그기 머꼬?"

"예? 이거… 목을 좀 다쳤습니다."

"뭐하다가 목을 다치노? 누가 니 목을 쫄랐는 가배? 말해봐라. 언놈이 그랬노?"

"아니 그게 아니고… 좀…"

"얌마, 차근차근 말해바라. 담임은 너그들한테 일어나는 거, 다 알아야한단 말이다."

들어본즉… 아침에 학교 가려고 거울 앞에 서보니 하복 윗도리 칼라가 제대로 다려지지 않았더란다. 다리미에 전기 코드를 꽂고 열을 올리는 것까지는 좋았다. 급한 마음에 옷을 입은 상태에서 열 오른 다리미를 들고 거울 앞에 가서 자기가 직접 옷을 다린다는 게 그만 목을 다렸던 모양이다.

"에라이… 이노무 새끼. 뭐? 목을 다려?"

아이들은 킥킥 웃느라 정신이 없고, 머쓱해진 녀석은 죄 없는 목을 슬슬 어루만지고 있다.

"얌마, 만지지 마라. 덧난다."

며칠 후, 수업 시간에 이것저것 아이들에게 질문을 하다가 섭이가 눈에 들어오기에

　"어이, 섭아! 목은 쫌 괜안나? 안 곪겄더나?"

　"예." 하고 일단 본능적으로 짧게 대답해놓고서 녀석이 우물쭈물하는 게 좀 이상하다. 척 보니 말을 잘 못 알아들었나싶었다.

　"임마! 곪겄나 안 곪겄나? 간단하게 대답하면 될 낀데, 와 싸나이가 돼갖고 대답이 쫌 시원찮노?"

　섭이 녀석, 대답을 못하고 두리번거리는 게 형광등이 따로 없다. 눈치 빠른 소영이가 재빨리 사태를 파악하곤 뒤를 돌아보며 선생님이 네 목의 상처가 곪지 않았는지 물어보신다며 소곤댄다. 이놈이 그제야 얼굴을 활짝 펴면서

　"아, 예. 괜찮습니다. 저는 뭐 선생님이 무슨 공기... 공기밥을 먹었나, 안 먹었나? 그리 물으시는 줄 알고… 황당해서…"

　"하, 짜슥. 내가 밥 묵고 안 묵고를 언제 그리 묻더노. 맨날, 어이! 밥 많이 묵나? 그리 안 하더나? 인자 얼굴이 좀 패지네. 아까 같으몬 내가 다리미로 니 얼굴 좀 다리줄라 캤다. 얼굴 패이 저리 미남인데."

　미남이란 소리에 섭이 녀석은 얼굴이 붉어지고, 아이들은 우~ 하고 야유를 보낸다.

　"일마들이 누가 미남이라 카몬 다들 와 이리 난리고? 말이야

바른 말이지, 우리 반 아~들~이 다 잘 생깃다 아이가. 여학생들
다 이뿌겠다. 남학생 중에 미남 아닌 아~ 어데 있더노?"

한 방에 끝내버린다. 부산 갈매기 선생은.

(2006. 6)

마지막 담임

올해는 담임을 맡지 않았다.

이젠 이 학교나, 또 다른 어느 학교에 가든지 내가 담임을 안 맡겠다 해도 아무도 뭐라 하지 않을 것이다.

담임을 하고, 안 하고는 내 마음먹기에 달렸다.

그러니까 작년 우리 반 아이들, 그 아이들이 어쩌면 내가 담임을 맡은 마지막 아이들일 지 모른다.

39명의 아이들, 1번 정미에서 39번 영목이까지 몇몇은 몽둥이로 극약처방을 했지만 대개는 참으로 착하고 예쁜 아이들이었다.

교탁에서 아주 가까운 자리에 앉기를 원했던 아이들 야간자율학습에 하루도 안 빠지고 앉았던 아이들은 다들 자기가 가고 싶은 대학엘 갔다.

서울에 있는 학교로 고대 사회계열, 고대 영문과, 서강대 사회계열, 이화여대 사회계열 장학생, 숙명여대 언론정보 장학생, 외국어대 영문과와 불문과, 성신여대 국문과, 동국대 동양화과를 갔고, 캠퍼스로 건국대, 동국대, 홍익대, 중앙대 등을 갔다. 나머지는 모두 수도권에 있는 대학교와 2년제 대학의 취업에 강한 과를 찾아갔다. 아쉽게도 재수를 하게 된 몇몇은 한 해 늦어도 꼭 좋은 소식 전해줄 것이라 믿는다.

졸업식 며칠 후, 후배들에게 교복과 체육복을 물려준다며 자기가 입던 옷을 깨끗이 세탁해온 우리 반 깜찍이 혜조가 자기들끼리 '싸이'에 올려 돌려보던 사진 몇 장을 내 컴에 저장해 주고 갔었다.

3월, 하도 바빠 그걸 잊고 있었는데 오늘 좀 한가해 컴퓨터를 정리하다 보니 어느 폴더에 우리 반 아이들과 찍은 사진이 들어 있었다. 이쁜이들과 새침데기들도 보고 싶지만 말馬만큼 커다란 녀석들. 평소에 공부하란 말 잘 안 듣고 밖을 쏘다니기 좋아하던 이 녀석들이 졸업장 받을 땐 나를 안고, 선생님 사랑해요! 그러면서 징그럽게 볼에다 뽀뽀하려고 덤벼들었던 그놈들의 우렁찬 목소리가 듣고 싶고, 내 부산 사투리 억양을 흉내 내면서도 잘 웃고 많이 따르던 그놈들이 얼마 되지 않았는데 참 보고 싶다. 이 아이들 모두 다 잘 지내고 있겠지?

수능을 한 달 정도 앞둔 어느 날 밤, 야자시간. 4층 우리 반 교실에 내가 자전거를 타고 나타났던 모양이다. 언제 찍혔는지 아이들 폰-카에 찍혀 자기들끼리 인터넷에 돌려보면서

"야자에 우리 담임, 자전거 타고 4층 교실에 등장. 세상에… 깜짝 놀랐다. 큭큭"

"담임, 자전거 타고 휘~익. 귀엽제? 킥킥"

이런 댓글이 많이 달려 있더라나.

(2007. 3)

가~가 가~다, 가가 가라니까!

2008년 1월, 친구들과 인천 무의도, 호룡곡산으로 등산을 다녀왔다. 산에 눈이 많이 쌓여있었는데 가다가 본 이상한 광경. 많은 사람들에게 둘러싸인 반소매 차림에 맨발의 아저씨. 등산화만 벗은 게 아니라 양말까지 벗고 서있는 맨발의 아저씨를 보고 우리도 모르게 한 마디씩 했다.

키가 큰 친구 광호가 제일 먼저 아저씨의 맨발을 본 모양이다.

"아저씨, 오~바 하는 거 아잉교?"

그리고 내 입에서는 나도 모르게

"대단한 아저씨네, 야… 맨발로?"

알고 보니, '세상에 이런 일이' 팀이 촬영을 나왔던 것이고, 경상도 사투리가 들리는 우리 쪽으로 아주 잠깐 카메라가 쓰윽 훑었다.

2월 하순, 직원 송별회 한다고 회식을 하던 중 산본에 살고 있는 처제에게서 전화가 왔다.

"형부, 지금 어딘데요?"

"어, 처제… 지금 밖에서 회식하고 있는데. 왜?"

"지금 형부가 T.V에 나왔어요. 세상에 이런 일이 프로에… 어떤 아저씨가 맨발로… 어쩌고저쩌고…"

처제 말고도 부산의 사촌형님이랑 제자들 등등… 물어보는 전화가 여러 번 왔다. T.V 화면에 한번 슬쩍 스친 것을 어떻게 알아보고… 그런 걸 보면 T.V가 참 무섭긴 무섭다.

신학기가 되고 나에게 역사를 배우고 있는 고3학생들 중 몇몇이 어디서 주워들었는지 몰라도 내가 T.V에 나왔다는 소문이 사실인지 아닌지 직접 확인하자며 난리를 피웠다. 공부하기 싫은 녀석들일수록 핑계를 갖다 붙일 때는 머리가 핑핑 돌아간다. 진도 나가는 것도 중요하겠지만 선생님이 과연 추운 겨울에 따뜻한 집에 계시지 않고 등산을 다니신다는 것이 사실이라면 그 얼마나 존경스러운 일이냐. 우리가 본받아야 할 것 아니겠느냐. 그리고 T.V에도 나왔다는데, 그런 사실 하나하나가 모여서 역사가 된다고 선생님이 말씀하지지 않았느냐. 그러니 이 확인 작업이야말로 서상국 선생님한테 역사를 배우는 학생들의 진정한 자세가 아니겠냐며.

"말 못해 죽은 귀신 없다더만… 일마들이, 잘도 갖다 붙인다.

물에 빠져도 안 죽겠어. 조디만 동동 뜰 놈들잉께."

'세상에 이런 일이'에 나왔던 그 부분만 잘라낸 동영상을 보여주었더니 아이들은 주인공인 맨발의 사나이보다 매일 교실에서 보던 내가 친구들과 함께 겨울에 등산을 한다는 게 더 신기한 모양이고, 수업시간에 듣던 생생한 경상도 발음에, 그 목소리까지 가감 없이 공중파 방송을 탔다는 사실에 흥분했고, 이젠 그걸 따라 해본다고 야단이다. 10분 쉬는 시간에 소문은 벌써 3학년 교실 전체를 한 바퀴 돌았던 모양이다. 다른 반 수업 들어가니 아이들이 인사대신 내 흉내를 내며 잘 안돌아가는 혀를 꼬부려대고 있었다.

"대단한 아이씨네? 야~ 맨발로?"

이 학교에 처음 왔던 해의 일이다. 그 때나 지금이나 늘 같은 생각인데 무슨 과목이든 일단 흥미를 가져야 성적이 올라가는 법, 역사수업을 하면서 가능하면 교과서에 없는 이야기를 많이 해주었다. 그리고 나는 마치는 종이 칠 때까지 수업시간을 꼭 채운 적이 거의 없다. 좀 짧게 마쳐주기로 약속하고 시작하면 집중력이 더 오르기 때문이다.

아이들이 힘들어할 때는 과감하게 수업시간을 반 이상으로 잘라버렸다. 학생들 하루 수업이 보통 7시간, 종일 책상 앞에 앉아

있다는 게 중노동이고 50분 수업, 그거 상당히 긴 시간이다.

"어이, 1반! 우리 화끈하게 30분만 공부하고 20분은 재워 줄까? 뭐 그것도 길다고? 좋아 그럼 뚝! 하고 반으로 잘라서 25분만 집중? 오케이? 좋았어."

고3 학생들은 입시가 가장 우선이니 내 수업도 어떨 때는 수능을 대비해서 문제 푸는 기계가 되기를 강요한 때도 있다. 그럴 때는 출제자 입장에서 무엇을 묻는지, 어떤 말에 힌트가 될 만한 것은 없는지 잘 생각해보도록 시킨다. 반대로 시험에 안 나올 부분은 과감하게 건너뛰어야 한다.

"자, 여기는 시험 안 나와. 나온다 해도 한글만 읽을 줄 알면 다 풀 수 있어. 그냥 꼽표해."

아이들과 약속한 25분 안에 내가 나가고자했던 진도를 다 빼고 이제 자유시간이다. 엎드려 잠을 자는 아이들도 있고, 손을 들어 질문을 하는 아이도 있다. 질문에 따라서는 바로 답을 가르쳐주지 않고 스스로 깨우치도록 유도한다. 고민을 해 본 문제는 기억에 오래 남기 때문이다.

교실을 한 바퀴 슬슬 돌면서 아이들의 표정과 옷차림 등을 살펴보고 무슨 변화나 문제는 없는지 관찰하는 것도 선생 몫이다. 책에 표시는 잘 해뒀는지, 요새 아침은 먹고 다니는지, 입맛은 어떤지, 집에 무슨 일 없는지 간혹 시시껄렁한 잡담도 하는데 아이들은 선생님이 개인적으로 관심을 가져주면 좋아하고, 선생님을 좋아하는 이이는 결국엔 부모님도 실망시키지 않는 법이다.

교실을 돌다가 설희가 책을 펼쳐둔 부분이 힐끗 눈에 들어왔다. 머리를 찰싹 치면서 야단을 쳤다.

"이 놈의 가스나는 와 책에다 낙서를 해 놨노!"

고려대 사회계열을 목표로 공부를 야무지게 잘하는 우등생 설희, 낙서를 해서 죄송하다는 말은 안 하고, 눈을 동그랗게 크게 뜨고 왜 맞았을까, 의아해 하는 눈치다.

"가스나가 책에다 무슨 꽃을 그리노코. 니… 디자인 할 끼가?"

"아니오. 아까 선생님이 꽃 그리라고 하셔서…"

"뭐? 내가 꽃 그리라 했다고?"

가만 보니, 아… 그랬다. 내가 여기엔 시험 안 나온다고 꼽표하라 했는데, 꽃표로 알아들었단다. 제 딴엔 꽃만 그린 게 아니고 예쁘게 화분까지 받쳐서 그려놨는데 뒤통수를 맞으니 억울하기도 하겠다. 그리고 보니 이놈들 책에 내가 하라는 꼽표는 제대로 된 게 하나도 없다.

자는 아이들까지 다 깨워 칠판에 써가면서 잠시 설명했다. 아까 내가 말한 꼽표는 X표라고. 부산에서 X표시는 곱하기표라 하는데 줄여서 곱표, 내 발음이 강하게 나오니 꼽표라고. 꽃 그리라는 게 아니라 X표시를 하라고. 그제서야 꼽표를 알아들었는지 모두들 웃느라고 교실이 시끄럽다.

얼마 전 수업시간에 질문이 들어왔다. 전에 배운 내용 중 1860년대 경복궁 중건 때, 1870년대 강화도 조약 때, 각각 심하게 반대 상소를 올렸던 최익현이란 사람이 1900년대 을사의병에 또 나오니 헷갈린 모양이다. 자기 딴에 시간을 계산해보니 40년 가까이 차이가 나는데 대마도에서 굶어 죽었다는 설명에, 그 최익현하고 이 최익현하고 같은 사람인지, 다른 사람인지 질문을 한 것이다.

질문은 많을수록 좋고 답은 간결한 게 좋다. 내 입에서 대뜸 나온 말.

"최익현? 가~가 가~다."

교실이 조용해진다. 잠시 침묵에 싸인 교실. 윽, 일마들이 내 말을 제대로 못 알아들었나? 그런 생각이 들어 설명을 좀 붙였다.

"야 일마들아, 경복궁 중건을 반대하던 최익현 가~가, 을사의병 일으켰다가 굶어죽은 최익현 가~란 말이다. 가~가 가~라니까."

머리가 잘 돌아가는 아이 한 둘을 시작으로 차츰 이해가 되는 모양이다. 이제 서로서로 얼굴 마주보며 시키지도 않았는데 "가~가 가~다."란 말을 연습해 본다. 이게 바로 자율학습이다.

한 시간 쉬고 다른 반에 수업 들어갔더니 아이들이 이젠 사투리까지 보태서 부산 갈매기 흉내를 내고 있다.

"선생님요, 가~가 가~다. 맞십니꺼?"

그 후 한동안 학교에서 아이들이 나하고 마주치면, 습관처럼 인사대신 "가~가 가~다, 가가 가라니까."를 내뱉었다. 부산 갈매기가 계속 학교 복도를 날아다닌다.

(2008. 4)

부산갈매기 선생…

구리에 처음 왔을 때 수업시간에 학생들을 데리고나와 밖에서 꽃
씨를 심었다. 좀 시끄러웠다. 마침 밖에 나온 교장선생님, 손에 호미
를 들고 여학생들을 몰고 다니는 나를 보더니 어리둥절해서 묻는다.
평소 카리스마 넘치던 분이라 주로 눈으로 대화하고 물음은 짧았다.

"어… 무슨 시간?"

"제 시간입니다."

"지금 야외수업?"

"예, 그런 셈이죠. 꽃씨를 심어보는 역사수업."

좀 이해가 안 되시는지 머리를 아주 잠시 갸웃거리더니 저쪽으로
가셨다. 부산갈매기라면서 정말 전화 벨소리도 끼룩~ 끼룩~ 갈매
기 소리더만, 별난 선생 하나 왔구나. 그런 생각으로 걸어가는 뒷모
습이 철학자처럼 묵직해 보였다.

교장선생님의 출현에 놀란 여고생들이 자기들 딴에는 내가 걱정
되었는지 수심 가득한 얼굴로 질문 공세를 퍼붓는다.

"선생님, 나중에 교장선생님한테 혼나시는 것 아니에요? 어떻게 해요?"

"별 걱정을. 꽃씨나 잘 심어라. 너무 깊이 심지 말고. 아까 말했제, 씨앗도 땅속에서 나올 때 자기 키의 열배까지는 못 뚫는다고."

"그래도 3학년 근현대사 수업 빼 먹고 이러면… 우리는 좋지만 선생님이 야단맞을 텐데."

"하, 욜마들이 나를 가르칠라 카네. 아까 내가 머라 카더노. 씨앗도 생명이라 안 하더나. 지금 생명 존중 수업을 하는 기라. 역사에서 생명 경시하다가 어떤 일이 벌어졌는지는 나중에 교실에서 하몬 되고."

"그래도 교장선생님인데."

"허허, 이 문디 자슥들이. 수업시간에는 내가 왕이라 안 하더나? 교장샘보다 훨씬 높으니까 공주님들은 씰데없는 걱정 고만해도 됩니대이. 비이라, 나도 심어야지."

"비이라가 뭐예요? 문디는 또 뭐예요?"

"비키란 말이다. 문디는 문둥이고. 그 참, 완전 참새새끼가 따로 없네?"

분당으로 왔다. 시청각실에서 일주일에 한 번 교무회의를 한다. 조회 때마다 오늘은 짧게 말하겠다는 교장선생님 말이 우리나라 3대 거짓말 중 하나라더니 그 날 왜 그런지 교장샘의 말이 자꾸 길어지고 있었다.

휴대폰으로 전화를 걸었다. "삐리리리~ 삐리리리~" 가까운 곳에서 울리는 휴대폰 소리에 잠시 주의가 산만해지고, 당신의 주머니에서 난 소리임을 알아차린 교장샘이 '잠깐만!' 하는 제스처와 동시에 한 손으로 폰을 꺼내어 급히 껐다. 한 번 리듬이 깨져서 그런지 곧 끝이 났다. 교장샘이 폰을 확인하는 사이에 교무부장이 종회를 선언하자 선생님들이 자리에서 일어나는 소리로 주위가 소란스럽다. 그 소란을 뚫고 귀에 익은 교장샘 목소리가 우리 자리까지 들렸다.

"어, 방금… 서 부장이 전화했어?"

"예."

"왜?"

"교장 샘 말씀이 너무 길어서요."

"뭐? 허허. 이런… 그리 길었다고? 그럼 손짓을 하지, 뭐 하러 전화를…"

"교장샘 말씀 중에 전화를 받았다. 앗, 이거 너무 길다고 전화가 왔네? 그리고 다시 시작하몬 재밌을 것 같은데요. 선생님들 스트레스 한방에 날리고. 좋은 교장샘이 좋은 학교 만드는 것이고."

"하여간 저 부산갈매기를…"

(2008. 10)

이 재미로 선생하지

춘래불사춘, 봄이 왔어도 봄 같지 않은 날씨가 이어진다. 그래도 어제, 오늘은 마음이 봄 같이 화사하다.

어제, 4층에서 수업을 하고 학생부교무실로 내려오는데 2층 저쪽, 학생들 틈에 젊은 경찰이 보였다. '이 시간에 학교에 웬 경찰이? 무슨 폭력사고라도 있었나?' 속으로 의아해 했는데 아니, 어느 순간 그 경찰이 막 내 쪽으로 달려오는 게 아닌가.

'뭐지?' 하는 순간 다짜고짜 나를 팍 안으며 "선생님!" 그런다. 그제야 자세히 보니… 3회 졸업생이다.

"윽, 이기 누고? ○○이?"

"헤헤, 선생님 제 이름 기억하시네요? 잘 계셨어요?"

"어? 그래. 니가 웬 일이고? 경찰이가?

"헤헤. 의무경찰, 의경이요. 군대 대신에 의무경찰 지원했어요."

"그래? 자세히 보자. 아이구… 얼굴에 살도 제법 붙었네? 그래 언제 갔는데? 근무는 할 만하고?"

가만 뜯어보니 옛날 얼굴 그대로 가지고 있다. 나이보다 앳돼 보이며 인사성 밝고 아주 낙천적 성격을 지녔던 녀석.

군대 계급으로는 이등병에 해당하는 이경, 양주에 근무하면서 오늘 아침 첫 외박을 나오자마자 바로 학교로 찾아와 담임선생님을 찾아뵙고는 나를 만나고 가겠다고 기다렸단다.

이런 저런 얘기를 해보니 그새 철이 많이 들었다. 녀석과 가까이 지내며 몰려다니던 몇몇의 안부를 물어보니 그 친구들은 아직 제 자리를 못 찾은 듯, 클럽에 자주 드나들고 엄마 차를 몰고 다닌다며, 언제 철이 들지 걱정을 한다.

얘기를 나누던 중 느낌상 집에 무슨 문제가 있는 것 같은 생각이 들어 넌지시 찔러보니 아니나 다를까, 부모님 간에 안 좋은 일이 생겨 서로 떨어져 있고, 그래서 오늘은 엄마 얼굴도 못 보고 바로 귀대해야 할 것 같단다. 저런 경우 마음 까딱 잘못 먹으면 탈영하기 쉬운데 걱정이 되어 이런저런 말을 해가며 마음을 짚어본다. 다행히 낙천적 성격이라 잘 이겨낼 것 같았다. 탈영은 아무 도움이 안 되고 근무 잘 마치고 돌아와서 좋아하는 공부 열심히 해서 멋진 아들, 멋진 제자 되라고 다독여주었더니 몹시 고마워한다.

3학년 담임을 맡았던 선생님이 내가 믿고 좋아하는 박 샘이라 안심이다. 담임선생님이랑 같이 점심을 먹기로 했다고 인사를 하고 갔는데, 다음에 외박 나오면 내가 술 한 잔 사주겠다고 하니 좋아서 웃느라고 아예 눈이 다 감긴다. 요 녀석이 밖에서 점심을 먹고는 담임선생님 손에 음료수 한 박스를 들려 보냈네? 군인, 이등병 월급 얼마 된다고… 근무 잘 하고 무사히 제대해 환히 웃는 모습으로 찾아올 생각에 내 마음이 훈훈해 졌다.

올해 처음으로 본교 1회 졸업생이 교생으로 오게 되어있다. 설희, 이나, 서영이. 고려대, 서강대, 성신여대. 내가 3학년 담임을 맡았던 학생들로 셋 다 한 눈에 봐도 착하고 예쁜 순둥이들이다. 어제 오후에 미리 인사하러 학교를 찾아왔다. 음료수 한 박스 들고 나타난 예비 교생 셋. 교무실이 환하게 밝아진다. 저 녀석들 거의 고정석으로 앉던 교실의 자리도 눈에 훤하다.

본교무실에 인사시키러 데려갔더니 아니 어떻게 교생을 한 반에서 다 내었냐고 다들 놀란다. 이화여대를 간 효민이는 대학에서 미리 교생자리를 주선해 주었기에 같이 못 와서 그렇지 안 그랬으면 우리 반에서 교생 넷이 왔을 거라 하니 모두들 부러워한다. 그래, 우리 반 분위기… 처음에 좀 매를 들어 그렇지 나중엔 좋았다.

1, 2학년 때 여선생님들이 감당하지 못해 손을 놓고 있었다던 전교에서 유명한 말썽꾸러기로 일 년간 나한테 엄청 많이 맞았

던, 그래 더욱 정이 가는 광열이와 단짝 지훈이. 지훈이가 작년에 군대에서 휴가 나오며 광열이랑 둘이 찾아와서 술 한 잔 얻어 마시며 하던 말. 자기들 초등 1학년에서 고2 말까지 맞았던 것보다 고3 일 년 동안 내게 맞은 게 더 많았다고, 정말 아팠다고. 그래서 나쁜 버릇 고칠 수 있었다며 그게 너무 고맙다고 고개를 수도 없이 숙이던 녀석들이다.

그러니까 내가 이 학교 오던 첫 해, 2006년 3월 중순경, 쉬는 시간에 광열이가 운동장만큼 너른 중앙복도에서 침을 "확~ 퉤!" 뱉다가 내 눈에 딱 걸렸었다. 얼마나 억지로 심하게 뱉었는지 어린아이 주먹만 한 침이 바닥에 번들거렸다.

녀석을 뒤에서 툭툭 쳤다. 돌아보는 광열이와 눈이 딱 마주쳤다. 아주 조용히, 그리고 짧게 얘기했다.

"닦아! 손으로."

낭패한 표정도 잠깐, 발을 내밀어 침을 문지르려고 준비 하는 녀석을 옆으로 밀쳐내고 다시 천천히, 역시 조용하게…

"손·으·로."

잘 못 들은 게 아닌 것을 알고 잠시 어이없다는 표정을 짓던 녀석이 좀 망설이더니 앉아서 손으로 침을 닦아내고 있었다. 광열이랑 언제나 껌처럼 붙어 다니던 지훈이, 그리고 몸무게 100Kg에 육박하는 어찌 보면 불량기가 좀 있어 뵈던 거구의 종원이도, 다른 반 아이들까지 남녀학생 여럿이 둥글게 원을 그려 지켜보는 가운데, 전교 제일 꼴통 광열이가 복도에 쪼그려 앉아 왼쪽 손바닥으로 걸레질하듯이 침을 닦아 오른 손바닥으로 옮기길 몇 번. 침으로 더럽혀진 두 손바닥을 오그리고 난감한 표정으로 나를 올려보던 녀석을 발로 툭! 찼다.

"머하노 임마, 화장실 가서 씨-꺼."

그 날 이후로 광열이 두발과 복장이 제법 양호해졌으며 불량스레 선생님들에게 뻗대는 습관이랑 길에다 함부로 침 뱉는 일도 없어졌다.

"그 때 손으로 닦으라고 말씀하시는 선생님 눈을 보는 순간, 아… 이건… 안 닦다가는 죽을 수도 있겠다는 생각이 들더라고요."

지훈이가 얼굴을 돌려 한잔 하고는 웃으며 하던 말,

"캬, 선생님! 그 때 우리는 광열이가 완전히 꼬리 내리고 손으로 침 닦는 것 보고 놀라서 죽는 줄 알았어요. 고릴라 같은 종원이 눈은 또 얼마나 커졌는지. 광열이 그때 정말 ×씹은 얼굴… 진짜 죽이더라고 많이 놀려먹었습니다. 크크크"

"선생님, 하여간 제가 침 뱉는 습관은 그 때 이후로 완전히 없어졌습니다. 선생님 발음대로 쫑워이도 그 날부터 선생님한테 끔뻑 죽어 지냈지요."

"하하, 선생님. 담배피우다 걸려서 된통 맞은 것도 생각나는데요."

"그래, 쫌 맞았제? 억울하더나?"

"아뇨, 선생님이 쿨~하게 몽둥이로 해결하고 조용히 선생님 선에서 끝내주신 게 저희들이 고맙지요."

"그 때 선생님이, 학교에서 피우지 마라! 그러면서 매 타작. 학교에서 안 하고 밖에서 담배하다 잡혀오니 그 다음은, 잡히지 마라! 하면서 또 타작. 와… 엄청 많이 맞았슴다."

가만, 지훈이 이 녀석도 그렇지만 얼마 전에 문자로 안부 전하던 공익 근무 중인 종원이도 제대가 다 되어가는 것 같으니 조만간 씨익 웃는 얼굴에 건들거리며 찾아오겠다. 덩치 큰 세 녀석을 거느리고 술 한 잔 하는 모습, 생각만 해도 기분 좋고 반가운 얼굴들이다. 이 재미로 선생하지…

(2010. 3)

아…
봄날은 간다

5월, 좋은 계절, 밖에 체육대회 하느라 응원가에, 고함에, 음악에, 젊은 에너지가 온 학교에 충만하다.

지난 4월 초, 창회에게서 시간 내어주실 수 있느냐고 연락이 왔었다. 5월에 바쁜 일이 겹칠 것 같다고, 미리 날을 잡자며. 해서 만난 게 4월 27일, 창회, 은주, 주연이가 찾아왔다. 맛 집으로 소문난 철판구이집에서 맛있게 먹고 있는데, 아내에게서 식사후 시간 되면 집에 잠시 들러 차 한 잔 하고 가라며 문자가 온다.

작년 연말에는 경남 언양에서 올라온 미선이까지 합세해서 넷이 찾아온 적이 있는 이 아이들. 아이들이 아니고 40대 초반, 그중 결혼을 좀 일찍 한 창회는 큰 애가 고2니까, 같이 나이 들어가는 입장인데도 늘 아이같이 생각된다.

창회. 오늘처럼 쨍쨍한 날씨에 체육대회를 하던 날, 여고 2학년 창회가 체육복을 입고 얼굴이 발갛게 상기된 채 학급별 핸드볼

결승전에서 자기 반 골키퍼를 하고 있었다. 내가 골대 뒤에서 창회를 응원했고, 그 응원하던 목소리를 아직 기억하고 있는 애. 내가 숙직하던 날이면 아침 일찍 김밥을 먹음직스럽게 찬합에 싸오곤 했고, 공부를 잘 해 당시 그 어렵던 은행시험에 바로 붙어 은행원이 되었다. 직장에 다니게 되면 첫 월급으로 내복을 사주겠다고 내게 약속해놓고, 그걸 잊고 지내던 어느 날, 왜 내복 안 사주냐고 내가 꿈에 나왔더란다. 깜짝 놀라 바로 그날, 내 것과 아내 것 까지 두 벌의 고급 내의를 사서는 소포로 부치면서 꿈 이야기를 편지로 구구절절 써 보냈던 녀석. 내가 경기도로 올라올 때, 이별 파티를 해드린다며 친구들 모아놓고 같이 밥을 먹다가 친구들이 창회는 이제 선생님도 잘 못 보고… 우짜노? 놀리는 말에 눈물 보이던 녀석.

창회 남편 직장이 수원, 수 년 간 주말부부로 살다가 정말 희한하게도 자기도 경기도 용인으로 이사를 했다고 연락이 왔다. 경기도로 이사를 오니 아는 사람 아무도 없어 우울증 비슷하게 무척 힘들었다가 우연히 근처에 사는 동기생 은주를 만나고, 어느 날 둘이서 나를 찾아왔다. 해서 거의 매년 두 번은 정기적으로 만나는 사이. 창회를 구심점으로 친구들이 모인다. 부산에서도 우리 집에서 아내랑 차 한 잔 나눈 적 있는데 여기서 보니 더 반가운 모양이다. 요 놈들이 이젠 아줌마 티를 팍팍 내며 문자로 겁을 준다.

'선생님, 등산용품 중에 받고 싶은 선물, ○○일까지 빨리 연락 주세요. 주문 안 하시면 우리끼리 아무거나 마음대로 삽니대이~'

산본에서 차를 몰고 온 주연이, 소주 반잔만 마셔도 얼굴이 빨개지고 대리운전 해야 한다더니 정말 그러네. 반 잔 마시고 저리 빨개지는 것, 자기네 가족 내력이란다. 캔 맥주 하나 중간에 놓고 식구들이 둘러앉아, 오늘 우리, 저거 묵고 죽자며 호기를 부린다는 말에 많이도 웃었다.

창회가 있어 이렇게 나랑 연락을 이어나간다며 좋아하던 아이들. 창회가 성격 쾌활하고 밝은 은주랑 둘이 서로 이웃에서 의지

하며 잘 지내는 걸 보니 내 마음도 편하고 좋다.

밖에 총소리와 응원소리, 고함소리. 줄다리기 시합을 하는 모양이다. 나가봐야겠다. 창회랑 은주, 주연이 쟤들이 저 나이 때, 80년대 중반이니 그러니까 내가 30대 초반. 아… 봄날은 간다.

(2012. 5)

고3 남자
교실 한 컷

　용인의 고3 남학생반. 수업을 들어가면 교실은 그야말로 시장통이 따로 없다. 쉬는 시간에 밖에서 놀다 온 아이들은 땀으로 범벅되어 숨을 헉헉대고, 장난치다가 도가 지나쳤는지 입에서 거친 말을 내뱉는 아이도 있고, 실신한 것처럼 책상에 드러누워 있던 아이, 이상한 요가 자세로 엎드려 있는 아이 등 그야말로 혼자 보기 아까운 광경들이 매일매일 펼쳐진다. 좋은 말로 활기는 넘치는데 고3이 아니라 중2 교실이라 하면 딱! 이다. 하지만 나는 차라리 활기찬 이런 광경이 인간적이라 그리 싫지 않다.

　남학생 반 수업시간에는 내 핸드폰을 가져간다. 학생들도 알고 있다, 내가 전화가 목적이 아니라 자기네들 사진 찍으려 가져온다는 것을.

　"선생님, 사진을 왜 찍어요?"

　"얌마들아, 너그가 살아온 흔적들을 나중에 졸업식 할 때 교실에서 T.V로 다 보여 줄끼다. 고3 일 년을 공부만 하고 지낸 게 아니라 이렇게 재미나게 살았다면서. 부모님들도 놀라실 끼다."

요놈들 하는 짓이 그야말로 기상천외하다. 내가 붙여준 '귀하신 몸'이라는 별명을 자랑스럽게 여기는 정훈이 녀석이 지갑에서 뭘 꺼내다가 학생증을 떨어뜨렸다. 내가 주워줬는데, 정말 가관이었다. 남이 한 게 아니고 자기가 자기 얼굴에 장난을 친 것인데, 이건 뭐 빈-라덴 사진이라고 해도 곧이들을 만큼 알아볼 수 없게 환칠되어 있었다.

"가만, 가만 있어봐. 내가 찍어주께. 나중에 정훈이, 니, 아들 낳으면 보여 줘라이~ 아빠는 학교 다닐 때 이렇게 복면 쓰고 다녔다고."

3학년 1반 교실 앞에 있는 정수기. 정수기에 무슨 남자 표시 딱지가 붙어있다. 저게 뭐지? 캬, 남자 화장실 표시하는 스티커를 떼어다 정수기에다 붙여두고 남자만 사용하라는 장난을 쳐두었구나. 복도 유리창에 몇 개 붙어있는 동그란 당구공처럼 생긴 표시. 내 생각엔 아무래도 당구장 유리창에 붙어있어야 할 것 같은데, 누가, 언제, 어디서, 저렇게 떼어다 붙여뒀는지, 분명 여학생은 아닐 거고, 참 별의별 놈이 다 있다.

어느 날, 1반 담임이 나보고 교실의 사물함을, 창고에 있던 큰 것으로 교체했다고 자랑했다. 수업 들어갔더니 정말 교실 뒤 사물함이 큼직한 게 시원스레 보였다. 사실, 장난기는 아이들보다 내가 심하면 심했지 덜하지 않다. 덩치가 좀 작은 녀석들을 슬슬 구슬려서 사물함에 들어갈 수 있는지 내기를 해보았다. 통 아저씨 하던 동작으로 몸을 조금씩 구부리니 사물함 안에 거의 다 들어가진다. 아이들은 박수를 치고, 잠시 즐거운 분위기. 성공한 아이에게는 사탕 하나 상으로 주고.

수업을 하다가 중간에 아이들 입에서 자기도 모르게 욕설이 나오면 수업은 즉각 중단된다. 수업 중단을 은근히 바라는 아이들은 이제 서로 감시를 하고, 귀가 밝아 보통은 내가 먼저 잡아내지만, 혹 내가 놓쳤더라도 아이들은 바로 신고를 한다.

우리들끼리의 약속은 이렇다. 예를 들어, 요즘 아이들이 입에 달고 나니는 ×나, ×발. 이런 말은 두 음절이니까, 푸-샵 20개. 개새끼는 30개. 한 음절에 10개씩 추가되는 셈이다.

본래 교육청에서는 푸-샵도 체벌이라고 학교에서는 금지하란 지침이 내려왔다. 높으신 양반들, 비싼 밥 먹고 정말 할 짓 없어 만든 말도 안 되는 지침이다.

"푸-샵 하지 말라고? 얌마들아, 괜찮다. 공부보다 더 중요한 게 건강이고, 자기도 모르게 욕한 거, 학교에서 안 고쳐주면 누가 고쳐 줄 끼고? 내캉 너그들캉 우리끼리 약속한 건데, 욕 안하려고 푸-샵 한다는데 저그가 머라 칼끼고? 건강에도 조응께 빨리 해라, 이 문디 자슥들아!"

옛날 학생들보다 덩치만 컸지 체력은 약해 푸-샵을 잘하지 못했는데 단련되다 보니 이제는 거의 체대 입시수준이다. 처음보다 엄청 늘었다. 진상이나 재천이, 종학이 같은 애는 한 시간에 100개도 해낼 수 있었다. 푸-샵 하고 들어갔는데 또 자기도 모르게 입에서 욕설이 튀어나와 다시 불려 나와서 그렇다.

친구가 푸-샵을 잘 하는지 확인하고 싶은 아이가 작은 소리로 세어준다. "하나, 둘, 셋," 이렇게 세다가 어느 숫자를 장난삼아 "셋, 셋, 셋…" 계속 반복하면 푸-샵 하던 애가 열이 올라, "야, 이 새끼야!" 그러는 순간, 교실은 축제 분위기다.

"뭐라고? 선생님. 방금 건희가 푸-샵 하다가 방금 머라 캤는데요?"

현택이가 어설프게 내 사투리를 흉내 낸다. 모른 척 하고 내가 물어본다.

"핸택아, 건희가 머라 카더노? 나는 못 들었는데?"

"나 보고 새끼라 했거든요."

"머라? 새끼? 핸택이 니… 흉내를 내도 안 된다 캤잖아? 건희가 또 20개 더 하려면 힘들텐데, 핸택이 니도 나와서 같이 해주고, 또 니가 힘이 남아돌면 건희꺼 대신 품앗이 해줘도 되고."

이제 거의 묘기 수준으로 늘었다. 3단 푸샵은 호흡이 중요하고 어려우니까 그냥 벌의 1/20로 줄여준다. 선택 사항이다.

나한테 설명하다가 졸지에 벌을 받게 된 현택이는 억울할 밖에, 앞으로 나오면서 순간적으로 또 실수를 한다.

"윽, 이렇게 X나 억울할 수가?"

"뭐라, 또 공포의 지읒이. 크크… 현택이 20개 추가, 합이 40개!"

그야말로 친구가 욕을 하는 지 안하는지 서로 귀를 쫑긋 세우고 있다.

푸-샵하는 아이들에게도 힘을 보태준다.

"야~ 건희고, 현택이도, 억수로 폼이 잘 잡혔네? 힘이 많이 좋아 졌대이. 집에서 예습을 많이 하고 오는 것 같은데, 공부도 좀 그러면 안 좋겠나. 음… 푸샵 야무지게 하는 거 보몬 나중에 무슨 일을 해도 꼭 성공하겠어."

이렇게, 욕하는 습관은 고쳐야 하고, 벌 받아도 자존심 세워주니까 못하겠다고 뻗대는 애 하나 없다. 쿨~하게 봐줄 건 봐주고, 수업 나갈 것은 나가고, 공부만이 인생의 전부가 아니라 하고, 실용음악을 지원하는 진상이나, 요리로 승부를 거는 경훈이, 체육으로 갈 길 택한 아이들, 미술로, 음악으로… 다양한 길을 꿈꾸고 있는 학생들 개개인의 선택을 존중해주고, 자존심 세워주고, 스스로 선택한 앞길을 두려워하지 않도록 용기를 불어넣어 준다.

지난 5월, 북한산 비봉을 다녀오라는 좀 어려운 수행평가를 내주었다. 거기는 힘들고 제법 위험하니까 꼭 가야하는 것은 아니다. 비봉 가기 싫은 사람은 인사동과 탑골공원을 다녀와서 감상문을 제출해야 하고, 비봉 올라가는 사람은 인증샷만 찍어 와도 만점을 준다고 했다. 아, 내 안 봐도 다 안다. 감상문 쓰기 싫은 이 녀석들, 비봉을 올라가면서 씨불씨불 얼마나 시끄러웠을까.

웬 학생들이 떠들고 몰려다니니 지나가던 등산객들이 묻더란다.

"학생들은 여기 어떻게 왔냐?"

"우리는 지금 수행평가 하러 왔는데요?"

"수행평가가 뭔데, 숙제?"

"예, 비봉까지 다녀오라는 숙제요."

"고등학생?"

"예, 고3인데요. 고3을 이리 산에 보내다니 너무 한 것 아닙니까?"

"그건 그렇네. 너희 선생님 너무 하신다. 세상에 고3을 북한산에 보내다니…"

"그러게 말입니다. 공부하기 바쁜 우리를. 구시렁구시렁."

비봉과 탑골공원 다녀와서는 아이들이 발표수업을 했다. 비봉을 성공리에 다녀온 아이들은 뭘 해냈다는 성취감에 자기들끼리 좀 으스대는 면이 있고, 사기들 담임에게 선생님은 비봉이란 델가 보신 적이 있습니까? 하면서 좀 나대더라나. 하여간 요놈들 발표를 시키니 산에 오르면서 힘든 것은 좀 과장해 엄살을 떨면서 등산객과 주고받은 말까지 생생히 전하는데, 고3을 이런 데 보내는 것은 너무 심하다는 사람도 있는가 하면, 그 선생님 정말 멋진 분이라는 사람도 있더란다.

공부를 하고 안하고 관계없이 고3이라 집이랑 도서관에만 있는 아이들, 5월의 주말에 친구들과 서울까지 버스나 지하철을 타고 나들이하고, 다시 북한산 비봉에 올라 밑을 내려다 보며 느꼈을 희열, 또 몇몇은 소나기를 만나 정상을 바로 눈앞에 두고 철수하면서 겪은 아픔. 집이나 학교, 도서관에서는 느낄 수 없는 이런 저런 경험을 하는 것만으로도 성장하는 것이라고 나는 믿는다. 기특한 것은 수업 중에는 그리 산만한 우중이 녀석이 정신을 집중하여 비봉, 그 좁고 위험한 공간에서 2단 줄넘기를 하는 동영상을 찍어와 자랑한다.

"선생님, 저는 비봉에서 우리 학교를 알리고 왔다 아닙니까?"

"그래? 우중이 니는, 점수… 뿌라스다!"

"야호! 샘요, 정말 감사함다."

밝다. 맑다. 환하다. 활기차다. 아이들의 미래도 그렇게 되리라, 믿어주고.

(2012. 6)

남학생, 여학생

지난 12월 하순, 1교시 수업을 들어가려고 교실 문을 여는데, 그 반 담임인 가녀린 여선생님이 뭔가 열심히 아이들에게 야단을 치느라 문이 열리는 기척도 못 느끼고 계속 언성을 높인다. 아주 짧은 순간이었지만 아이들 몇몇은 내 쪽으로 시선을 돌렸다. 문을 소리 나지 않게 살짝 닫아주고, 복도에서 느긋이 창밖을 구경하고 있었다. 연못에 물이 얼어 빙판이 되었고 거기에 또 눈이 내려 쌓이고 있었다. 눈 구경하면서 제법 한참을 기다렸다.

한참 있다 나온 여선생님

"어머나, 선생님. 너무 죄송해요. 오신 것도 모르고…"

"허허, 괜안심다. 시간 더 주까요? 한 시간 다 쓰셔도 되는데."

교탁 앞에 서니, 아까 나랑 잠깐 정말 순간적으로 눈이 마주쳤던 녀석이 옆 친구들에게 갑자기 눈을 똥그랗게 치뜨고, 입술을 움직여 뭔가에 놀라고 또 뭔가 놀리는 듯 요상한 흉내를 낸다.

"얌마, 니 지금 머하노? 거기 머꼬?"

"선생님 표정이… 아이구, 너그들 아침부터 지독한 잔소리 듣는구나? 이런 표정이었거든요. 크크."

"아쭈? 일마 이거 제법인데. 그래 그랬지. 가만… 담임 샘이 너그들한테 관심도 많고 디기 많이 사랑해주제?"

"아이구, 무슨 그런 말씀을…"

학생들은 이구동성으로 내가 자기네 담임을 칭찬한 것에 대해 나를 성토한다.

"이 짜슥들이… 잘 해주는 거는 모르고… 하이튼 너그는 아직 얼란~기라. 또디기 새끼들."

"또디기가 뭔 데요?"

"임마, 또디기가 또디기를 물어보몬 우야노? 뭘 모르는 놈, 담임이 잘 해줘도 잘 해주는 것인 줄 모르는 너그들이 바로 또디기 아이가. 근데… 사실 여자들 잔소리는 듣기 싫제? 엄마나 담임샘 잔소리… 여자를 비하하는 게 아니라, 여자들 잔소리 그거는 무섭다기보다… 듣기 싫어 무서운 거제?"

"예." 하며 단체로 똑 같이 대답 한다. 몇 놈은 아예 양손을 들었다 놓으면서 서양사람 흉내를 내며 정말 몸서리를 친다.

"가만, 너그 담임샘이 와 아침부터 너그들한테 그렇게 열 올렸는데?"

"지각생이 너무 많다고 그래요."

"그래? 잔소리 억수로 들었으니까 내일부터는 지각 안하겠네?"

"에이, 그렇다고 지각이 금방 줄어들겠습니까? 습관인데."

"그래? 그럼 만약 내가 너그 반 남임이라면 우찌 했을 지, 한 번 볼래?"

"예? 어떻게요… 때리려고요?"

"야 이자슥들아, 남의 집 귀한 아들들을 내가 때리몬 되겠나? 그라고, 때리몬 나는 힘 안 드는 줄 아나? 일단 지각한 놈 다 나와 봐. 빨리 나와, 내가 한 방에 다 고쳐 줄게."

우루루 여덟 명의 남학생들이 앞으로 나온다. 며칠 추운 날씨가 계속되었기에 대부분 두터운 오리털 파카를 입었다. 덕분에 사내놈들 몸뚱이가 더 굵어져 교실 앞이 꽉 찼다. 네 명씩 두 개의 조를 짰다.

"자, 지금부터 내 말 잘 들어. 딱 3가지다. 하나, 지금부터 10초 안에 1층 연못 앞으로 뛰어간다. 둘, 양말까지 벗고 맨발로 연못에 들어간다. 셋, 맨발과 맨손차림으로 푸-샵을 20개씩 한다."

"윽, 그런 것을 어떻게 해요?" 하며 이것들이 단체로 엉길 태세다.

"이 자슥들이 아직 내 성질… 부산 갈매기 성질 모르나? 정~ 못 하겠다는 놈은 여기 남아도 좋지만… 진짜 싸나이들은… 빨리 안 뛰어가나? 10초 안에 연못으로!"

와당탕, 교실 문이 열리고 복도를 뛰어가는 진짜 사나이가 되고 싶은 지각생들. 연못 앞에서 양말을 벗고 맨발로 들어가 단체로 비명을 지르며 푸샵을 한다. 나머지 교실에 있던 학생들, 지각 안 했는데도 덤터기로 잔소리를 들어야했던 착한표 학생들은 다 같이 몰려나와 2층 복도에서 구경하며 "히히, 깔깔" 스트레스 다 푼다. 얼음판에서 푸-샵 하느라 손발이 발갛게 변한 놈들은 생전 처음 겪어보는 얼차려에 손발이 시려 괴롭기도 하겠지만 구경꾼이 많으니까 표정이나 신음이 과장된다. 그걸 바라보는 아이들은 웃으며 더 즐겁고, 고문을 받는 당사자들은 푸샵을 다 하고 나서 친구들에게 웃음을 줬다는 마음에다 뭔가 어려운 것을 해냈다는 자부심에 자기도 모르게 홀가분한 얼굴이 되었다.

역시 맨발로 10초만에 교실로 돌아온 녀석들에게 양말 신는 시간을 주고

"너그들 또 지각하면 이제 30번, 40번… 한 번 지각에 열 번씩 보태는 기라. 또 지각 할까가?"

"아이구, 선생님, 덜덜덜… 절대 지각 안하겠습니다. 덜덜덜."

"그래, 너그들은 솔직하게 잔소리 듣는 것 하고, 꽁꽁 언 연못에서 푸샵 하는 거, 둘 중에서 어느 걸 선택할 끼고? 그라고 어느 기… 더 약발 있겠노?"

"그야 당연히… 끼륵끼륵, 끼륵끼륵…"

요것들이 부산 갈매기 흉내를 낸다. 전적으로 나에게 동조한

다는 뜻이다.

남학생들은 이래서 여학생들보다 다루기 편하다. 하지만 이런 벌을 아무나 줄 수 있는 것은 아니다. 학창시절, 기억에 남을만한 벌을 주되 벌을 받고나도 기분 나쁘지 않도록 표시 안 나게 분위기를 살짝 띄워주는 게 중요하다. 자존심 절대 뭉개지 않고 자존감을 갖도록 만드는 게 기술이다.

방학식 하는 날, 3학년 여학생 영인이가 교무실 책상위에 뭘 놓고 간다. 척 보니 비타민 음료수인데 뭐가 좀 이상한 게 눈을 끈다. 병에 붙은 상표의 모델 얼굴이 연예인이 아닌데도 어디서 좀 낯이 익은 사람이다.

"어? 이기 머꼬?"

"호호, 선생님 혼자 드시라고 선생님 사진을 넣었지요."

"어? 가만… 이기 머꼬? 와 내 사진이… 이거 언제 찍은 기고?"

"호호, 수업시간에 몰래 찍었어요."

"이 카스나들이… 몰래카메라를… 내가 알았으몬 폰 압수 했을 낀데…"

"호호, 우리가 선생님 사랑하는 것 아시죠? 세상에 하나뿐인 비타민. 다른 사람 주시면 안 됩니다."

산적 같은 남학생과는 달리 산소 같은 여학생. 다들 집안에서 귀한 아들, 딸이다. (2013. 1)

끼륵~ 끼륵~ 갈매기 통신

지금은 학교의 복도와 계단 등 실내 청소를 도우미 아주머니가 해주신다. 예전에는 학급마다 특별구역 청소 당번이 있어서 아침마다 학생들이 청소하러 다닌다고 바쁘게 돌아다녔다. 용인에 와서 두 해 동안 내가 자진해서 맡은 업무가 청소담당. 아침은 온통 특별구역 청소당번들과의 전쟁이었다. 청소당번은 학교 오자마자 자기 맡은 구역을 청소해야 하는데 그게 어디 가만히 두면 잘 되겠나?

학급별 청소구역 배정이 가장 먼저 해야 할 일이었다. 학교 건물 배치도를 놓고 뚝뚝 구역을 잘라 통보했다. 청소구역 배정은 마치 두부나 피자 자르듯 똑 같이 할 수는 없는 현실을 감안하여 양해를 바란다고 갈매기 통신을 보냈다.

신학기라 아직 낯이 설었다. 무슨 일이 있어 저쪽 교무실로 갔더니 최 선생님이 어렵게 말을 꺼낸다.

"저… 선생님, 죄송하지만 저희 반 청소 담당구역 좀 조정해주실 수 있을까요?"

"아이구, 무슨… 문제가?"

"운동장하고 스탠드 전부인데, 너무 넓어서 아이들 부담이 너무 클 것 같고, 또 얼마나 배치해야 될지 좀 어려워서요."

"운동장하고 스탠드? 하이고, 그거… 걱정할 거 하나도 없구만. 한 서너 명 정해주몬 충분해. 아침에 운동하는 셈 치고 슬슬 걸어댕기면서 깡통이나 패트병 같은 것 쪼매이 치우면 될 걸. 나머지는 바람이 싹~ 불어주면 날려서 저쪽 공원이나 중학교 쪽으로 넘어갈 낑께. 비오는 날은 휴일이겠다, 서로 할라 할 낑데. 샘은 그냥 바람이나 자주 불어주기를 기원하이소."

"바람이 불면… 어머 정말 그렇겠다. 선생님 고맙습니다."

최 선생님, 걱정이 싹 가신 얼굴. 가만히 있어도 예쁜 선생님이 웃으니 더 예쁘다. 다음부터 학교에서 마주치면 선문답처럼 인사를 나눴다.

"최 샘, 요즘 바람 좀 불제?"

"호호, 부장 샘. 이 학교 바람 잘 불어요. 감사합니다."

옆에 있던 사람들은 이게 무슨 말인지 머리를 갸웃, 이상하게 쳐다본다.

"아니, 바람이 잘 불다니… 무슨 말인지…"

"그런 게 있어. 최 샘하고 나하고 둘만의 암호야."

학교 인터넷망에 깔려있는 쿨-메신저, 문자를 보내면 전체 교직원에게 전달된다. 경기도에 올라오면서 쿨-메신저 아이디를 부산 갈매기로 정했다. 상황에 따라 필요할 때는 '갈매기 통신'이란 메시지를 날렸다.

갈매기 통신 제○호. 좋은 아침이십니까? 아이들 청소하느라 부지런히 움직이는 것 보면 저는 좋은 아침이 됩니다. 빗질하고 대걸레로 계단과 복도를 닦고 하는 것 보면 어느 반 아이들인지 참 이쁘게 보입니다. 계단에 가까운 교실의 담임 샘들은 좀 불만이시겠지만 우짜겠능교, 누군가는 해야 항께. 계단 청소 부탁 좀 하입시다. 뿌리는 세제가 있긴 있는데 인체에 유해한 것이라 크게 권하지 않습니다. 꼭 필요한 학급은 말 하이소. 팍팍 지원해 드리겠슴다. 오늘도 좋은 하루, 되시이소~

모는 교실에 방송이 나갔다. 대본도 없이 그냥 마이크 잡고 되는대로 얘기했다. 처음에는 잘 알아듣지 못했는데 나중에는 갈매기통신 방송 듣는 게 아침의 즐거움이라고 했다. 사투리 폭탄을 맞고 즐거운 마음으로 청소하러 나왔다는 순박한 아이들. 길어야 1분정도, 부산 갈매기 끼룩 끼룩 하는 소리에 여기는 졸지에 섬마을.

"자… 갈매기통신입니다. 좋은 아침인데, 지 맡은 일 안하고 빼

들뺀들 뒤로 빠지는 학생들, 나중에 대학갈 때 뒤로 빠진대이. 대학도 그렇지만 갤국 지 앞길이 캄캄하이 안 열릴 끼다. 아침부디 악담히는 기 아이고, 자기가 해야 할 일 열심히 하면 반드시 성공한다는 말이다. 비짜루 부대는 비짜루 들고, 걸레 부대는 걸레 들고, 자기 맡은 구역에 가서 팍팍 쓸고 닦는 게 성공의 비결이다. 걸레 실실 끌고 댕기면서 바닥에 물칠만 하지 말고 힘을 줘서 팍팍 문댄다. 그래야 자기 인생이 반짝반짝 윤이 나지. 자, 앞길 창창한 미래를 위해 총알처럼 튀어나가자. 비짜루! 걸레! 다들 출동하시오! 이상, 끼룩~ 끼룩~ 갈매기 통신이었슴다."

2장

아빠,
곱창 사셔야 돼요

군사우편

40km 행군을 하고 나서, 보고 싶은 가족들에게…

어제는 40km행군을 했어요. 해발 600~800m인 중고개를 넘
고 900m인 말고개를 넘어 승리 전망대가 있는 곳까지 갔답니다.
완전 군장을 한 상태로 말이죠.

전망대에서의 경치는 정말 대단했죠. TV에서만 보았던 GOP가 마
치 만리장성처럼 끝없이 펼쳐져 있었고, 강이 흐르는 반대편에서
는 북한군 초소도 보였죠. 11시 방향의 높은 산은 다섯 봉우리에
산신령이 산다고 오성산이라 불리는, 전략상, 지리상으로 중요한
산도 보였죠. 설명자의 말에 따르면 김일성이 군사물품을 얼마나
많이 받는다고 해도 오성산과는 바꿀 수 없었다고 말할 정도이며,
남한이 그 산을 차지했더라면 GOP가 20Km나 더 전진할 수 있었
다고 해요.

한 발자국씩 걸을 때마다 발바닥의 통증, 어깨를 누르는 군장의

무게. 정말 걸을 때는 아무 생각이 안 났죠. 그저 앞사람의 발뒤꿈치만 쳐 보고 그냥 눈뜨고 걸었다는 것밖에는.

아침 7시에 출발해서 오후 6시 10분에 들어올 정도로 긴 행군이 있었는데 지금 생각하면 그렇게 길게 느껴지지 않는 게 신기해요. 오직 발바닥에 난 7개의 큰 물집이 어제의 고통을 상기시켜 준답니다. 그렇지만 전 해냈죠. 아버지, 어머니의 자랑스런 아들, 초아의 오빠로서 말이죠. 제가 좀 커진 것만 같아요.

아참! 어제 15사단에서 갈라지는 연대를 발표해줬죠. 저는 사실 GOP에서 근무하고 싶었는데 거기엔 못 가고 대신 후방에 있는 연대에 걸렸어요. 친구들이 주위에서 막 놀려요. 훈련만 엄청 빡신 곳에 걸렸다면서 말이에요. 은근히 두렵기도 하지만 덤덤해요. 뭐 어떻게 되겠죠. 저는 취사병에 지원해 보고 싶은데…

여기는 눈이 그렇게 안 내렸어요. 5~6cm 정도쯤. 아버지는 출퇴근하시느라 먼 길을 왔다 갔다 하시고, 엄마는 가게 때문에 힘드시겠지만 잘 해 나갔으면 좋겠어요. 저도 힘든 훈련 열심히 하고 있으니까 말이에요. 지금은 잘 적응해서 잘 지내니까 어머니는 걱정 마세요.

초아 편지 받으면 기분 좋죠. ㅋㅋ. 초아도 잘 지내. 머리 이쁜데 조금 더 길러도 괜찮겠다. 사진을 옆에 친구에게 보여주었더니 얼핏

이나영 닮았다고 하던데. ㅋㅋ.

100일 휴가 나가면 아빠랑 같이 목욕가요. 6일 뒤면 이등병이 되요. 작대기 하나 달기 되게 힘드네요. 자대에 배치 받으면 또 연락 드릴게요.

2004년 3월 13일. 아들 서유강 올림.

군대간지 한 달 만에 100리 행군을 했다는 아들, 대학 1년 동안 정신없이 놀다가 적응하기 힘들겠다. 편지를 읽는 제 엄마 눈가에 이슬이 맺힌다.

현역, 예비역

연휴라 남으로 내려갔으면 하는 마음도 있었지만 형편이 허락하지 않아, 4일 아침 차를 몰고 찾아간 서울 도봉산 아래. 군복무하면서 매일 바라보던 산, 눈에 익은 거대하고도 하얀 바위가 멀리 보였다.

논산훈련소를 거쳐 부산에서 후반기교육까지 마치고 자대배치를 받아 79년 초여름, 여기에 떨어졌을 때 저 바위를 바라보며 혼자 다짐했다.

'참자! 저 산에 진달래 두 번 더 필 때까지. 그러면 나도 고참이고 가을 오기 전에 제대다.'

세월이 흘러 제대한지 23년 지난 도봉동은 그야말로 상전벽해, 주위는 온통 못 보던 건물이고, 내가 근무했던 부대는 큰 아파트 단지로 바뀌었다. 차를 아파트 입구에 세우고, 걸어 다니면서 주위를 둘러보았다. 위병소 있던 자리에 아파트 정문, 내가 지냈던 내무반은 아마 저쪽. 페인트 창고는 이쯤, 목재 야적지가 저쯤에 있었고, 아마 저기가 대공초소…

　제대할 때까지 같이 있었던 군대 동기, 김해에 사는 병국이에게 전화를 했다.

　"어? 상국이, 서 병장? 그래 어데고? 뭐라 2공병? 딱집! 여인숙! 목재소! 다들 그대로 있더나?"

　전화기 저편에서 생각나는 대로 불러보는 그 시절 그 장소들은 지금 그대로 있는지, 어떻게 변했는지를 물어보는 병국이 목소리가 무척 들떠있었다.

　딱집은 '딱 한 잔 집'의 별칭이다. 외박을 나가면 우리 모두 통과의례처럼 늘 그곳에 들러 간판 이름처럼 딱 한 잔은 아니지만 술을 몇 잔 했다. 주인아줌마가 깊게 패인 큰 프라이팬에 볶아서 내놓는 돼지고기 두루치기 안주는 정말 맛있었다. 인심도 좋아 군인들에게는 안주를 푸짐하게 내놓았다. 그 딱집 가게는 이제 호프집 간판을 달고 있었다.

　여인숙이란 말을 듣는 순간, 갑자기 스레트 지붕 부서지는 소리가 들리는 것 같은 착각에 빠졌다. 칼라-텔레비전이라 부르던 우리들만의 은어. 내가 보초를 서는 자리에서 순찰 돌던 손 병장이 생방송⑺을 구경하느라 대대장 관사 바깥의 화장실 지붕에 올랐다가, 화장실 스레트 지붕이 박살나는 바람에 손 병장이 영창 갈 뻔한 아찔했던 순간들. 그 군복 입은 20대의 젊은 시절이 흑백영화처럼 지나간다.

야간훈련 장소인 밤나무를 가는 길 입구가 이쯤이지 싶었는데 알아보지 못할 만큼 많이 들어선 건물들 때문에 결국 찾지 못했다. 대신 아침마다 구보를 했던 길을 따라 도봉산 입구까지 차를 몰고 천천히 가보았다. 등산객이 엄청 많았다. 그 시절엔 볼 수 없었던 울긋불긋한 등산복 차림의 많은 사람들. 세월이 많이 흘러 그만큼 삶에 여유가 생긴 모양이다.

강화도로 갈까 하고 차를 돌릴 생각이었는데 의정부에서 길이 너무 막혔다. 도로 표지판을 보고 순간적으로 접어든 길이 포천. 포천 가는 길도 밀리기는 매한가지였다. '죽기 전에 먹어보아야 할 맛집' 책을 보고 찾아간 파주에 있는 순두부집. 솔직히 말해 하도 손님이 많아 맛을 음미하기보다는 먹는 둥 마는 둥, 등 떠밀려 나온 셈이다. 얼마나 손님이 밀리는지 일하는 아줌마는 친절이고 뭐고 그냥 피곤에 절어 있었다. 음식점을 나와서 둘이 주고받은 말은, 예전에 경주 양동마을 찾아가다가 맛본 가자미식혜가 특히 맛있던 정갈한 반찬에 청주 한 잔 귀밝이술이라고 내주던 시골밥상집이 그립고, 또 전라도 여행 중 진도에서 기대하지도 않고 들어갔던 평범한 식당에서 굴을 넣은 매생이국과

깔끔한 밑반찬에 해삼, 멍게까지 맛있게 먹었던 생각이 난다며 옛날로 돌아가 입맛을 다셨다.

지도를 보면 언제나 거리가 얼마 되지 않는다. 서울서 부산까지 해보아야 한 뼘 남짓, 그에 비하면 유강이가 근무하고 있는 곳은 지금 여기 포천에서 따지자면 그야말로 지척이다.

아침에 길을 나설 때, 꼭 강화도를 갈 생각은 아니었고 혹시나 싶어 군사우편 봉투의 주소를 외우면서 혼자 마음에 둔 게 있었다. 주소는 철원이지만 육단리는 지도상으로 보면 철원보다는 김화에 가까웠다. 나도 처음 가보는 김화. 행선지를 그리 잡고 떠났다. 길에 차도 별로 없고, 드라이브 코스가 좋았다.

"조금 가면 유강이 부대가 있는데… 우리 그 쪽으로 둘렀다 올까?"

조수석 자리를 뒤로 젖혀 반쯤 누웠던 아내가 갑자기 몸을 튕기듯 일어나며 눈이 동그래진다.

"예? 당신, 유강이 있는 곳을 알아요?"

"대충은 찾아가겠는데 만나지는 못 할 거고, 부대 근처만 둘러보자."

"여기까지 왔으면 담 너머 얼굴이라도 보고 가지, 그냥 간다는 게 말이 돼요?"

"정식 면회가 안 되는데 괜히 불러냈다가는 형평에 안 맞는다고 구박받을 수도 있고 하니 그냥 가잔 말이지."

아내가 떼를 쓴다. 여자늘, 아니 엄마들은 어쩔 수가 없나 보다. 얼굴만 보고 가게 해달라고 하도 졸라대는 이 여자를 내가 어떻게 감당할 수 있나. 생각을 바꾸는 수밖에.

가는 길에 하얀 페인트로 큰 해골바가지를 그려둔 부대도 있었다. 백골부대인 모양이다. 거기부터는 심심찮게 부대가 보이고 군인들을 많이 볼 수 있었다. 아직 유강이 부대까지는 멀었는데 아내는 창밖의 군인들 모습에서 아들을 찾으려는 듯 눈을 떼지 못한다.

편지 겉봉에 있던 마지막 주소, 육단리라는 마을에 들어서니 군인들이 많이 돌아다닌다. 지나가는 군인에게 부대주소를 불러주며 물었다. 제대로 찾아온 모양이다. 차로 가면 2~3분밖에 안 걸리는 곳에 유강이가 근무하는 부대가 있다고 한다.

위병소에 들러 사연을 얘기하고 외박이나 외출이 아닌 간단한 면회를 요청했다. 한참 기다리니 중대장 뒤를 따라 유강이가 들어왔다. 겨우 두 달도 안 된 사이에 저렇게 변한 아들 모습에 놀랐고, 중대장이 너무 어려 보여 또 놀랐다. 내가 그만큼 나이가 들었고 세월이 흘렀다는 얘기다. 자기 옆에 앉을 때까지도 아내는 그게 아들인줄 몰랐다고 한다. 척하고 한 눈에 유강이는 완전

군기 잡힌 이등병이었다. 아래 위 추리닝 차림으로 나와 앉았는데 두 주먹을 양 무릎 위에 하나씩 올려두고, 묻는 말에만 짧게 대답하고 눈은 전방만 주시하고 우리에게는 시선을 주지 않았다. 눈치를 보는 것이다.

'면회 안 된다고 했는데 어떻게 엄마, 아빠가 여기까지 면회를 왔을까? 면회하고 혼나는 것은 아닐까?' 그런 생각에 저 녀석 머리가 핑핑 어지러이 돌아가고 있을 것이다.

애초 규정을 어겨가면서 면회 올 생각은 아니었고 바람 쐬러 나선 길에 육단리 지명을 보고서 아이 얼굴 한 번 볼 수 있나싶어 왔다고 했더니 중대장이 웃으면서 자리를 비켜주었다. 그제야 녀석이 조금 긴장을 푸는 기색이다. 아내는 유강이 곁에 앉아 두 손이랑 얼굴을 만져보며 이것저것 물어본다.

"빨래 하다가 얼떨결에 면회 왔다고 불려 나왔는데, 다 괜찮아요. 이제 50일만 있으면 4박5일 휴가 나가는데 뭐 하러 여기까지 고생해가며 찾아왔어요?"

화생방이 좀 힘들었지만 유격훈련이랑, 훈련 마지막 날 야간 행군까지 잘 해냈고… 그리고 고참들이 막내인 자기를 잘 챙겨준다며 잘 있으니까 아무 걱정 말라고 한다.

"유강이 너는 스물한 살에 이등병 되었지만, 아빠는 군대를 늦게 가서 스물네 살에 이등병 달았다. 그리 생각하면 못 할 게 뭐

있냐? 맞제?"

"예, 우리 동기 중에도 스물네 살짜리가 있는데 평소에는 서로 반말하고 지내지만… 가만 생각하면 그 형이 좀 불쌍해요."

면회를 마치고 나올 때 내가 유강이더러 "엄마에게 뽀뽀 안 해주나?" 했더니 얼굴을 돌려 엄마 볼에 뽀뽀를 해주고선, 씩 웃고 손을 한 번 흔들어주고 뛰어간다.

돌아오는 길, 아내는 만져본 다리고 가슴팍이 군에 가기 전보다 실해졌다며 좋아하다가도 쓸데없는 걱정을 한다.

"손이 텄던데, 그 녀석 얼마나 제 몸 가꾸는 놈인데 손이 그렇게 거칠까?"

"괜찮아. 나는 저런 졸병 때 손이 저 정도가 아니고, 아예 다 트고 갈라져 피가 나왔다."

"그래도… 따뜻한 물이 안 나온다고 그러던데…"

자꾸 걱정하면 아이에게 안 좋으니 그만 하라는 말에 그제야 마음을 고쳐먹는다.

"그래, 보고 싶던 아들 얼굴도 보고, 뽀뽀도 받고, 이보다 더 좋은 선물은 없지. 꽃구경 가는 것보다 훨씬 좋고말고. 당신이 역시 코스를 잘 잡았네."

오는 길에 유명한 이동 막걸리와 이동 갈비를 샀다. 엄청 밀려

4시간 가까이 걸린 교통체증에도 그리 피곤하지 않은 것은 아들이 군 생활에 잘 적응해 가는 것을 직접 보고 왔기 때문일 것이다. 오빠 덕에 갈비를 먹던 초아가 아쉬운 마음에 중얼거린다.

"에이… 오빠 만나러 간다고 했으면 나도 따라갔을 텐데…"

(2004. 4)

지압봉 샌들…

5월 말의 일요일 오전, 분당 새마을 연수원 정문 옆으로 난 샛길을 올라 맹산을 오르기 시작했다. 길가 울타리 건너편에는 감자랑 고추, 고구마, 호박을 심어둔 텃밭이 있었다. 감자는 아주 싱싱하게 자란 걸로 보아 모르긴 해도 땅 밑에 감자알이 아주 많이 달렸을 것 같았다. 감자 캐는 모습을 마음속으로 그려보며 잠시 수확의 즐거움을 느껴보았다.

고구마 순은 언제 심었는지 잎이 말라비틀어진 게 너무 애처롭게 보여 고구마가 될 성싶지 않았다. 하지만 자연은 참 신비한 것, 비를 맞고 또 햇볕 충분히 쬐고 나면 얼마 안 있어 고구마 잎이 싱싱하게 나면서 제법 고구마 고랑처럼 보일 것이다.

순이 우거진 고구마 밭을 보면 나는 언제나 귓가에 벌들이 앵앵거리는 착각에 빠진다. 어렸을 때 고향의 산비탈, 누가 처음 벌집을 건드렸는지는 몰라도 엄청 혼이 났던 기억 때문이다. 벌에 그렇게 많이 쏘이면서도 늘 행동이 굼떠 대책 없이 울고 섰던 나를 형이 등을 떠밀어 고구마 밭고랑에 머리를 쳐 박아 두었던 어린 시절의 추억. 소를 몰고 밭을 갈던 할아버지가 있었고, 엎드리기 전에 본 잊히지 않는 그 장면. 우리만 쏘인 게 아니라 소도 벌에 쏘였는지 어느 순간 펄쩍 하늘로 솟구치더니만 저쪽 비탈로 쏜살같이 도망가자, 할아버지 손을 놓친 쟁기는 도망가는 소를 따라가면서 바람개비처럼 돌며 먼지를 일으키고 춤을 췄다. 할아버지가 소를 잡으러 고함을 지르며 뛰어가는 것을 구경하다가 벌에 더 쏘인 셈이다. 얼마나 많이 쏘였는지 누가 누군지 알아볼 수 없었다고 엄마가 놀려대던 그날의 기억은 옛 흑백사진처럼 언제나 아련하니 그립다. 수건을 머리에 두르고 밭을 매다가 호미를 내던지고 달려와 우리를 안아주었던 엄마의 얼굴은 예전 젊어서 그 곱던 얼굴 그대로이니 고구마 밭을 보면 잠시 눈을 감아 벌에 쏘이는 고통과 그리운 엄마 얼굴 보는 것으로 맞바꾸는 셈이다. 고생도 지나고 나서 생각하면 그립다. 엄마를 볼 수 있다면야 벌에 몇 방 쏘인다한들 뭐가 문제랴.

산길은 군데군데 그늘이 있어 오르기에 그리 힘든 줄 모르겠다. 길가에 찔레꽃잎이 하얗게 흩어져 내려 눈이 부셨고, 키 큰 오동나무 아래에 떨어져 누운 보라색 오동꽃은 봄이 가고 여름이 온다는 나팔 신호를 내다가 떨어진 것 같았다.

혼자 나선 길이라 보조 맞출 필요도 없고 시간도 충분해 급히 서둘 것도 없어 이리 저리 주위를 구경해가며 천천히 올랐다. 엊그제 내린 비로 조그만 도랑에서 물소리까지 들려 오랜만에 나선 산행의 기쁨이 더했다. 야생화를 찾느라 풀숲을 뒤적거렸더니 둥글레와 은방울꽃이 많이 보인다. 하지만 이들 꽃은 이미 지고 없고, 나를 반기는 것은 한참 피고 있는 보라색 꿀풀이다.

꿀풀을 보자 그게 유난히 많았던 저 남쪽의 일광산 오르던 날이 떠오른다. 저만치 앞서 달리다가 다시 돌아와 나를 기다려주었던 뭉치가 생각나면서 지금 이 길도 녀석이랑 같이 왔으면 얼마나 좋을까하는 부질없는 생각이 든다.

아침에 차돌이를 데려올까 하고 잠시 망설였지만 너무 작고 어린데다가 무엇보다 처음 나서는 산길의 상태를 알 수 없어 데려올 수가 없었다. 어제 처음으로 차돌이 이발을 시켰다. 본래 작은 종자라 5개월 된 녀석이 겨우 1.2kg, 털이 길 때는 몰랐는데 깎고 나니 그 약한 몸에 까맣고 순진한 눈만 돋보이는 녀석은 꼭 새끼노루처럼 생겼다. 뭉치를 잃고 너무 상심했던 터라 차돌이에게는 정을 주지 않으려고 노력하지만, 정이란 그것, 사람 마음대로 안 되는 것 아닌가. '요끼'란 종 자체가 주인을 엄청 따른다더니 틈만 나면 내 무릎을 파고들며 애교를 부린다. 매일 데려나가 산책을 시키다 보니 이 녀석도 이젠 나가는 것을 알고 내가 밖에 나가는 기미만 보이면 자기도 따라가려고 안달한다.

높이가 400m 조금 넘는 맹산 정상에 가는 길은 그리 힘들지는 않았지만 생각보다 숲이 우거져 탁 트인 시야를 기대한 나로서는 조금 실망했다고나 할까, 그래도 가까이 이런 산이 있다는 것 자체가 얼마나 다행인가.

산을 내려와 목욕탕에 갔다. 머리를 쳤다. 어떻게 깎을지 묻는 아저씨더러 아주 짧은 스포츠형 머리로 해달라고 했더니 놀란다. 나중에 눈을 뜨고 보니 그래도 내가 생각했던 것보다는 길다. 아저씨 말이 우습다. 너무 짧으면 집에 가서 혼날까봐 조금 긴 스포츠로 했다고 한다.

나는 날씨가 더우면 머리를 확 밀어버리는 습관이 있다. 부산에서는 단골 이발관에 가면 아저씨가 내 머리를 깎으면서 여름이 왔나 보다고 농담을 하곤 했었다. 이곳에서 얼마나 살 지 몰라도 내년 여름이 되면 이발사 아저씨는 나이에 맞지 않게 확 밀어달라는 말에 또 한 번 눈을 휘둥그레 놀라지는 않을까.

목욕탕에 갈 때는 아들이 그립고 아쉽다. 지난 주 유강이가 백일휴가 나왔을 때 제일 먼저 한 일은 둘이 같이 목욕탕에 간 것이다. 얼굴이랑 팔뚝이 몹시 그을어 있던 아들 발바닥은 정말 편지에 있던 대로 온통 굳은살이 박혀있었다. 행군을 자주해서 물집이 잡히면 바늘로 터뜨린다고 한다. 야간행군은 보통 오후 8시에 시작해서 오전 6시에 들어온다는데, 행군 중 휴식시간에 동기생 이등병 둘이서 서로 먹고 싶은 음식을 말해 보았다고 한다. 나는 삼겹살이 먹고 싶다. 그러면, 나는 통닭. 그리고 피자, 수육, 불고기, 라면… 별의별 음식이 다 나오고, 마지막 한 마디를 듣다 보니 우습다 못해 측은한 마음이 들었다.

"우리 이렇게 맛있는 이야기를 해도 부대에 돌아가면 이런 것 못 먹고, 결국은 봉지에 든 전투식량을 먹어야 하겠지."

그 말을 하면서 씨익 웃던 유강이 얼굴은 씩씩한 군인 아저씨가 아니라 부모 곁이 그리운 어린애 같았다. 제일 그리웠던 게 무엇이냐고 물었더니, 가족과 함께 식사하는 걸 꼽는다. 제일 먹고 싶었던 것은 삼겹살, 해서 전날 준비해 둔 삼겹살을 구워 먹었다. 엄마랑 초아가 같이 먹었으면 좋겠는데 둘 다 너무 늦게 오니 둘이서만 먹었다.

아내가 모처럼 휴가를 낸 일요일 아침, 가족 모두 영화를 보러 갔다. 영화를 보고 가락동 수산시장에 들러 녀석이 좋아하는 해물을 샀는데도 본체만체 한다. 엊저녁에 내가 해 준 닭백숙을 먹고 체했던 모양이다. 두 끼를 굶더니만 눈이 퀭하게 들어갔다. 결국 손가락을 따고 누워있는 동안 조개랑 새우구이는 우리끼리 먹어야했다.

월요일 아침에 모두 집을 나가고 유강이 혼자 남았다가 점심때 통닭을 한 마리 시켜먹고 귀대를 했는지 냉장고 안에 통닭이 남아 있었다. 빈 집에서 혼자 그걸 먹고 있었을 아들을 생각하니 마음이 짠했다. 짤막한 편지와 샌들 하나가 얌전히 놓여 있었다.

늦게 퇴근해 온 아내는 내가 건네주는 지압봉이 촘촘히 박혀 있는 나무로 된 샌들을 보고 이게 뭐냐며 의아해 하더니 편지를 읽다가 눈물을 글썽이고 말았다.

사랑하는 엄마에게…

보고 싶던 초아, 엄마, 아빠를 만나고 갑니다.

엄마, 아침부터 저녁 늦게까지 일 나가서 힘들지요? 제가 있으면 발도 만져주고 할 텐데 그러질 못해 안타깝네요.

여기 지압이 되는 신을 사두었으니 집에 돌아오면 이걸 신고 내가 주물러준다고 생각하고 나오세요.

아침 점호시간마다 고향을 향해 고개 숙여 절을 할 때, 마음속으로 엄마 빨리 낫도록 기두할게요. 저는 군대생활 질 하고 있을 테니 다음 만날 때까지 엄마, 아빠, 초아 모두 잘 지내세요.

자랑스런 아들 유강 올림.

(2004. 5)

야자타임 군사우편

야자타임!

사랑하는 아들에게.

어제, 편지 잘 받아보았다. 요즈음 훈련이 없어 심심하다구? 아버지 군 생활 할 때는 심심할 틈이 없었는데… 예전 편지에는 훈련이 힘들다고 적혀 있었는데 이번에는 심심하다고 말하는 걸 보니 군대가 요즘 많이 좋아졌나 보구나.

시간이 남고 그럴 때는 책도 보고 한자공부도 하고 그러려무나. 고등학교, 대학교 때처럼 앉아서 T.V나 보면서 멍하니 있지 말고 말이야.

옛날부터 '시간은 금이다.'라고 자주 강조했지. 그만큼 군대에서 시간을 잘 활용하면 네가 나중에 군대생활을 돌이켜봤을 때 알차게 보냈다고 느낄 수 있을 거야.

지금 밖에는 비가 내리고 있단다. 비가 오는 날 이렇게 편지를 쓰고 있으니 예전 일이 생각난다. 너가 초등학교 다닐 때 내가 학교로 보낸 엽서를 받았잖아? 그 엽서를 쓸 때도 창밖으로 오늘처럼 비가 내렸는데…

그 엽서 기억나니? 우편엽서의 앞면은 주소 적고 뒷면에 작은 글씨로 빽빽하게 적었는데, 그 엽서에는 '힘들 땐 마음속으로 외유내강을 세 번 외쳐 보라구, 그럼 힘든 게 사라진다고' '초등학교 2학년 때 지리산 천왕봉에 올라간 유강이는 못할 게 없다고' 이런 내용이 적혀있었는데, 이 말들은 네가 나이가 들어서도 아버지가 해주고 싶은 말이란다. 가슴속에 새기고 살아주었으면 좋겠다. 그때 아버지는 자동차 때문에 같이 천왕봉에 못 올라갔는데 조금 아쉬움이 남아있단다. 아버지도 같이 올라가서 네가 천왕봉 꼭대기를 밟는 걸 보았어야 되는데…

2년 뒤 네가 전역하면 같이 천왕봉에 올라가 보자꾸나. 너보다 많이 뒤처지지 않기 위해서는 지금부터라도 체력을 많이 길러놔야겠구나. 주말에 목욕탕 가는데 네가 없어서 많이 심심하단다. 등을 밀기도 힘들고 말이다. 하지만 아들이 나라를 지키기 위해서 군대에 가 있다는 것을 생각하면 아버지는 참을 수 있다. 오늘은 이만 쓰마. 몸 건강히 잘 지내고 있거라.

P.S : 공부하라고 한자 책이랑 옥편, 한글 쓰기 연습 책을 보낸다.

2004년 6월 22일. 너를 정말 사랑하는 아버지가.

학교로 배달된, 군사우편 도장이 찍힌 아들놈 편지를 받았다.

편지지 저 꼭대기에 '야자타임!'이 적혀있어서 편지를 읽는 순간, '군대에 무슨 야간자율학습이란 게 생겼나?' 하면서 머리를 갸우뚱거렸다.

사랑하는 아들에게… 바로 혼돈에 빠졌다. 그리고 대뜸 편지 잘 받았다는 반말이었다. 그제서야 하, 아들 녀석, 일마 이게… 애비한테 장난치는구나, 알아차리고.

그랬다. 유강이가 초등학교 다니고 초아가 유치원 다닐 때, 두 아이에게 엽서를 각각 두 번씩 보냈다.

초아에게는 중간 중간 낱말대신 작은 그림을 그려서 보냈다. 이모님 제사를 모시러 초아랑 둘이서만 하동 큰섬에 다녀온 이야기를 썼는데, 가는 길에 고향 남해 어머니 산소를 둘러본 것까지 보고 느낀 것을 쓴 엽서에는, 흥미를 돋우기 위해 배, 자동차, 게, 물고기, 터널, 개미, 무덤 같은 그림을 글자대신 그려 넣었다. 유치원 선생님이 엽서가 너무 재밌다며 같은 반 아이들에게 읽어 주셨다. 초아는 이걸 책상 유리판아래에 끼워두고 몇 년 소중히 간직하고 있더니 이사를 하는 바람에 잃어버렸다고 지금도 아쉬워한다.

초등학생 유강이에게도 엽서를 학교로 보냈다. 담임 샘이 전해주는 아빠 엽서를 받아온 유강이가 학교를 다녀오며 입이 헤 벌어지면서 아주 좋아하던 얼굴이 떠오른다. 나는 잊고 있었는데 녀석은 그 엽서를, 엽서의 내용까지 기억하고 있는 걸 보면, 부모가 아낌없이 주는 사랑 하나가 그냥 없어져버리는 것이 아니라 자식이 인생을 살아가면서 언제 어디서건 한 번은 힘이 되어 주는 것 같다. 주문한 책을 사들고 가까운 시일 내에 면회를 다녀와야겠다.

(2004. 7)

이등병 면회…

　입덧을 하는 것도 아닐 텐데 수박화채와 아이스크림 없은 케이크를 꼭 먹고 싶다는 육군 이등병 아들의 면회를 위해 1.5리터짜리 페트병 사이다를 두 개 사서는 냉동실에 넣어 두었다. 초아는 오빠 면회 간다고 친구가 예쁜 T와 신발을 빌려주었다며 입어보고는 어떤지 봐달란다. 고슴도치도 제 자식은 예쁘게 보인다고 하얀 바지에 뾰족 구두 샌들, 분홍색이 들어간 앙증맞은 반팔 티를 차려입고 내 앞에 서서 빙 도는 데 얼마나 주위가 환해지는지 내일 부대가 좀 시끄럽겠다.

　초아가 새벽부터 일어나 옷을 챙겨 입고는 좁은 집을 돌아다니며 소란을 피운다.

　"아빠, 6시 반에 출발한다 해놓고 아직 안 일어나면 어쩌는데? 나는 5시 반에 벌써 일어났는데…"

　뉴스를 틀었더니 중부지방과 휴전선 근처에 먹구름이 걸쳐 있어 이 지방에는 오늘 집중호우를 조심하라고 한다. '가나? 마나? 어쩌지?' 아들 면회 간다고 아내가 하루 휴가를 내었으니 그냥 공칠 수는 없고, 일단 나서기로 했다. 한꺼번에 나서면 차돌이가 눈치 챌 것 같아 평소대로 나, 초아, 아내 이렇게 셋이 순서대로 집을 나섰다.

"차돌이가 뭐라 안 하더나?"

"아니, 자기 방석에 올라앉아서는 시선도 제대로 안 주던데."

"혼자 불쌍하지만 할 수 없지. 오늘 비가 너무 많이 와, 데리고 가도 바깥 구경 제대로 못 해서 집에 있는 게 편할 거야."

강원도에 접어드니 그야말로 비가 얼마나 많이 오는지 차선은 아예 보이지 않았다.

"차를 운전하는 게 아니라 꼭 배를 타고 가는 기분이네."

내 말에 조수석에 앉은 아내는 불안했던지 손잡이를 꼭 쥐고 놓지를 않는다.

"그 손 좀 놓지. 내가 못 미더운가?"

그러면 슬그머니 손을 놓았다가 또 어느새 손잡이를 잡고 있다.

"그것 오래 잡고 있으면 팔 아프다니까. 관절도 안 좋은 사람이 거기 힘주지 마. 운전은 잘 하니까 걱정 말고."

"그래도 너무 무섭네요. 아들 보러 가긴 가는데 이렇게 비가 많이 와서… 이 비에 새끼 보러는 가면서 부모님 뵈려는 못 간다 하겠지요? 비가 너무 많이 와서 못 가겠다고…."

"그래, 아마 대부분 그런 핑계를 댈 거야."

윈도우 브러시가 바삐 움직이며 빗물을 닦아내는 앞 유리창 너머로 양산에 계신 아버지 얼굴이 그려진다. 죄송한 마음이 든다. 좀 있다가 전화라도 드려야겠다.

반대편 차선에서 탱크가 줄을 지어 지나갔다. 각 탱크마다 군인 세 사람씩 상반신을 드러낸 채 총을 들고 사주 경계를 하고 있었다. 움직이는 탱크를 처음 보는 초아는 탱크의 위용보다는 총을 들고 있는 군인이 더 놀라운 모양이다.

"앗, 저 아저씨들이 왜 나에게 총을 겨누지? 기분 나쁘게."

"하하, 초아한테 겨누는 게 아니라 늘 저렇게 각자 맡은 주위를 살피려고 그러는 거야."

전화가 왔다.

"아빠, 나를 먼저 불러내고 10분 간격으로 초아랑 엄마를 시켜서 누구누구를 차례로 면회신청 해 주세요."

"알았다."

다행히 부대가 있는 육단리에 가니 비가 멎었다. 내가 먼저 가서 유강이 면회 신청을 했다. 조금 기다리니 면회장을 들어서는 이등병. 유강이가 경례를 붙인다. 군대 물이 들었는지 지난 5월, 백일휴가 나왔을 때보다 많이 의젓해 보였다. 다음은 초아가, 그 다음은 아내가 각각 면회 신청하러 갔다.

나중에 들은 이야기, 아내나 내가 면회 신청했을 때와는 달리 초아가 갔을 때는 위병소 보초들이 술렁이더란다. 괜히 면회소를 기웃거리며 애인 면회 왔느냐고 자꾸 말을 붙이고 그러더라나.

도 상병과 정 일병, 둘 다 인물도 훤하게 잘 생겼고 말도 시원하게 하는 씩씩한 군인이었다. 본래는 상병 둘이 나오기로 되어 있었는데 갑자기 일이 생겨 대신 나오게 되었다는 정 일병은

"면회 올 사람 없는 내가 이렇게 밖에 나올 줄 몰랐는데… 너무 좋아서 눈물이 나오려고 합니다."

정 일병의 감격어린 말이 끝나기도 전에 도 상병이 선수를 친다. 역시 군대는 군대다.

"초아 씨, 이렇게 만난 것도 인연인데… 악수 한 번 합시다."

도 상병이 내미는 손을 잡고 초아가 부끄럽게 악수를 하는 것을 본 정 일병은 가슴이 찢어지는 것 같다며 엄살을 피웠다.

오리고기를 전문으로 하는 식당에 가서 불고기와 수육을 시켰다. 모두들 너무나 맛있게 잘 먹는다. 소주도 넙죽넙죽 들이키는 게 정말 군인 같다. 후식으로 준비한 케이크와 과일을 먹고, 얼

려온 사이다를 이용해 아내는 수박이 들어간 과일화채를 즉석에서 만들어내니 모두들 게 눈 감추듯 한다. 초아가 깎아내는 키위를 선임들은 영광이라며 한 개도 남김없이 다 먹어치웠다.

"우리 내무반에서 초아 씨 인기가 최곱니다."

"아니… 내무반에서 초아를 어떻게 아나?"

"서 이병이 사진을 보여줘서 모두들 알지요. 그런데 사진보다 실물이 훨씬 더 예쁘네요."

초아는 부끄러워 입을 가리며 웃고 두 군인은 말을 할 때마다 유독 초아에게 눈을 떼지 못한다.

"유강이는 체력도 좋고 훈련을 잘 받습니다. 오자마자 유격도 받고, 대대 ATT도 잘 받고, 행군이랑 수색 모두 이등병답지 않게 잘 합니다. 아무 걱정 마십시오. 다 잘 해요. 참, 제 머리도 유강이가 깎아준 것인데요."

실컷 먹고 이야기를 나누다가 도 상병과 정 이병은 우리 가족끼리 오붓한 시간 보내라고 자리를 비켜주었다. 둘이서 피씨방에 오락하러 간 사이, 유강이가 매월대 폭포 이야기를 꺼냈다.

"거기, 여기서 머나?"

"차로 가면 얼마 안 걸릴 건데요. 같이 가보실래요? 장길산 드라마 촬영하는 세트장도 볼 겸."

15분 정도 오르막길을 달렸더니 제법 너른 주차장이 나온다. 유강이가 안내판의 지도를 보고 설명을 한다.

"방금 우리가 차를 타고 온 길은 이 좋은 길이고, 저희들 훈련할 때는 찻길 말고 이 뒷길을 택해 빙 돌아서 오지요. 완전군장에 7Kg 나가는 기관총까지 들고 행군을 하고선 수피령에서 여기 1,100고지 꼭대기까지 갔다 옵니다."

아내는 유강이 손등을 다시 어루만진다. 아까 면회할 때 보니 손등에 살이 제법 깊게 파인 상처가 있었다. 기관총을 들고 행군하다 다친 것이라는데 그게 얼마나 무거웠으면 그랬을까 걱정을 한다.

"아이구, 우리 아들. 총이 무거워서 어쩌노?"

"괜찮아요. 늘 하는 것인데 뭐."

이 녀석, 제 엄마 앞이라고 말은 이렇게 하면서도 전에 나에게 보낸 편지에는 '이 더위에 1,100고지까지 수색 나갔다 오면 혀가 다 빠질 지경입니다.'라고 했었다.

폭포 올라가는 길엔 물이 불어 신을 벗고 가야 하는 개울이 있었다.

"엄마, 내가 업고 건너갈 수 있는데, 업히세요."

"아니, 우리 아들 힘들 텐데… 내가 신 벗고 가면 되겠다."

"그럼… 초아 네가 업힐래? 오빠가 업어 줄까?"

"아니."

이 녀석은 업어주며 힘자랑을 하고 싶었던 모양인데 둘 다 업어주는 사람 힘들 것을 생각해 업히는 것을 마다한다.

매월대 폭포는 매월당 김시습이 와 있던 곳이란다. 계속 내린 비로 물이 엄청 많이 떨어지는 폭포는 한 번 볼 만 했다. 폭포구경을 하고 내려와 세트장을 찾았다. 요즘 한참 방영중인 '장길산' 드라마의 재인마을 입구임을 한 눈에 알 수 있었다. 안내판에는 '임꺽정'과 '덕이' 촬영지, 지금은 '장길산' 세트장으로 이용되고 있다더니 정말 어제 T.V에서 본 드라마 '장길산'에도 저 세트장이 그대로 나왔었다.

오후 4시 반, 아내는 면회시간 마칠 때까지 같이 있고 싶어 했지만 아들은 우리가 돌아갈 길을 걱정하면서, 아까부터 들고 다니던 조그만 종이 가방을 건네준다.

"엄마, 이건 나랑 같은 내무반 고참 몇이서 야생 더덕을 캐 모은 건데 여자들에게 참 좋대요. 일단 이것은 몸이 아파 고생하시는 고모님 갖다드리세요. 나중에 내가 많이 캐면 엄마 것도 따로 준비할게요. 나는 피씨방에 가서 고참들과 같이 좀 놀다가 저녁 먹고 들어갈 테니 그냥 가세요. 초아도 잘 가. 공부도 열심히 하고. 아빠, 건강하게 계세요. 필승!"

집에 온 초아가 뒷북을 친다.

"아까, 못 이기는 척 하고 오빠 등에 업혀볼 걸 그랬나?"

"왜? 업어준다 할 땐 안 업히더니."

"헤헤, 그땐 사실 오빠가 불쌍해 보여서."

"그래, 잘 했다. 초아가 얼마나 무거운데. 그랬다간 육군 이병,
개울에 처박히는 꼴 볼 뻔했지."

"쳇…"

(2004. 7)

남한산성…
청설모의 잣 서리

내가 분당에 올라오고 난 후 얼마 지난 어느 날, 누나가 내게
물었다.

"어떻노? 식구들하고 같이 사니 좋지?"

"좋은 것도 있지만… 이 곳 생활이 너무 팍팍해 정이 안 붙네."

사실 아는 사람도 거의 없고, 어디 쉽게 하소연할 데 없는 그
런 몇 가지 답답한 내 사정까지 알고 있는 누나로선 쉽게 내 입
에서 좋다는 대답을 기대하지 않았을 것이다.

"그래, 낸들 네 마음 왜 모를까? 하지만 정 붙이고 살아야 안
되겠나. 나는 우리 형제들하고 혼자 떨어져 있다가 너라도 이리
가까이 오니 나는 참 좋은데."

그래선지 누나는 어디 가까운 곳에 바람 쐬러 갈 일이 있으면
언제나 나에게 전화를 해, 어지간하면 같이 가길 원했다. 봉선사
에 연꽃 보러 갔었고, 미사리를 구경했으며, 양수리에 연꽃 축제

를 다녀왔다. 오는 길에 구리여고 느티나무아래에서 짜장면을 시켜먹고, 매형은 나무 그늘아래 벤치에서 늘어지게 낮잠도 잤고, 동구릉에도 가보고, 장자못을 구경했었다. 소래포구를 둘러 제부도를 다녀오기도 했었다.

9월 4일, 학교에서 일찍 돌아와 좀 쉬고 있으니 누님에게서 전화가 왔다.

"둘째야, 뭐 하냐?"

"아, 누나? 그냥 집에 있는데…"

"어디 안 가고?"

"나중에 생선회를 사 갖고 누나 집에 가려했는데… 누나는 어딘데요?"

"회는 무슨… 내가 얼마나 먹는다고. 우린 남한산성이나 가려고 나왔는데 지금 잠실 근처다."

"어? 그러면 같이 갑시다. 이리 데리러 오소."

"그래? 가만 있어봐."

매형과 의논하는 목소리가 들리더니, 이리 온다고 했다. 아내와 차돌이가 따라 나섰다.

나들이 나온 사람이 많아서인지 성문 쪽에는 아예 차가 진입하기 힘들어, 주차시킬 곳을 찾아 돌아 나왔더니 학교 앞 주차장이 많이 비었다. 차를 두고 어디를 갈까 잠시 망설였다. 내가 학교로 가자고 하니 학교에 뭐 하러 가느냐며 토를 달면서도 다들 따라온다.

"학교가 쉬기 좋은 줄 모르지요?"

말은 그렇게 했지만 크게 기대를 안 했는데 교문을 들어선 순간, 모두들 약속이나 한 듯, 아! 하고 탄성을 지른다. 제법 넓고 반듯한 운동장, 흔한 슬래브 건물이 아니라 지붕에 기와를 얹어 멋을 낸 학교. 모두들 첫눈에 반했던 것이다. 차돌이는 운동장을 뛰어다니느라 정신이 없고, 나는 학교 전경을 가슴에 담느라 선 자리에서 이리저리 눈을 돌리고 있는데, 누님은 마치 전에 한번 와보았다는 듯이 스스럼없이 앞장을 선다.

"어디 가려고?"

"저기 뒤편 저 숲이 좋아 보이는데"

"막힌 것 아니오?"

"막혔으면 돌아가면 되고… 사는 게 그런 것 아닌감. 일단 가보자. 뭐."

학교 건물 뒤를 돌아가니 비탈진 오솔길이 나온다. 큰 느티나무 아주 높은 가지에 어떻게 줄을 묶었는지 용하게 누군가가 그네를 달아두었고, 키 큰 잣나무와 소나무가 둘러선 곳에는 야외수업을 할 수 있도록 칠판과 평상, 굵은 나무 밑동을 박은 의자들이 제법 많이 있었다. 칠판에는 아이들이 괴발개발 써둔 낙서가 어지럽다. 평상에 돗자리를 깔고 앉았다. 바람은 없어도 워낙 아기자기하고 자연스러운 풍경이라 그 속에 앉으니 더운 줄 모르겠다.

그네는 아래쪽 학교를 비스듬히 보며 타게 되어 있었다. 그러니까 돗자리에 앉은 사람에게 등을 돌리고 그네를 타게 되는 것이다. 누나가 그네에 앉았다. 내가 밀어주었다. 손에 닿는 누나의 등 감촉, 마음이 아프다.

"무슨… 살이라곤 이래 없소? 살 넘치는 사람 천지로 있는데… 좀 가져가지."

"그래 말이다."

몇 번이고 계속 밀어주었더니 그 미는 힘에 제법 오래 그네를 탄다. 매형도 양복 윗도리를 벗고 와이셔츠 차림으로 그네를 탔다. 안 밀어줘도 된다는 걸 몇 번 밀어주었더니 제법 높이 난다. 어디서 바람소리가 들리는 것 같아 고개를 들었더니 저 높은 데서 느티나무 가지가 흔들리며 잎들이 사각사각 소리를 내는 것이었다. 아까, 누나는 너무 가벼워 나무가 느끼지 못했던 모양이었다. 등을 보이고 그네를 타던 두 사람을 보고 나는 혼자 많은 생각을 했다.

이런 저런 이야기를 하다가 어른 주먹보다 큰 잣나무 열매를 하나 주웠다. 잣을 까려니 송진이 묻어나 좀 불편했지만 넷이서 알알이 박힌 잣을 까먹는 재미가 쏠쏠했다. 그런데 갑자기 저쪽에서 툭! 하고 아주 큰 잣 열매가 떨어졌다.

손에 잣을 주워든 누나가 "이게 갑자기 어디서 떨어졌지?" 하고 중얼거리다가 갑자기 큰 소리.

"어마, 저 봐라. 저절로 떨어진 게 아니고, 청설모가 잣을 떨어뜨린 모양이네. 이 녀석 지금 잣 찾으러 내려왔나 보다."

그러고 보니 아까부터 근처를 얼쩡거리던 청설모 녀석이 잣나무 굵은 둥치를 거꾸로 내려와서는 뭘 찾는지 주위를 두리번거리고 있었다.

누님이 잣을 들고 약을 올렸다.

"야야, 너 지금 이걸 찾냐?"

이쪽으로 눈을 돌리는 청설모, 그러자 청설모랑 덩치로 크게 차이가 나지 않는 강아지 차돌이가 처음 보는 그 놈을 잡으러 달려갔다. 잣은 도둑맞고 웬 쪼그만 놈이 자기를 잡으러 오는 통에 놀란 청설모는 화다닥 나무를 타고 달아났다.

우리는 청설모 저 녀석 애써 딴 잣을 뺏긴 게 얼마나 아깝고 분하겠냐며 깔깔거리다가 하나 더 떨어뜨려 보라고 공중에 대고 농담을 했다. 정말 우리말을 알아들었던 것일까. 좀 있으니 또, 툭! 하고 잣이 떨어져 비탈로 굴러간다. 매형이 급히 달려갔으나 방향을 놓쳤다. 나랑 같이 저 아래 학교 뒤편까지 샅샅이 뒤졌으나 찾지 못했다. 그 다음부터 정말 거짓말처럼 청설모는 계속 잣을 따 아래로 떨어뜨리기 시작했다. 한 개 떨어뜨려 놓고 내려와 찾아보고는 실망, 다시 올라갔다가 다시 내려오고, 그러길 몇 번. 우리는 모두 6개의 잣을 가로챌 수 있었다. 잃어버린 것까지 합하면 7개, 7전8기라고 청설모는 8개째를 딸 때는 좀 작은놈으로 골라 떨어뜨리지 않고, 나무 위에서 자기가 두 손으로 잡고 돌려가며 잣을 까먹기 시작했다. 얼마나 빨리 까먹는지 잣 껍질 부스러기가 옛날 고향에서 어른들이 추수를 한 나락을 마당에서 탈곡기를 돌릴 때 나락 떨어져나가듯이 우수수 땅으로 떨어졌다. 모두들 참 많이도 웃었다. 내일이면 원자력 병원에 입원하기로 되어 있던 누님, 저절로 터져 나오는 웃음이 아픈 사람에게는 얼마나 좋은 약이겠냐는 생각에 여길 오기 정말 잘했다고 생각했다.

가을에 남한산성에 가거들랑 '남한산초등학교' 뒤편에 올라볼 일이다. 그네를 타고 놀다가 심심해지면 잣나무를 올려다 보라. 청설모가 잣을 떨어뜨리고 찾으러 내려올 때 잣을 숨겨두길 몇 번 하다 보면 활짝 웃음 터질 것이니.

(2004. 9)

세월은 간다,
아무도 몰래 깨금발을 하고…

책상위에 있는 조그만 달력을 넘겼다. 마지막 달, 12월이다. 3월 들어 낯설고 아는 사람 아무도 없는 조그만 도시인 구리로 다니기 시작했다. 분당에서 구리까지 출퇴근길이 만만치 않았다. 보름쯤 지나 다른 길에 도전했던 첫날, 길을 잘못 들어 지금 생각하면 삼성의료원 조금 못 미친 갓길에 차를 세웠다. 다른 차들은 거침없이 씽씽 달리지, 길을 물어볼 사람도 없어 참 막막했다. 학교에 전화를 해 여기가 어딘지 모르겠다며 길을 좀 가르쳐 달라고 하자, 어딘지 알아야 도와줄 게 아니냐는 대답이 돌아왔다. 우문에 현답이다. 출근하다 길을 잃은 셈인데 내가 지금 이 나이에 뭐하는지 참 암담했다. 그날 퇴근길에는 지도상으로 성수대교를 넘어 남으로 직진해 오려고 했는데 한참 가다 보니 길바닥에 상계동 가는 표시, 아, 강을 건너지 못하고 엉뚱하게도 북으로 가고 있는 걸 알고 한참동안 길을 헤매고 마음도 황당했다.

표지판을 유심히 보고 다녀도 동네 이름이 죄다 낯설다 보니 동서남북을 가늠할 수 없어 운전대 옆엔 늘 지도책을 펼쳐두었다. 학교에서도 교재연구를 하기보다는 큰 교통지도책을 펴놓고 가 본 길은 형광펜으로 노랗게 표시를 하고 있었다.

막막한 가운데 3월, 4월… 그래도 시간은 흘러갔다. 한강 남쪽 강 따라 가는 길을 올림픽대로, 북쪽을 강변북로라 부른다는 것도 알았고, 올림픽대로와 강변북로, 둘 다 끝까지 운전해 달려보기도 했다.

어디 그 뿐이랴. 밝히기 부끄러운 일이지만, 3월 초 아직 길눈이 형편없이 어두울 때였다. 퇴근길에 구리에서 술 한 잔하고 분당까지 대리운전 해 온 날 밤. 당시 차에 내비가 없었다. 분명 집에 거의 다 왔는데 아파트도 아니고 주택가라 그런지 내가 설명해도 기사분이 집을 잘 못 찾겠다고 불평을 한다. 내리라하고 내가 핸들을 잡았는데 엉뚱한 방향으로 접어들었는지 길은 가도 가도 끝이 없었다. 차를 돌리려 해도 신호등이 보이질 않고 차를 세워야한다는 마음과는 달리 차가 서질 않았다. 그 때는 몰랐던 분당수서 자동차 전용도로를 탄 셈이고 그 길에는 신호등이 없다 보니 결국 한강을 건너고, 달리고 달려 자유의 다리가 있다는 임진각 조금 못 미친, 그러니까 자유로 어디까지 갔다가 돌아오니 새벽 2시 반이 넘었다. 사고 나지 않은 것이, 죽지 않은 것이 천만다행이고 조상님 음덕이었다. 며칠 동안 죽은 듯이 근신해야만 했다.

북쪽에 손재수가 끼었는지 아내는 *생기*에 **손**을 댔다가 잃은 돈에 상심했고, 그것보다 더 아내를 괴롭혔던 것은 사람들에게 입은 마음의 상처였다. 그 아픔을 겪고 난 후 아내는 남의 식당에 일을 나갔다. 죽집에서의 주방 일, 하루 12시간이 넘는 중노동. 한여름 삼복더위에 계속 죽을 끓이는 죽집 주방은 그야말로 한증막보다 더한 찜통. 에어컨은커녕 선풍기도 없는 주방에서 일을 하다 더워, 그야말로 헉헉대다 숨이 턱에 받히면 손바닥만큼 작은 창문 밖으로 잠시 머리를 내어 숨을 쉰다고 했다. 그렇게 힘든 일을 하고 파김치가 되어 돌아오는 아내를 보며 마음이 많이 아팠다. 부산에서는 그래도 원장님 소리를 들으며 지냈는데 식당에서 허드렛일을 하며 겪는 심신의 고통을 내가 달리 덜어줄 수 없었다. 기껏 한다는 게 퇴근 후 빈집에 돌아가 청소나 설거지, 그리고 혼자 밥을 챙겨먹는 일뿐이었다. 가족과 함께 생활한다는 점에선 좋았으나 아들은 군대에 갔고, 딸은 야·자하며 늦게 오고, 아내는 가게에 가고, 혼자 밥을 먹는 것은 여전했다. 저녁을 먹고 차돌이랑 함께 집 근처 공원에 나가 밤하늘을 바라보며 많은 생각에 잠겼다. 부산에서 뭉치와 살면서 밤하늘을 바라보던 때와는 또 다른 고독에 빠졌다.

8월 말부터 누님이 아팠다. 내가 할 수 있는 일은 자주 가서 말동무하고 어디 바람이나 쐴 수 있으면 같이 나가는 일. 해서 남한산성에 들렀다가 생전 처음 잣을 직접 까 먹어보고, 9월 중순에는 누님 고등학교 친구들이랑 광릉수목원에 다녀왔다. 수목원에서 천천히 산보를 즐기고, 잣나무 아래에 자리를 깔아 친구들이랑 세상 살아온 이야기를 도란도란 나눴다. 그리고 내려오다가 잣 열매를 많이 주웠다. 나는 서서 발로 잣을 뭉개고 누님들은 쪼그려 앉아 잣 알갱이를 골랐다. 안내판을 보니 수목원이 어찌나 너른지 1/3도 채 못 본 탓에 내년에 또 하루 날을 잡아 다시 구경 오기로 약속했다. 오는 길에 봉선사에 들러 또 잣을 줍고, 누님들이 봉선사 흰 연꽃을 구경 간 사이 나는 잣 방울을 뭉개고 있었다. 구경을 마치고 돌아온 누님들은 아까처럼 다시 잣을 고르면서 참 알뜰한 나들이라고, 아줌마들은 할 수 없다며 깔깔대고 웃었다.

10월 초, 경기도교직원 수련소로 쓰이는 수덕원은 청평호를 끼고 있는 아주 경치 좋은 곳에 있어 방 구하기가 힘든데 어렵게 방을 예약해 두었다. 누님과 여고동창 친구들의 1박 2일 여행인 셈이다. 푸른빛 물을 가득 담고 있는 청평호는 그림처럼 아름다웠으며, 가을 하늘 드높았다. 깜짝 이벤트로 청평호에서 모터보트를 태워주었더니 다들 너무 재미있어 한다. 수덕원 입구 엄청 큰 은행나무의 샛노란 은행잎, 그리고 무수히 달린 은행열매. 너나 할 것 없이 너무 예쁘다고 탄성을 지르던 모습은 나이를 거슬러 올라 그 옛날 내가 알던 여고생 누님들이었다.

방에 짐을 풀어두고 남이섬을 들렀다. 일본 관광객들도 많이 오고, 사람들이 너무 많아 복작대었지만 경치가 좋아 한번 왔다 갈만한 곳이라고 입을 모았다. 누님들은 하얗게 핀 억새를 보면서 좋아하다가도 저 옛날 부산 에덴공원 갈대밭을 회상하곤 추억에 젖었다. 숙자, 혜숙, 임순. 모두 60년대식 이름인 누님들은 나에게 자꾸 말을 높였다.

"아이고, 누님들. 처음 보는 사이도 아니고, 고등학교 다닐 때부터 보던, 친구 동생인데 말 낮추이소. 말을 높이니까 영 이상하구먼."

"그래, 동생인데 말 낮춰라."

누님이 옆에서 거들었지만 혜숙누님 혼잣말이 우습다.

"그래도 머리가 허-연 아저씨를 두고… 어째 쉽게 말을 낮추겠노."

수덕원으로 돌아와 야외에서 숯불구이를 할 수 있도록 드럼통에 숯을 놓고 석쇠까지 준비해 두고 집에 돌아오려니까 고기를 많이 샀는데 먹고 가라고 잡는다. 내일은 누님 아들 주석이가 차를 몰고 모시러 올 것이라 나는 철수하면 되었다. 갈 길이 멀다며 뿌리치고 오길 잘 했지, 나중에 들으니 밖에서 친구들과 먹는 숯불구이가 너무 맛있더라나. 평소 먹던 양보다 엄청 많이 먹어 고기가 모자랄 지경이었고 나중에는 은행열매까지 구워먹었단다. 그러면서 숙자누나가 그랬다네.

"야야, 아까 우리가 서 선생보고 먹고 가라고 잡았는데, 먹고 갔으면 모자라서 큰 일 날 뻔했다. 호호."

며칠 후 누님 댁에 갔더니 큰 통에 은행을 불리고 있었다. 누님은 환하게 웃으며 말했다.

"둘째야, 우리가… 은행털이범이야, 호호. 나중에 숙자랑 혜숙이가 이걸 까러 여기 오기로 했어."

"하하, 누님들이… 복면도 안 쓰고 은행을 털었다고? 그러니까 은행을 털고 공범들끼리 나눠 갖는 거네."

누님들은 잣을 따고, 은행을 털고, 이렇게 생산적으로 알뜰하게 놀러 다니다 보니 이젠 그냥 눈으로 구경만 가는 것은 왠지 손해가 되는 것 같아 못 하겠다고 한다.

얼마 전 항암치료를 한 주 쉬는 틈을 타, 서울, 경주, 부산, 고성에 흩어진 고등학교 친구들과 함께 제주도로 여행을 다녀온 누님. 사진을 보여주는데 세월의 흐름을 느낄 수 있었다. 그 옛날 내가 아는 누님들은 모두 단발머리 여고생 아니면 20대 초반의 앳된 얼굴들이었는데, 어깨 나란히 하고 활짝 웃고 있는 얼굴들은 모두들 50을 넘어섰다. 사진을 보며 나도 모르게 한 손으로는 안성을 위로 치켜세우고 있는 나 역시 옛날 까까머리가 아니다. 이렇게 세월은 간다. 아무도 몰래 깨금발을 하고…

(2004. 12)

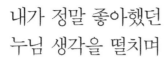

내가 정말 좋아했던
누님 생각을 떨치며

2004년 11월 7일. 누님에게 전화를 했다. 매형이 서울에 못 오시는 모양이었다.

"그럼, 누님. 혼자 있수?"

"응"

"몸은 좀 어떤데? 바람 쐬러 갈래요?"

"어디 좋은 데 있나? 멀리는 못 가겠는데…"

"신문에 서울에서 가을 산책하기 좋은 곳이 나왔던데 양재 시민의 숲이라고 가을 경치가 좋답디다. 누님집하고 가깝고… 가봤능교?"

"나도 좋다는 말만 들었지, 아직 못 가봤다."

"그럼 잘 됐네, 거기 갑시다. 빨리 갈 테니까 옷 좀 두텁게 입고 준비하고 있으소. 감기 들면 안 되니까."

"그래, 알았다."

누님 집 앞에 도착하니 밖에 미리 나와 기다리고 있었다. 날씨에 비해 옷을 좀 두텁게 입은 것은 감기 조심한다는 뜻이겠지만, 모자를 깊게 눌러쓴 것은 병색 띤 얼굴을 감추려는 것 같아 마음이 아팠다.

찾아간 시민의 숲. 단풍은 절정을 지난 듯 잎이 많이 떨어져 길에 낙엽이 수북하게 쌓였지만 우리를 위해 그랬는지 군데군데 물이 좀 늦게 든 나무들은 아직 붉고 또 노란 잎들을 뽐내고 있었다. 빨간 모자를 쓴 누님은 힘이 없어 큰 소리를 내진 않았어도 기분이 아주 좋을 때 내는 누님 그 특유의, 소녀 같이 가는 목소리로 감탄을 했다.

"야… 단풍 색깔 봐라. 정말 좋네."

누님이 생각에 잠겨 천천히 산책하는 동안 뒤따르던 나는 휴대폰으로 누님 뒷모습을 한 장 찍었다. 조용한 곳에 돗자리를 깔고 앉아 이런 저런 이야기를 나누고 밥 때가 되어서는 오토바이로 배달을 해준다는 광고를 보고 음식을 시켜 먹었다. 이런 데서 음식 시켜먹는 것은 처음이라며 누님이 참 좋아했다. 가을, 누님과 함께 보낸 서너 시간의 붉은 가을이었다.

누님은 평소 말하기를 어차피 자연으로 돌아갈 몸, 재가 되어 뿌려진다면 묏자리를 두고 어떻고 저떻고 그런 말 나오지도 않을 것 아니냐며 자기 살다간 흔적을 남기지 말았으면 했다. 누님의 마지막 자리를 정하는 것은 누님과 피를 나눈 형제들이라 해도 우리 몫이 아니었다. 매형은 우리에게 조심스레 자신과 아이들의 뜻을 전했고, 평소 누님의 뜻을 들어 알고 있는 우리 형제들도 아쉬운 마음 없지 않았지만 그리 따르기로 했다.

"화장하고 납골당에 안 모시면 어디에 뿌리려고요?"

"누나가 평소 가고 싶어 하던 곳은 두 군데 있는데, 하나는 남해에 있는 엄마 산소, 또 한 군데는 해인사 백련암에 가는 걸 좋아했으니, 거기다 뿌리자. 요즘 함부로 산골을 금지하고 있으나 백련암 스님에게 미리 양해를 구해놓았다. 산골만 허락한 게 아니라 마지막 누님 가는 길에 스님이 독경까지 해주신다니 고마운 일 아니냐."

울산에서 양산을 거쳐 남해 가는 길, 누님이 마지막으로 한 달 가까이 머물렀던 동생 집이 있는 물금을 지나칠 땐 오봉산이 보이고 뭉치와 거닐었던 물금의 이곳저곳이 저절로 떠올랐다. 누님이 뭉치 몫까지 오래 살아주었으면 하고 바랐는데, 뭉치 남은 생이 겨우 일 년하고 몇 달, 그것밖에 안 되었나 그런 생각을 하고 있었다.

누님이 암 수술을 받고 힘들게 투병하고 있을 때, 어느 날 이상한 꿈을 꾸었다고 했다. 정확히 어딘지는 모르겠으나 하얗게 소복을 입은 누님이 큰 강을 앞에 두고 저기를 어떻게 건너가나 하면서 하염없이 바라보고 앉아있었는데 웬 강아지 한 마리가 이쪽으로 오더니 누님에게 한 번 안기고는 옆에 앉았다. 그리고 정확히 누군지는 잘 모르겠는데 분명히 어디선가 본 듯한 먼 친척 할머니가 옆으로 지나가면서, "좋겠다, 너는. 누가 대신 가준다니까…"라는 이상한 말을 하고 지나갔다. 이게 무슨 말인가? 이상해서 사방을 둘러보자 할머니는 이미 보이지 않고, 아까 그 강아지가 누님 옆에 붙어 앉아 강을 바라보고 있었다. 생생한 그 장면이 깨고 보니 꿈이었다.

소복 입은 자신의 쓸쓸한 모습이며, 힘없이 앉아 저 강을 어찌 건너가지 하는 걱정에, 평소 개를 좋아하지 않는 누님인데 다가와 품에 안기고 옆에 붙어있던 강아지하며 할머니의 이상한 말들… 이 모두가 너무나도 생생하게 떠올라 누님은 그날 아침부터 절에 가서 부처님 앞에 절을 하고 엎드렸다.

내 대신 간다는 말은 뭔가? 누가 내 대신 간단 말인가? 강아지는 또 뭔가? 며칠 동안 절을 하며 곰곰이 생각해도 도무지 알 수 없는 일이었는데, 인터넷 칼럼에서 뭉치의 죽음을 슬퍼하는 내 글을 보신 매형이 매일 하던 대로 누님에게 안부전화를 하다가 그 소식을 전했다. 날짜를 짚어보니 누님이 꿈을 꾼 날짜와 뭉치가 세상을 떠난 날짜가 딱 맞아떨어지고, 꿈에 얽힌 누님의 의문이 말끔히 가셨다.

뭉치를 잃고 슬퍼하고 있을 나에게는 너무나 미안한 마음이 들었지만, 누님은 그날 이후로 몰라보게 생기가 돌았다고 한다. 나중에 그 얘기를 누님에게 전해들은 나는, 누님이 뭉치 몫까지 아프지 말고 오래 살아주었으면 좋겠다는 바람을 가졌더랬다.

바보 같은 놈, 뭉치 네 명줄이 겨우 그만큼 밖에 안 되었더나? 좀 더 타고 나지. 크고 맑은 눈동자의 뭉치 얼굴이 어리던 차창 너머로 낯익은 물금의 풍경이 자꾸 멀어지고 있었다.

남해의 엄마 산소를 찾아가 절을 하는데 눈물이 앞을 가렸다.

"엄마, 엄마가 그리 좋아하던 하나뿐인 딸이 왔네. 뭐가 그리 좋아서 이리 빨리 엄마 곁에 간다고 재가 되어 왔네. 이제 엄마는 외롭지 않겠수. 딸 데리고 잘 계시면…"

남해대교를 건너오면서 눈에 익은 노량 앞바다를 보고 누님이 중학생이었을 때 4남매가 배를 타고 고향에 가던 날이 떠올랐다. 고향 간다고 새로 산 운동화를 배에서 잃어버려 맨발로 노량에서 월곡까지 신작로를 걸었던 그 여름날의 누님 맨발이 생각났다.

누님이 자주 다녔던 해인사 백련암. 스님 두 분이 앞장서서 누님의 뼛가루를 뿌릴 곳으로 안내를 했다. 한 사람 겨우 지나갈만한 좁은 오솔길을 올라갔다. 아마 자세히는 몰라도 누님이 백련암에 오면 산책했을 길이었다. 재를 뿌렸다. 스님들의 목탁소리와 독경이 울려 퍼지는 가운데 참나무, 소나무가 우거진 숲 저 언덕 아래로 마지막 재를 다 뿌리고 내려왔다. 세월이 지나 혹 이 곳을 찾을 수 없을지 모른다는 생각이 들어 혼자 길을 되돌아 올라가 사진을 찍었다.

컴퓨터에 사진을 넣어두고 거의 매일 꺼내 보았다. 빨간 모자 쓴 누님은 내게 등을 돌리고 가을에서 겨울로 가는 길목의 양재 시민의 숲을 걸어가고 있다. 불러도 돌아보지 않는다. 백련암 언덕길, 누님이 누운 숲은 언제 보아도 고요하기만 하다.

누님 가신지 벌써 달이 또 바뀌었네. 그간 누님은 잘 있나요? 여긴 출퇴근 오고가는 길에 푸른 신록이 너무나 고와 누님 생각 더욱 간절해. 거긴 어떤지, 꽃은 피고 지는지, 거기도 푸른 신록 인지, 어둡지는 않은지…

얼마 전, 누님 집에 들렀다오. 한강을 끼고 올림픽대로를 달리면서 누님이 옆에 앉은 듯 그런 착각에, 몇 번이고 옆자리를 힐끗 거리고는 여전히 빈자리라 나도 몰래 눈시울이 뜨거워지던걸.

암이 재발되었다는 것을 알고, 어떻게 치료를 시작할 것인가 의사와 상담하러 원자력 병원에 처음 갔던 날, 대기실에서 망연 하게 기다리고 있다가 옆 진료실에 걸린 '의학박사 문난모' 명패를 가리키며 내가 말했지.

"누나… 저거 봐요. 저 의사선생님 이름… 거꾸로 읽으면 모난 문이네?"

누님도, 주석이, 소담이도 모두 고개를 돌려 읽어보고는 "모난 문, 모난 문… 하하, 호호" 모두 그렇게 환하게 웃었다. 무거운 마음 잠시 떨쳐버리고 자기도 모르게 활짝 웃던 얼굴, 우리 그랬잖아. 그렇게 웃었잖아. 그렇게 웃으며 오래 살길 바랐는데, 줄 수만 있다면 내 명을 몇 년 뚝 끊어 누님에게 보태주고 싶은 마음이었는데, 바보처럼 그리 빨리 가버리다니.

내가 있는 교정의 느티나무들도 푸른 잎사귀로 하늘을 다 가렸어. 작년 양수리 연꽃 축제를 보고 돌아오면서, 거기, 나무아래 벤치에 누님이 앉아있던 모습이 아른거려 수업이 없는 시간에 혼자 서성거리면 누님의 목소리가 떠올라.

"둘째야, 너희 학교 느티나무… 이름드리 정말 잘 컸네. 그늘이… 참 좋다. 이 좋은 데서 맨날 부산을 생각한다며? 너는 아직 서울 생활에 적응 안 돼 힘들겠지만, 그래도 나는 네가 서울에 가까이 와 좋은걸. 4남매 중, 둘은 부산에 있고 둘은 서울에 있고, 공평해서 좋잖아? 이젠 여기에 적응해야지."

그렇게 나를 달래놓고 홀쩍 가버리면 혼자 남은 나는 어쩌라고.

꽃을 보면 귓가에 환청처럼 들리는 목소리. 누님은 내게 자주 물었지.

"삼촌, 저건 무슨 꽃이고?"

퇴근길, 토평 I/C를 빠져나가는 화단에는 내가 작년에 누님에게 가르쳐준 조팝나무 하얀 꽃이 정말 흐드러지게 피었더니만 이젠 지고 있네. 모르는 꽃 보면 이제는 누구한테 물어볼 건데? 그렇게 혼자 중얼거렸어. 들어줄 사람 가고 없는데, 바보처럼.

장례를 치르고 와서 매형이 서랍을 열어보다가 뭘 찾았는지 쪼그리고 앉아 풀이 죽은 목소리로 나를 불렀어.

"봐라, 처남. 누나가 이런 걸 하나도 빠짐없이 모아뒀네. 나중에 박물관에 내놔도 되겠다."

매형이 1976년 2월 평사원으로 입사해 받은 첫 명함에서부터 지금의 명함까지 하나도 빠짐없이 모은 25장의 명함은 그야말로 매형이란 사람, 한 개인의 샐러리-맨 역사를 그대로 보여주는 귀한 것이기에 매형은 그걸 두 손 모아 꼭 쥐고 있더군.

얼마나 정확하고 알뜰한지 명함 뒷면에는 눈에 익은 누님의 필체로 언제부터 언제까지 근무했는지 날짜를 적어두었던 걸. 게다가 명함만 있는 게 아니라 가슴에 패용했던 명찰까지 모두 모아둔 걸 매형도 처음 본 모양이야.

"이제 생각하니 그러네. 명함이 나오면 늘 자기에게도 하나 달라고 하더니… 언제 이렇게 알뜰살뜰 모아두었나. 이 명함 받고 유난히 더 좋아했는데…"

현재의 보직이 찍힌 명함을 내미는 매형 손이 조금 떨렸어. 그래, 아무런 학연이나 지연의 도움 없이 평사원으로 시작해 대기업 상무까지 오르는데 어찌 매형 혼자만의 힘이었을까. 사치와는 거리가 멀고, 아껴 살면서도 부모 형제나 어려운 이웃에게는 늘 베풀던 누님, 눈에 보이지 않게 집에서 내조해 온 누님의 공덕을 매형도 익히 알고 있잖아. 그래 누가 봐도 정말 사이좋게 살았지, 그리 살아놓고 이제 두 아이 모두 학비 들어갈 일 없겠다, 취업 걱정 없겠다, 정말 재미나게 살 나이인데 뭐가 그리 좋아 일찍 길을 떠나버린단 말이오. 정말 누님 친구들이 울며 하던 말, "엽이… 정말 밉다, 미워." 내 마음도 꼭 그대로야. "누나, 정말 밉다."

내가 참 좋아했던 하나뿐인 누님. 돌아올 수 없는 먼 길을 떠났으니 이제 여길 뒤돌아보지 말고 누님 길을 편히 가소서. 남은 사람은 어째도 살아갑니다. 가버린 사람 몫까지 열심히 살아주는 게 남은 사람의 도리라고 하는 말, 가슴에 쉬 닿지 않지만, 그리 믿고 또 서로를 위로하면서 우리들은 어째도 살아갑니다. 그러니 누님, 아무런 걱정 말고 마음 편히 홀홀 그리 떠나가소서.

(2005. 6)

초아 책상 앞에 붙은 편지

내 동생 초아에게

이 편지가 군대에서 보내는 마지막 편지일 것 같아.

아직도 내 지갑 속에는 군 입대 이틀 전에 네가 나한테 대략 730일 정도만 참으라는 몰래 적어준 편지가 있는데 말이지. 참 시간 빨리 지나가는 것 같다.

내년이면 네가 스무 살이라니… 하긴, 전에 휴가 나갔을 때 주민 등록증도 있더라만. 시간이 지나도 언제나 나의 어린 동생으로만 있을 줄 알았는데 이젠 어엿한 숙녀가 되다니, 아쉽기도 하고 자랑스럽기도 하다.

입대하던 날 춘천 보충대 강당에서 마지막으로 헤어지면서 엄마랑 네가 울고 있던 걸 어렴풋이 보았던 게 눈만 감아도 생생한데, 지금 생활하는 중대 40명 중 내가 두 번째 고참이란 게 믿어지지 않아.

며칠 후 네 생일인데… 시험도 남아있고 해서 좀 그렇다.

대신 내가 휴가 나가면 맛있는 카푸치노랑 점심 사줄게!

예전에 부산에 살 때는 몰랐는데 경기도로 이사 와서 목표를 가지고 열심히 공부하는 네 모습을 보면서 많은 부러움을 느껴. 나는 부모님의 칭찬, 또 어떤 우월감 때문에 공부했기 때문에 아무런 목표가 없었어. 지금 네 모습에서 내가 많은 걸 배운다.

생일 축하하고 좋은 결과 있길 바란다.

책에서 보았는데 '성공하기 위해서는 가슴이 터질 듯한 불안을 사랑하라'는 말이 있더라.

나는 지금 네가 성공을 위한 길 위에 있다고 본다.

사랑해요.

2005년 10월 마지막 날. 오빠가.

딸아이 책상 앞에 붙어있는 이 편지를 보고 초아가 얼마나 힘을 얻었는지는 모르겠지만 사실은 애비인 내가 힘을 얻었다. 가슴이 터질 듯한 불안을 사랑하라는 말에서, 또, 지금 네가 성공을 위한 길 위에 있다고 본다는 마지막 구절에… 초아는 오빠의 기대를 저버리지 않고 반드시 나름 성공할 것이라 믿었다.

아이들과의 산행은 축복

분당에 있는 불곡산은 313m의 낮은 산으로, 산 한 자락은 용인까지 뻗어있다. 덕분에 우리 집에서 7~8분 걸으면 불곡산 등산로 입구에 닿을 수 있다. 잣나무와 참나무가 우거진 등산로 초입의 숲길은 내가 참 좋아하는 길이다. 몇 군데 있는 오르막도 그리 경사가 심하지 않아 전체적으로 등산이라기보다 산보에 가까운 산이지만, 그래도 거리가 있어 꼭대기까지 가는 데 한 시간하고 조금 더 걸린다.

지난 1월 10일, 혼자 물통 하나 달랑 들고 "가볍게 불곡산에나 다녀올까?" 중얼거렸더니 초아가 그날따라 무슨 마음이 불었는지 "아빠! 나도 따라갈까요?" 하고 묻는다.

초아가 초등학교 다닐 때 몇 번 산에 데리고 갔었는데, 그럼 이게 몇 년 만에 함께 하는 등산이냐? 아이 마음 변하기 전에 얼른 뜨거운 물을 보온병에 담고, 컵라면에, 귤 몇 개, 등산화, 장갑, 아이젠… 혼자 갈 때보다 갑자기 챙길 게 많아져도 마음은 즐겁기만 하다. 마땅한 등산복이 없어 내 등산복을 입혔더니 소매가 길다. 처음엔 호기심에 배낭을 자기가 메고 설치더니 정작 산을 오를 땐 힘이 드는지 귀찮다고 내팽개친다.

오르막이 힘들다고 쌕쌕거리며 시간을 잡아먹더니 이젠 또 그늘에 쌓인 눈을 밟아본다고 지체를 한다. 처음엔 어서 가자고, 그만 쉬자고 재촉했지만 곧 마음을 고쳐먹었다. 정말 오랜만에 딸아이랑 같이 산에 와서, 이렇게 서로 이야기 나눈다는 게 중요하지, 시간 넉넉하겠다, 뭐가 급해 아이 걸음을 재촉할 것이냐?

금정산 고당봉, 달음산, 불광산, 일광산, 신어산, 황령산, 남해 금산… 이렇게 같이 가 본 산 이름을 열거해보며, 아이는 인상 깊었던 게 보았던 장면이나 일을 하나 둘 기억해 낸다.

"아빠, 그 때 큰아빠 따라 갔다가 혼이 난 산 있잖아? 도토리는 하나도 못 줍고, 큰아빠가 길도 모르면서 산을 뺑뺑 한 바퀴다 돌면서 올라갔다가 내려갔다가, 나중에는 마실 물도 없어 얼마나 고생했다고."

"응, 그게 천태산이다. 큰아빠가 길을 모르신 게 아니고 가다 보니 예전과 달리 길을 막아 놔서 그랬다던데?"

어느 해 추석, 오후 나절을 기억하는 모양이었다. 세월 참 많이 흘렀다.

1시간 30분 걸려 정상에 도착. 사진 한 장 찍고, 벤치에 앉아 컵라면과 귤을 먹었다. 이 산 정상에 차돌이도 몇 번 온 적 있다고 얘기했더니, 이젠 차돌이 이야기다. 조그만 녀석, 참 착하고 똘똘했는데 너무 일찍 간 게 불쌍하다며 초아는 마음 아파한다. 옛날이야기에, 뭉치랑 차돌이 이야기를 하면서 사이좋게 집에 오니 왕복 3시간 걸렸다. 이런 둘만의 오붓한 산행, 정말 오랜만에 찾아온 하나의 축복이자 행복이다.

2월 3일, 말년 휴가를 왔던 유강이, 내일이면 귀대란다.

"어이, 아들! 내일이면 귀댄데, 귀대 기념도 할 겸 아빠랑 산에 한 번 같이 가자."

"아빠! 지난주에 한 번 같이 갔잖아요. 아이구, 나는 강원도에서 맨 날 산에서 살고, 눈만 뜨면 사방이 다 산인데, 산이란 말만 들어도 지겹구먼. 아빠 혼자 다녀오시면 안 돼요?"

"아빠를 그리 괄시해서 너, 학교 가겠나? 군대에서 등록금 좀 모아났나? 요새 병장 월급 제법 많이 받는가?"

"아, 알았어요. 갑시다, 갑시다."

광교산은 482m, 집에서 대중교통을 이용하여 30분 이내 접근할 수 있는 이 산은 높이도 적당해서 자주 가게 되는 산이다. 얼마 전, 혼자 토월약수터에서 시작해 광교산 정상을 거쳐, 형제봉, 도마치 고개로 내려오니 3시간 10분 걸렸는데 오늘도 이 코스로 가볼까.

주말부터 날씨가 제법 추워진다더니 엊그제 관악산 갈 때보다 날이 춥다. 옷을 단단히 챙겨 입고 길을 나섰다. 아들이라고 배낭을 자기가 메는 걸 당연하게 생각한다. 길을 가며 쉴 새 없이 재잘대던 딸아이와는 달리 아들은 군인이라 그런지 아예 말이 없다.

"춥나?"

"아뇨."

"힘드나?"

"아뇨."

"여긴 오르막인데, 좀 힘들제?"

"아뇨."

"군대 생활은 힘드나?"

"아뇨."

아, 이 녀석이 앞서라고 해도 끝까지 내 뒤에 따라 갈 거라며, 딱 두 걸음 정도 떨어져 오면서 그냥 "아뇨!"만 연발하고 있다.

돌아보니 바람이 차가운지 유강이 얼굴이 발갛게 얼었다. 노화되어 가는 내 피부하고 이제 한창인 젊은이 피부하고 추위에 반응하는 것도 다르구나.

얼굴 가리개를 챙겨올 걸? 하는 후회가 인다. 어떤 상황이 닥칠지 모르는 겨울 산행, 배낭 안에 모든 걸 준비해 두어야하는데도 동네 산행이라고 무의식중에 등한시 한 탓일 게다. 한 번도 쉬지 않고 정상까지 1시간 40분, 혼자 오를 때 걸리는 시간과 똑같이 걸렸다. 전망바위에서 사진을 찍었다. 유강이는 좀 어리게 보이는 편이다. 이 사진을 본 초아, 혀를 쯧쯧 차며 제 오빠를 놀렸다.

"에이그, 쯧쯧. 오빠는 무슨 군인이… 중학생 같노? 그만 내 동생 해라!"

갖고 간 보온병의 뜨거운 물로 컵라면 하나씩 끓여먹고, 형제봉에서 다시 숨 좀 돌리고, 도마치 고개로 내려오니 총 3시간 25분, 이정도면 혼자 움직인 것과 똑 같이 걸린 것이다.

"군에서는 많이 걷나?"

"훈련할 땐 아무 생각 없이 걸어야죠. 한번 출동하면 12시간 정도는 예사로 밤새 걸었는데."

"못 걷는 졸병은 없나? 그런 졸병 있으면 어쩌는데?"

"걸어야죠, 뭐. 졸병은 보통 앞에서 두세 번째 줄에 세우고, 뒤에서 선임들이 막 말로 씹죠."

"말로 씹다니? 욕을 한단 말인가?"

"욕이라기보다는, 정신 차려! 똑 바로 걸어! 눈 떠! 이런 말인데 요. 정 안 되면 때에 따라 가벼운 욕도 해야지요. 안 그러면 신병 들은 긴장이 풀려 늘어지거든요."

"너도 졸병 때 그런 욕 들었겠네?"

"헤헤, 나는 중대 마스코트였는데. 나이도 제일 어렸고, 선임들 이 귀엽다고 잘 해줬어요."

"그래, 일찍 가니 좋은 것도 안 있더나. 제대하면 이젠 공부도 열심히 해야 되겠제?"

"예, 열심히 해야지요. 하면 잘 될 겁니다."

늘 하산주 먹던 곳에서 두부김치에 막걸리나 한 잔 하려고 했는 데 오늘따라 가게가 문을 닫았다. 하는 수 없이 집 앞까지 와, 해장 국을 시켜놓고 둘이서 소주 한 병을 나눠 마시며 얘기를 나눴다.

내가 군대 갔다 온 시절 생각하면 정말 까마득하고 다 큰 어른 같았는데, 아들 녀석 내일 모레 제대한다는데 어째 꼭 중학생처 럼 보이는 게 영 미덥잖다. 부모 눈에 자식은 언제나 아이로 보 인다는 옛말, 그른 게 하나 없다.

(2006. 2)

잔 다르크,
안중근,
주몽이야기도…

머칠 전, 아들 유강이 전화.

"아빠, 날이 너무 더워서 여름 이불이 있었으면 하는데요. 제가 도무지 집에 다녀올 시간이 없어서…"

"그래, 알았다. 초아 편으로 보낼까? 음… 안 되면 택배로 보내든지 무슨 수를 써서라도 조만간 보내 줄 테니 조금만 참아라."

"예."

녀석은 작년 9월 휴학을 하고 학교 고시반에 들어가서 숙식을 해결하며 일주일에 한번 집에 오더니 올 1월부터는 아예 학교 아래 고시텔에 숙소를 정하고 본격적으로 회계사 공부에 들어갔었다. 한 달 고시텔 비용 30만원이 자기 딴에는 부담이 되었던 모양, 얼마 전에는 "다시 집에서 다닐까요?" 그리 물어오더니만 길에 까는 시간이 장난이 아닌데, 특히 차만 타면 힘이 빠지는 체질의 녀석이 공부할 시간 허비할까봐 그냥 거기서 지내라고 했다. 왔다갔다 차비 따지면 그리 큰 손해가 아닌데 왜 그런 생각을 했을까?

1차 시험은 2월 말, 시험 치고 온 날 저녁에 초아랑 둘이서 인터넷에 뜬 정답을 맞춰보고는 둘이서 하이파이브를 했다. 무난히 합격선에 들었단다. 다음 날, 바로 종로에 있는 회계사시험 전문학원에 등록하고 2차 공부에 들어갔다. 아무리 예전보다 많이 뽑는다지만 한 번 만에 1, 2차 동시 패스하는 동차 합격은 그리 흔하지 않은 모양이다. 한눈팔지 않고 자기 할 일 찾아서 제대로 해주는 아들 녀석이 대견하기만 하다. 마음속으론 언제나 쪼그만 꼬맹이인데…

지난 토요일 오후, 아들 만나러 가는 길. 토요일엔 차가 많이 밀리니까 일요일에 오라지만 이 초여름 같은 날씨에 겨울 이불 덮고 잘 아들 생각에 하루라도 미룰 수가 없었다.

여름 이불을 두 개 꺼내놓으니 보따리 싸기도 그렇고 좀 애매하다. 겨울용 등산 배낭에 억지로 집어넣으니 어째어째 들어간다. 누가 보면 아주 높은 산으로 등산 가는 사람으로 보이겠다.

아내는 처제 병구완하러 갔고, 초아는 중간고사 끝나면서 몸살이 왔나 보다. 혼자 배낭을 메고 집을 나섰다. 버스는 용인에서 분당을 거쳐 고속도로를 달린다. 부산으로 가는 하행선은 차가 많이 밀려있다. 부산… 늘 그리운 곳이다.

종로에서 내려 다시 마을버스를 타고 학교로 갔다. 많이 비탈진 길을 내려 경영관 앞에 가니 언제 봐도 고등학생처럼 어려보이는 아들, 유강이가 싱글거리며 나온다. 어려서부터 늘 웃는 녀석, 밝아서 좋다. 곳곳에 걸린 현수막을 보니 학교는 바야흐로 축제기간인 모양이다.

"좋네. 축제 하는 모양인데 너는 뭐 재밌는 일 없나?"

"아빠, 나한테는 아무 소용이 없는 축젠데요. 축제를 하는지 마는지…"

둘이서 이런 저런 얘기를 하며 고시텔에 닿았다. 돈을 아끼려고 지난달에 옆방으로 옮겼다더니 방이 전에 것보다 더 좁아 보인다. 그 방은 그래도 복도 끝 방이라 그랬는지 조그만 창문이 하나 있어 답답하면 창밖으로 고개라도 한 번 내밀어보겠더니만 여긴 완전히 밀폐된 곳이라 정말 조금만 있어도 폐쇄공포증에 걸릴 것 같다. 벽에 '내 사랑하는 아들…'로 시작되는, 아내가 단식원에서 보낸 편지가 붙어있다. 찬찬히 읽어본다. 저 편지를 눈앞에 두고 매일 엄마를 생각하며 공부하는 자세가 흐트러지지 않게 마음을 다잡는 모양이다.

"배고프제? 저녁 먹으러 가자. 뭐든지 맛있는 거 너 먹고 싶은 것 다 사줄게."

"헤헤. 그냥 삼겹살 먹으러 가요."

"아니 더 비싼 것도 사준다니까, 평소 먹고 싶었던 것 있으면 뭐든지 말해."

"아뇨. 여긴… 삼겹살이 맛있어요."

학교 앞 삼겹살집은 저렴한 가격에 그런대로 맛도 괜찮았다. 둘이서 소주 한잔 나누며 이런 저런 이야기. 1차 시험에 합격한 것도 혜택이 주어진단다. 올 9월, 3학년 2학기에 복학하면 회비가 반으로 감해진다고 하니 효도가 따로 없다.

어쨌든 6월 말에 있을 2차 시험, 욕심 같아서는 한 번 만에 패스를 하고 싶은데 요즘 좀 힘이 부치는 모양이다. 초아에게 전해 듣기로는 공부하다 쉬는 시간에 가슴 끝이 아프고 답답해 지더라던데, 나에게는 그런대로 견딜 만하단다. 애비 걱정할까봐 그러는 것 같아 마음이 찡하니 아프다.

힘들 땐 작년에 공부 시작했던 시절을 떠올리며 자기 자신을 다잡는단다. 1차 과목 공부를 하고 있을 때 2차 과목 공부하는 선배들이 너무나 부러웠다면서, 지금 자기가 2차 과목 책을 펴볼 수 있다는 것 자체가 너무나 좋은 게 아니냐며, 이렇게 공부

할 수 있다는 것에 스스로 위안을 삼는다고 어른스런 말을 한다.

아침 일찍 김밥 한 줄로 끼니를 때우고 바로 학원으로 가 맨 앞자리 앉아 공부. 토요일이고 일요일도 없이 계속 수업에 보강. 그리고 독서실에서 공부. 복습에 또 복습. 단 하루라도 복습을 게을리 했다가는 다음 날 진도를 따라갈 수가 없단다. 전국에서 몰려든 수험생들로 꽉 찬 그 학원 모의고사에서 과목당 150등이면 합격 안정권으로 본다. 처음 하는 2차공부에 좋은 성적 나올 리 없었지만 정말 죽으라고 하니까 50등까지 올라가더니 며칠 전 시험에서는 비록 한과목이지만 처음으로 한 자리 숫자 그것도 4등을 하고, 나머지 과목들은 20등에서 50등정도 나왔으니 지금 페이스대로 끝까지 끌고 갈 수만 있다면 그 어렵다는, 처음 쳐서 바로 1, 2차 붙어버리는, 자기들 말로 쌩-동차 합격. 그게 목표라고 한다.

저녁을 먹고 나오니 어느새 길에는 어둠이 내렸다. 무슨 이야기 끝에 목욕하러 가기로 했다. 간만에 함께한 아들과의 목욕. 손님이 거의 없어서 생전 처음으로 때밀이 침대에 엎드려 서로 등을 편하게 밀어 주었다. 예전에도 그랬지만 지금도 아들 등을 밀어줄 때 마음이 편안한 것이 참 좋은데 유강이도 같은 마음인 모양이다.

"나는 아빠가 옛날에 목욕탕에서 여러 위인들 이야기를 해줬던 것이 너무 좋았어요."

"기억나는 것 있나?"

"예. 잔 다르크, 안중근, 주몽이야기도…"

목욕탕에서 아주 어린 아들을 품에 안고 배를 밀어줄 때나 머리 감길 때, 등을 밀 때… 나는 세계 위인들의 이야기를 많이 해주었다. 그걸 재미나게 듣고 자란 유강이는 그 때 들었던 이야기들을 기억하고 있고 자기도 나중에 아들이 생기면 목욕시킬 때 그래야겠다고 하는데 그 때가 언제가 될지, 그날을 상상을 해보며 속으로 웃었다.

시험공부, 마지막 고비를 잘 이겨내서 올 가을에는 가족 모두 같이 환하게 웃었으면 하는 바람을 가져본다.

(2008. 5)

아빠,
곱창 사서야 돼요

얼마 전 술자리에서 내 집안 사정을 어느 정도 아는 친구가 이런저런 걱정 끝에 유강이 안부를 물어왔다.

"그래, 걱정이 많겠다. 내가 우째 도와줄 수도 없고, 하 참, 답답하네. 근데 유강이는 언제 발표하노?"

"응, 9월 5일이라 카더라."

"잘 쳤다 캤으이 좋은 소식 안 있겠나?"

"잘 쳤다는 거는 지 말이고… 되고 안 되고는 발표가 나봐야지. 참 5일에 우리 집에서 수육 해 묵는 거는 나중으로 미뤄야되겠다. 요새 정신이 없어서… 집에서 뭐 해묵기가 쫌 에럽네."

"그래, 우리들끼리 술 묵는 건데 그런 거야 미라뿌도 무슨 문제고? 유강이나 돼야지."

"유강이? 그래, 되긴 돼야지. 우리 오늘 계속 속상하는 이야기만 했제? 에이, 니가 자꾸 유강이 이야기 하니까… 술김에 니한테 내가 팔불출 한번 돼뿌까?"

"그래. 이야기 해 봐라."

"사실 말이야, 좀 이상하게 들릴지 모르겠지만… 내는 유강이 글마가 어지간 하몬 될 끼라고 믿는다. 발표가 나봐야 알겠지만 나는 시험에 된다고 보는데… 혹 올해 안 되더라도 내년엔 안 되겠나 그리 믿는다. 와 그런 고 하면…"

지난 6월 말, 이틀간에 걸친 2차 시험을 치르고, 7월초에 고시텔에서 집으로 거처를 옮겼다. 유강이 짐을 실으러 갔는데, 작년 9월부터 집을 나가있었으니까 꼭 10개월간 생활한 짐이랑 책들이 생각보다 많았다.

6월 중순, 분당에 살던 막내 처제가 미국으로 이민가면서 어중간한 학기 때문에 두 달 반 동안 큰딸아이를 우리 집에 맡겨두었던 터라 유강이는 사촌여동생에게 자기 방을 내준 상태. 짐을 제대로 부리지도 못하고 베란다에 쌓아두었다. 베란다에 담배 피러 나가면 그 짐들이 눈에 들어왔다. 아예 포장을 뜯지도 않은 박스가 있는가하면 다 풀어헤친 박스, 뭘 찾느라 그랬는지 반쯤 풀다 만 것도 있었다. 엄청 두꺼운 책들도 많았다. 저 책들하고 씨름한다고 고생 많았겠구나. 짠한 마음이 들어 내가 볼 땐 하나도 재미없는 책을 몇 번 들춰보기도 했고.

어느 날 아내가 약간 떨리는 목소리로 내게 뭘 내밀었다.

"여보, 유강이… 내 아들이지만 이렇게 지독한 녀석인 줄 몰랐네. 이거 좀 봐요."

"뭔데?"

"글쎄, 강이가 공부를 얼마나 독하게 했는지… 이걸 보는 순간, 얼마나 힘들었을까하는 생각에 눈물이 다 나더라구요. 저 녀석 시험에 떨어져도 구박하거나 야단치면 안 되겠다는 생각도 들고."

건네받은 것은 손때가 묻은 대학노트 한 권. 이게 뭔가 싶어 찬찬히 보니 생활계획 점검표인 것은 알겠는데, 몇 장 계속 넘기다가 나도 모르게 온몸에 소름이 좌악 돋았다. 윽, 이 자슥이… 그래, 이랬구나. 군대를 다녀온 후 열심히 공부하는지 장학금을 계속 받아 오더라만, 어딘지 모르게 나사가 하나 빠진 놈처럼 늘 실실 웃고 다니던 녀석이 어디서 이렇게 독한 구석이 있었을까.

맨 앞장에 길게 옆으로, 일직선을 그어놓고 23세, 24세, 25세, 26세, 27세… 30세… 35세… 이런 눈금을 매겨두고는 25세 글자 밑에 쥐띠, 나의 해, 〈회계사 합격〉 졸필이지만 내가 알아보는 유강이 필체다.

그 다음 장부터는 2006년 후반기부터 매일매일 괴발개발 써놓은 메모. 오전 6시 기상해서 밤 12시 취침에 들기까지, 매일 공부한 흔적이 근 2년에 걸쳐 시간별로 체크되어 있었다. 동그라미, 세모, ×표. 아마 자기 생각에 잘 된 것, 보통, 부족한 것을 표시한 모양이다. 그리고 군데군데 실행하지 못한 이유와 자기 마음을 다져보는 글귀들이 노트 한구석에 적혀있었다.

- 학생이라면 주어진 시간 정해서 공부하기! 나 자신을 합리화하지 말고 부끄럽게 만들기!
- 꿈을 향해 나아가되 조급해하지 말자. 내일의 성공을 위해, 나는 오늘 무엇을 할 것인가. 정신 차리자!
- 중요한 건 눈앞에 펼쳐진 작은 만족과 유혹을 참고 견디면 언젠가 그 보상이 반드시 돌아온다는 굳건한 믿음을 갖는 자세임.
- 정해진 날에 정해진 장소가 아니라도 언젠가 반드시 '성공'의 결실이 돌아온다는 신념을 가진 사람만이 지금 당상의 작은 만족을 큰 성공으로 만들어 갈 줄 안다.

예전에 나랑 같이 광교산 아래의 토월약수터에 물 뜨러 가면서 어느 유명한 곱창 집 앞에 늘 사람이 붐비는 걸 보고는

"아빠! 저 곱창 집에는 맨날 무슨 사람들이 저리 바글바글 하고, 자리도 없어서 밖에서 많이 기다리네. 맛있는가?"

"응, 선생님들이랑 회식하러 한 번 가봤는데 그런대로 맛이 괜

찮더라."

"한 번 사주시면 안돼요?"

"제법 비싸던데, 나중에 시험 되면 사주께."

그 후로 나랑 같이 물 뜨러 갈 때마다 예전의 약속을 다짐받곤 하던 녀석이었다.

회계사 최종 합격 발표가 하루 앞당겨진 모양이었다.

정확히 9월 4일 오후 4시 30분에 내 휴대폰이 띠리링 울리면서 문자가 왔다. 이게 무슨 말이지? 잠깐 혼돈에 빠졌다. 아…이 녀석이… 순간적으로 눈물이 핑 돌았다.

<아빠, 곱창 사셔야 돼요 ^^>

(2008. 9)

아… 아버지

내 어렸을 적 고향에서는 동네 아이들이 음력설에서 정월 대보름날까지 연을 날렸고, 농사준비가 시작되는 것도 모르던 철없는 몇몇 아이들은 꽃 피는 봄날까지도 연을 날리며 놀았나 보다.

형은 외갓집에 가서 손재주 많았던 외삼촌에게 연을 만들어달라고 졸라, 먹으로 동그라미 무늬까지 들어간 멋진 방패연을 들고 집으로 돌아올 때는 의기양양 하늘을 날 것 같은 기분이었다고 했다. 모양만 좋은 게 아니라 그게 동네에서 제일 잘 나는 연이라, 연을 날릴 때도 어깨가 으쓱하며 힘이 들어갔다고 한다.

내 어린 눈에 비친 여러 개의 연, 대개는 하늘에서 춤추는 듯 꼬리를 흔들며 오르내리는 가오리연이었고, 그 중 몇 개의 네모진 방패연이 가오리연 사이에서 빠르게 하늘을 전후좌우 재주를 넘고 있었다. 크기나 모양, 색깔, 꼬리 길이까지 각양각색인 연들이 하늘을 휘젓고 다니는 모습을 바라보며 가슴이 얼마나 설렜는지 모른다.

그 날은 우리 집 들어가는 담벼락 입구에 있던 살구나무에서 하얀 살구꽃이 그야말로 흐드러지게 핀 화사한 봄날이었다. 살구꽃을 올려다 보면서 나도 몰래 숨이 턱 막히는 것 같았고 살구꽃 뒤로 파란 하늘이 무척이나 고왔던 그 봄날, 하늘에 많은 연들이 어지럽게 춤을 추며 날고 있었다. 아버지 손을 잡고 아장아장 집을 나왔는데 연을 날리던 많은 아이들 중 형이 섞여 있었다. 갑자기 나도 연을 날리고 싶은 마음에 형한테 다가가 손을 내밀었다.

어렸을 때 나는 또래의 다른 아이들에 비해 말문이 아주 늦게 틔었다. 말만 늦은 게 아니라 배밀이도, 뒤집기도, 걸음마… 모든 면에서 다른 아이들보다 한참 늦어 사람 될 것 같지 않다고 지천을 많이 들었던 나에게 형이 얼레를 잠시나마 건네준 것은 아마 내 뒤에 아버지가 계셨기 때문이지 싶다. 내 손에 쥐어준들 어린 내가 무거운 얼레를 감당도 못할 것이라 형은 아버지에게 얼레를 넘겼을 것이다. 얼레에서 풀려나간 연실은 하늘에 떠있는 연을 향해 완만한 곡선을 그리고 있었고, 연은 아버지가 얼레를 만질 때마다 하늘을 정신없이 오르내렸다. 손을 내어 살짝 얼레에 손을 얹었다가 연실을 잡아보았다. 뭐라 딱히 표현하기 어렵지만 연실을 통해 전해오던 연의 무게에 바람의 기운이 보태진 묵직한 느낌에 황홀했다가, 아주 잠깐, 실이 끊어지면 어쩌나 하는 두려움. 동시에 느꼈던 그 순식간의 황홀함과 두려움을 지금도 잊지 못한다.

하여간 내가 연 날리는 얼레와 묵직한 연실을 잠시 만져본 날, 그 때 내 뒤에 쪼그려 앉은 자세로 나를 감싸 안은 채 얼레를 잡아주고 연 날리는 것을 도와주던 손, 그 감촉과 바로 뒤에서 가까이 들리던 아버지 숨결소리. 그 연 날리는 장면이 내가 이 세상에서 기억하는 아버지와의 첫 만남이었다.

지난 1월 14일 이른 아침, 동생 전화를 받고 급히 양산으로 내려갔다. 목욕탕에서 쓰러져 119에 실려 병원에 입원하기는 이번이 두 번째. 기력이 약해지셔서 잠시 의식을 잃으셨다는데 다행히 머리를 다치신 것은 아니라 예전처럼 쉬이 회복하실 줄 알았다.

3박 4일간 아내와 내가 주야 교대로 병간호를 하다가, 잘 드시는 모습에 상태가 좋아 보여서 잠시 올라갔다가 다시 오겠다고 인사했더니, 그래, 너희도 돌봐야 할 가정도 있고, 일이 안 있겠냐며 그나마 움직이기 편한 오른 손을 들어 어서 가라는 손짓을 하셨는데 그 모습이 아버지 살아생전 마지막 모습일 줄이야.

병간호하며 눈길 닿을 때마다 가슴 아파, 피하고 싶었던 모습. 왼 손, 손등에서부터 팔꿈치 윗부분까지 링거바늘이 꽂혔던 부분 주위로 넓게 번진 짙은 보라색에서 검은색으로 변하고 있던 시커먼 피멍. 그 피멍, 하나도 지워지지 않은 그 모습으로, 눈을 감고 영영 말없이 누워 계셨다. 아버지와 나만 아는, 며칠간의 간

병. 아버지 고집에 내 마음이 상했었고, 또 그로 인해 부드럽게 나가지 못한 내 말대꾸에 아버지 마음 얼마나 상하셨을까 하는 생각에 내 자신 아버지께 영원한 불효자일 수밖에 없다는 생각에 나날이 힘 든다.

야간 간병을 하며 잠 못 이루던 사흘 밤. 코와 입 언저리를 씌워 둬 갑갑해 뵈는 비닐 호흡기, 그게 잠시라도 제자리를 벗어나면 산소포화도가 떨어진다는 '삐이익 삐이익' 요란한 경보음. 그 소리에 후다닥 일어나 제 자리 잡아주고 답답해하시는 아버지 달래고, 거의 20분 간격으로 깨어나 소변은 나오지 않으면서도 당신은 다급하게 화장실에 가자, 소변기를 달라…

첫날, 코를 통해 산소 공급을 도와주던 호스가 거추장스럽다며 자꾸 빼려고 하시는 바람에 그것 말리느라 고생했는데, 급기야, 새벽에 화장실 가자시더니 갑자기 부아가 치미셨는지 이것저것 링거바늘 고정시킨 손등의 종이테이프를 하나하나 벗기기 시작했다. 깜짝 놀라 말리는 내 손을 뿌리치고, 바늘까지 뽑아버리는 통에 병실 바닥이며 화장실까지 온통 피를 뿌려 병원에 난리가 벌어졌었다.

손등은 부어올라 링거 맞을 데도 없고 간호사가 어렵게 주사 놓는 모습 지켜보기엔 너무 마음이 아파 쳐다볼 수가 없었다. 주사바늘 고정시킨 위치가 그래 거동이 더 불편해진 아버지를 보며 속이 많이 상했지만 마음을 많이 비우기 시작했다.

낮에는 아내가 싹싹하게 아버지와 이런 저런 이야기를 많이 나누었고 제수씨는 틈만 나면 어깨며 손발을 주물러 드렸다.

둘째 날부터는 아버지와 대화가 잘 되었다. 사흘째 밤은 아예 내가 아버지를 아버지로 대한 게 아니라 어린 아들 대하듯 하니 훨씬 마음이 편했다. 내가 내 어린 아들에게 소변을 뉘듯 소변기를 대어주고, 쉬~ 그렇게 부드러운 말투로 편안하게. 그 옛날 아버지가 어린 나에게 그리 하셨듯이.

아버지는 손자 손녀가 많이 보고 싶은데 이 녀석들이 할아버지 뵈러 내려오기가 어려운 사정이다. 전화가 연결되었다. 유강이와 초아에게 이런저런 말씀을 하시면서 얼굴에 웃음꽃이 활짝 핀다. 다행히 지금도 유강이와 초아는 할아버지와 통화한 마지막 목소리가 평소 전화를 하던 때보다 또렷하더라고 기억하고 있다.

아버지와 이런 저런 얘기 끝에

"아버지, 강이 엄마가 공인중개사 공부를 했는데, 요번에 합격해서 자격증을 받았습니다. 요즘 그거 따기가 쉽지 않거든요."

"공인중개사? 그래. 고생 많았겠다. 근데 그거 아무나 하는 거 아닐 건데?"

"아뇨, 요즘은 아무나 공부해서 시험만 보면 되요. 시험 칠 자격이 따로 있는 게 아니고요."

"아니, 그 말이 아니고. 그… 보통 사람 못한다. 팔고 사는 두 사람 사이에 끼어 머리 아프다. 결국 옛날 시장의 거간꾼인 셈인데, 어찌 말하면 도둑놈 심보가 좀 있어야 한단 말이다. 그런 걸 집에서 살림하던 사람이 잘 해내겠나?"

"요즘은 물건 시세가 거의 정해져 있어서 옛날하고 다르답니다."

"세상이 안 그렇다. 또 사부인도 입원해계신다더니 시간이 나겠나? 그거 잘 생각해서 해라. 시작하면 고생 많을 끼다."

의사들 말에 따르면 아버지는 호흡에 제일 문제가 많다고 했지만 정작 당신은 밤에 전립선 문제로 소변보시는 게 제일 고통스러워하셨고, 식사하시는 모습은 좋았다. 국이며 밥이며 깨끗이 비우시는 모습에 위안을 얻어 일단 한 번 집에 다녀오려는 생각을 했다.

취업준비하면서 일 년에 한 번 있는 전공과목 자격시험이 바로 코앞이라 도서관 다니느라 정신없었던 초아를 집에 혼자 두고 왔는데 잘 하겠지만 신경이 많이 쓰였고, 집을 나가있는 유강이는 전화로 듣는 근황에 아침도 제대로 못 챙겨먹고 회사에 나가서는 가히 살인적인 업무에 시달리다 밤 12시에 귀가하는 게 빠른 날이고 새벽 3시경에 돌아오는 날이 많다고 피곤에 잠긴 목소리였다. 올라가서 시험이 한 주 앞으로 다가온 초아 뒷바라지 좀 해주고 피곤에 절어있을 아들에게도 한번 다녀올 작정으로 잠시 집에 다녀왔으면 좋겠다고 했다.

17일, 일요일 밤. 서울로 올라오는 기차간, 아내가 어두운 얼굴을 하고서는

"우리가 잘 못 하는 것 아닌지 몰라요. 사실 아이들이야 우리 없어도 어쨌든 자기들이 알아서 해야 하는 거고, 만약 아버님 더 안 좋아 지신다면, 우리가 올라가지 말고… 당분간 더 보살펴드려야 하는데."

"작년에도 그랬고… 병원에 계시면서 회복 잘 하셨잖아. 요번에도 잘 이겨 내실거야. 음식 잘 드시는 것 보면."

"그래도, 왠지 아버님이 당신 보시던 모습이 많이 걸려요. 더 못 볼 사람 보듯 하시던 게 가슴에 뭔가 쨍 해서… 제발 아무 일 없어야 할 텐데요."

월요일, 아내는 초아에게 간만에 도시락을 싸주고는 며칠간 무리한 탓인지 몸져누웠고, 나는 장인 상을 입은 친구에게 문상 갔다가 밤늦게 돌아왔다. 화요일, 제수씨로부터 화급한 전화를 받고 급히 서울역으로 나가 기차를 타야하는데 오른 발에 통증이 심해 거의 제대로 걷지 못하던 아내는 내 한 팔에 매달려오면서도 걸음이 느리기 한정 없다.

기차로 내려가는 도중 동생에게 전화를 걸었다. 좀 어떠시냐고 물으니 그냥 그렇다는 말만 한다. 나중에 알고 보니 사실은 우리가 대전을 갓 지날 쯤 이미 운명하셨지만 나에게 그런 말을

꺼내기가 힘들었단다.

구포역에 내려서 밖으로 나가며 전화를 하니 청천벽력 같은 소식. 갑자기 높아지는 내 목소리에 뭔가 불길한 낌새를 챈 아내가 무슨 일이냐는 듯 눈으로 묻는다. 쉽게 입이 떨어지지 않는다. 아내 눈이 더 커지고는 넋 나간 사람처럼 저쪽으로 절뚝거리며 몇 걸음 걸어가더니 주저앉아 흐느낀다.

택시로 달려간 양산 부산대병원. 아버지는 못난 아들에게 고개를 돌려보시지도 않고, 왔냐고 묻지도 않고, 천정을 향해 말없이 누워 계셨다. 형님, 형수님, 동생은 침통한 표정으로 침묵이고 제수씨는 합장한 채 스님의 독경소리에 맞춰 나지막하게 염불을 하고 있었다. 독경이 끝날 때까지는 소리 내어 울지도 말고 아버지 손도 만지지 못하게 한다.

아버지 손에 피어있던 거무스레한 피멍이 무슨 살아있는 넓적한 잎의 넝쿨식물처럼 내 맘 속에 스멀스멀 번져나가 피멍 꽃이 피면서 그렇게, 아버지 잃은 아픔이 밀물처럼 밀려들기 시작했다.

아, 아버지… 불러도 대답 없으신 아버지. 이젠 그렇게 불러볼 수 없는 이름, 아버지. 다시는 만날 수 없고, 다시는 손잡아 볼 수 없는, 다시는 주물러 드릴 수도 없는 늙으신 아버지. 우리 아버지…

(2010. 2)

좋은 나이…

초파일, 휴일이라고 집에 온 유강이가 이틀간 집에서 푹 쉬다 점심을 먹고 자기 숙소로 돌아갔다. 도서관에 갔던 초아는 점심을 건너뛰고 공부하다가 배가 고파 집에 왔는데 오빠가 방금 갔다는 말에 많이 서운한 모양이다. 이틀간 실컷 보고 어제는 밤늦게까지 텔레비전 유료 영화를 같이 봐놓고도 섭섭해 하는 것은 아빠 엄마보다 자기들끼리 말이 잘 통하는 탓일 게다.

유강이, 초아. 둘 다 지난 2월에 대학을 졸업했지만 졸업식 하던 날, 비가 많이 온다고, 또 너무 멀다고 오누이가 약속이나 한 듯이 둘 다 참가하지 않았다. 섭섭하다 했더니 유강이가 졸업식 가운을 빌려 2월 말, 한가한 일요일을 택해 학교 명륜당에서 고등학교 동창들을 불러 같이 사진도 찍고 맛있는 점심을 먹었다. 초아는 오빠 친구들이 있어 좀 부끄러워하면서도 오빠 가운을 빌려 입고 사진을 찍었다. 오누이 둘 다 해맑은 얼굴, 바라보고만 있어도 좋다. 참 좋은 나
이다. 나는 나이가 훌쩍
든 표정이다.

　지난 1월에서 3월까지
유강이는 회사 일에 엄청 시달리는 것 같았다. 3월까지 각 기업
의 회계 감사가 몰리는 탓이라 새벽 2, 3시경에 집에 들어오는
날도 허다했고 어쩌다 밤 12시에 집에 들어가는 날이면 일찍 마
쳤다고 전화로 좋아하던 목소리, 휴일이라고 집에 오면 그냥 곯
아 떨어져 잠만 자다 갔다. 요즘은 일이 조금 한가한 때, 틈을 내
어 운동을 해 그런지 몸이 탄탄해진 것을 보니 마음이 좀 놓인
다.

　공부하느라 얼굴을 많이 상했던 초아는 며칠 전 엄마랑 베트
남 여행을 다녀왔다. 여행으로 몸과 마음을 재충전하고 다시 열
심히 공부하고 있는데, 잘 되어 내년에는 책에서 해방되었으면
하는 바람이다. 책, 머리 맑아지는 책이 아닌, 머리 무겁게 하는
책에서의 해방은 나도 마찬가지이고…

(2010. 5)

초아마저 떨어져 나간
휑하니 빈집

휴대폰 알람소리에 일어나 본능적으로 움직인다. 사소한 걱정, 아침식사. 냉장고를 뒤져본다. 시래기 된장국이 넉넉하게 있다. 가만 이게 며칠 된 것인지 헤아려 본다. 숟가락에 국물을 조금 떠 맛을 본다. 괜찮다. 냉동실에 든 밥 봉지 중 가장 작은 것을 하나 꺼내 데워, 된장국에 말았다. 어제 아침에 먹은 라면보다는 낫다. 김치만 있는 줄 알았는데 잘 찾아보니 내가 좋아하는 김무침이 보인다. 그리고 앗, 이건… 장어조림이 남아있었구나. 아침부터 횡재한 기분이다. 출근길, 안개가 짙다. 라디오 방송에서 12월이란다. 아, 날짜 가는 것 모르고 있었는데 벌써 마지막 달, 순간적으로 올해의 일들이 파노라마처럼 휙 지나간다.

작년 말, 12월부터 유강이가 직장에 나갔다. 양복을 말쑥하게 차려입고 다니는 것에 비해 초아는 주로 공부하기 편한 추리닝 차림으로 지내는 것을 보면서 마음 한 구석이 늘 짜안했다. 주말에만 집에 오는 오빠랑 이런저런 얘기도 하면서 세상물정도 조금씩 배우고, 오빠가 일요일 저녁에 숙소로 돌아갈 때는 버스 정류장까지 나가서 배웅을 하는 등 애교를 부려 용돈도 제법 얻어 쓰면서도, 그렇게 용돈을 줄 수 있는 오빠가 부럽지 않았을까. 늘 어린애 같지만 어느새 대학도 졸업한 스물넷, 한참 나이. 뭔가 자기 직업을 가지고 사회에 진출해서 자기 인생을 살아나가야 할 텐데 하는 생각에 초아를 볼 때마다 마음이 아렸다.

제 오빠가 바쁜 업무로 야근을 밥 먹듯이 하던 1월 초부터 초아는 사회복지사 1급 시험에 한 달간 밤낮없이 공부를 하더니 또 이어서 독학으로 컴퓨터 활용능력 1급을 따느라 한 달 남짓 고생했다. 이 녀석은 제 오빠와는 달리 어려서부터 늘 공부를 벼락치기로 했는데 이번에도 역시 자격증 두 개를 벼락치기로 딴 셈이다. 그래도 장하다.

그리고 며칠 컴퓨터 앞에 죽치더니 이번에는 2년 예정으로 공무원시험에 도전하겠다고 공언했다. 공무원시험을 아무나 하나? 초아 체질이 아닌 줄 뻔히 알지만 그렇다고 이제 시작하려는 아이에게 초를 칠 수는 없어 가만히 두고 보았다. 도서관과 독서실을 몇 달 전전하면서 책상 앞에만 있다 보니 몸이 좀 불었다. 그런 초아를 바라보는 내 마음이 아렸다. 다행인 것은 작년과 올해는 나까지 공부한다고 설친 터라 집안이 면학분위기였다는 점, 올 여름동안 물가에도 한 번 가지 않고 책상 앞에서만 보냈다.

여름이 가고 찬바람이 나던 어느 날, 갑자기 공무원 시험공부를 그만두고 그냥 전공을 살려 취직을 하겠단다. 아무래도 장기적인 공부는 자기 스타일도 아니고 무엇보다 공무원시험 그것 너무 어려워서 독학으로 합격하기 어렵다고 판단한 모양. 나도 그게 얼마나 어려운지 알고, 이 좋은 나이, 이 좋은 날씨에 하루 12시간 이상씩 책상 앞에 앉혀두기도 싫어, 그래 너 좋을 대로 하라고 했다.

초아는 그동안 독서실에서 공짜로 공부하면서 적은 돈이나마 알바 비를 받을 수 있었던 독서실 총무를 하고 있었다. 하루 휴가를 내고 안양에 있는 어떤 복지관에 면접을 보고 왔다. 처음 받아본 면접, 얼떨떨하게 본 모양, 조금 더 준비하면 다음부터는 잘 할 수 있겠다고 큰소리쳤다. 취업하기 어렵다는 것은 누구나 아는 사실인데 거짓말처럼 정말 딱 두 번째 면접에서 수십 대 일의 높은 경쟁률을 뚫고 그것도 지난번 보다 좋은 조건으로, 정규직 단 1명 뽑는데 합격해서 우리 모두 깜짝 놀랐다. 그런데 출퇴근 거리가 너무 멀었다. 집에서 2시간 가까이 걸리는 서울 수색역 근처 복지관의 인사팀으로 발령이 나서 첫 출근을 했다.

후일담이다. 지원한 사람들 중 출신대학 지명도는 낮은 편인데도 초아기 뽑힐 수 있었던 것은 대학 1학년 때 성적은 볼품없어도 2학년부터 졸업할 때까지 꾸준히 좋은 학점. 결국 4년 평균평점 4.0을 살짝 넘었다는 것도 합격에 도움이 되었겠지만 그것보다도 면접에서의 진솔하고 당당한 태도와 소신 등이 점수에 높게 반영된 듯하다.

무엇보다, 나중에 안 사실로, 앞에 빙 둘러 앉은 여러 면접관들 중 그리 높은 사람이 아닌 듯 조용히 앉아 있다가 중간에 질문 하나 슬쩍 던져두고 시종일관 방관자적 태도를 보이던 분이 초아에게 점수를 후하게 주신 관장님이었던 모양이다.

지원자들의 면접 점수를 통계내고 합격자를 결정하는 과정. 면접관 각자 돌아가면서 특별히 인상적이었던 지원자에 대해 한마디씩 하는 자리에서 관장님이 하셨다는 말씀.

"그 왜 자기가 여태 살아온 인생 중 가장 큰 위기를 어떻게 이겨냈느냐는 질문에 이렇게 대답하던… 그래요, 여기 이름이 있네. 초아라고… 그렇게 나름 자신이 처한 위기에 정말 앞이 깜깜했을 때, 한창 공부에 바쁜 고3인 아들의 뒷바라지를 팽개치고 오직 딸 하나 바로 키우겠다고 부산에서 경기도로 올라오셨다는 어머니. 직장 다니며 어머니 노릇까지 떠맡아 고생하신 아버지, 갑작스런 엄마의 부재로 이런저런 피해를 입었을 오빠. 이렇게 가족의 진정한 희생과 사랑을 받은 덕분에 어긋나지 않고 바르게 일어설 수 있었다며 면접할 때 잠시 눈시울을 붉히던 지원자. 따뜻한 사랑을 받아본 사람이 남에게 사랑을 나눠줄 수 있다고 생각하는데 다른 분들 의견은 어떠신지…"

그러니까 면접에서 최대한 말을 아끼고 드러나지 않게 뒷전에서 지켜만 보고 있던 관장님이 강하게 밀어주셨던 모양이다. 그런데 이 녀석, 듣고 보니 뻥을 친 것도 있다. 차량운전을 해야 할 때도 있는데 운전은 할 수 있느냐는 질문을 받고는 장롱면허증 주제에 이렇게 큰 소리 쳤단다.

"친구들이 저를 보고 베스트-드라이버라고 합니다. 운전도 자신 있습니다."

"아이구, 초아 큰일 났다. 당장 너 보고 운전 맡기면 우짤끼데?"

"헤헤, 그러면 그 때 가서 무슨 수가 있겠지, 뭐. 설마 면허증 있는데 합격시켜놓고 운전 좀 못한다고 떨어뜨릴까? 내가 무슨 영업사원도 아닌데."

벼락치기 공부에 얼렁뚱땅 넘어가는 것도 하나의 능력이다. 그래도 거짓말 한 게 좀 걸렸나 보다. 출근하면서 복지관 앞에 대기해 있는 차량들을 볼 때마다 속으로 뜨끔거려 얼마 전 팀장님에게 실토를 했단다.

"사실은요, 제가 면접 받을 때 운전 잘한다고 좀 과장을 했거든요. 근데 면허증만 있지, 사실은 너른 도로에서만 몇 번 몰아 봤고 이렇게 좁은 도로에선 자신이 없어요. 운전을 해야 한다면 미리 도로연수를 받으려고요."

"으잉? 그럼 면접 때 당돌하게 거짓말을 했다고? 호호, 서초 아 선생님이 거짓말쟁이라고 소문나겠어. 그것 참. 사실은 나 도 운전에 자신이 좀… 나중에 필요하면 우리 같이 도로연수 를 받아요."

11월 1일부터 정식 출근했고 초아랑 제 오빠랑 둘의 통근거리 를 감안해서 적당한 집을 찾아보기로 했다. 전셋집 구하느라 주 말마다 고생한 끝에 얼마 뒤. 응암동의 조그만 빌라로 이사를 하고, 냉장고, 세탁기, 가스레인지, 밥솥, 밥그릇, 쟁반… 필요한 것도 많다. 수저까지 챙기려니 작지만 한 살림이 새로 나는 셈, 일이 많았다. 아내는 평소 선식으로 간단히 아침을 해결한다던 유강이도 밥을 해주니 잘 먹더라고 평소 못 먹고 다닌 것 같아 마음이 아파, 당분간 아이들한테 있으면서 뭘 챙겨 먹이기로 했 다. 덕분에 나 혼자 기러기 되고.

여기 있으면 저 쪽에 있는 아이들 걱정이고, 그 쪽에 가 있으면 또 여기 혼자 있을 나를 걱정하는 아내. 옛날 동화책에 비가 오 면 짚신 장사하는 아들걱정, 비가 안 오면 우산 장사하는 아들 걱정한다던 할머니가 있더니만 꼭 그 꼴이다. 마음먹기에 따라 비가 오나 날이 개나, 둘 중에 좋은 아들 하나는 있으니 좋은 것 아니냐며 거꾸로 생각하라고 해도 그게 마음만큼 쉽지는 않은 모양. 하는 수없이 올 겨울 방학에는 내가 그쪽으로 가있어야겠다.

강아지 해피까지 가버린 빈집, 엄청 썰렁하다. 게다가 필요한 짐을 더 갖고 오라고 해서 미리 꺼내둔 전기담요, 다리미, 이불, 책 등등 곧 이사 갈 집처럼 어지럽다. 2010년 12월, 그래, 이래저래 세월은 간다. 당장 오늘 저녁은 뭘 먹지? 그게 문제다.

(2010. 12)

새해,
초아사랑 아빠…

새해, 결심. 일단 겨울방학 동안 20권의 책을 읽고, 산에는 20번 가기로 작정. 1월 1일부터 친구들과 북한산을 다녀왔고, 그 뒤에도 혼자 북한산, 불곡산 4번, 친구들과 수원의 조그만 청명산과 매미산. 책은 600~700페이지짜리 연작 소설 세 권을 읽고 그런대로 출발은 좋은 편. 딸아이와의 약속으로 금연을 계속하는 중. 모든 게 순조롭다.

그런데, 지난 1월 10일 화요일, 초아에게서 전화.

"앗, 공주님이 웬일로 이 대낮에 전화를 다 하고? 아빠가 보고 싶어서?"

"아빠~ 나… 깁스했어."

"뭐? 기브스? 왜? 어딜 다쳤는데?"

아, 가슴이 쿵 하고 내려앉는다. 복지관에서 어쩌다 발을 접질렸는데 그만 발목의 뼈에 실금이 간 모양. 이 추운 겨울에 발에 깁스를 하고 출퇴근하려면 택시는 기본이고, 집에도 복지관에도 엘리베이터가 없는데 집은 3층, 회사 사무실은 2층, 매일 오르내리려면 얼마나 힘들까.

집사람은 병환중인 처제 돌봐주러 나다니지, 가 볼 사람은 나 뿐인데, 초아네 주택가의 어려운 주차여건까지 고려하면 참으로 답답했다. 다친 다음날은 휴가 처리를 하고 하루 쉰다니까 그나마 다행이지만, 막 산행에 재미를 붙인 나와 해피. 그리고 토요일은 친구들과 시산제 산행이 있는데…

갈까? 말까? 가더라도 다음 주 월요일 학교갈 일이 있는데 그걸 마치고 갈까? 나 혼자 마음이 복잡했지만 아내의 말마따나 어차피 답은 이미 정해져 있었던 것.

"당신 안 가고 여기서 끙끙대며 속상해 하는 것보다, 가서 고생되고 불편하겠지만 초아 출퇴근시겨주고 저녁이라도 해 먹이는 게 마음 편할 것 아니겠어요? 그냥 거기 가서 휴가 왔다 생각하고. 맛있는 것 해먹고, 마누라 눈치 볼 것 없으니까 술도 마음껏 먹든지, 속 편하게 있다 오셔. 나야 미옥이 좀 돌봐줘야 하니까 몸을 뺄 수 없고 당신 좋아하는 해피까지 데리고 가는데 뭐가 문제가 될까?"

아내는 이렇게 웃으면서 등을 떠밀고, 초아는 초아대로 전화기에 대고 일갈했다.

"아빠는 내 사랑한다며? 근데 딸내미가 다쳤는데 안 오면 그게 무슨 사랑이냐고?"

아, 짐이 많다. 바로 엊그제 소래포구에서 사온 물 메기, 그걸 끓인 물 메기탕, 엄청 큰 솥. 집에서는 먹을 사람 없으니 솥을 통째로 다 가져가란다. 어지간한 짐은 미리 차에 실어두고, 아침 6시 10분에 알람을 맞춰놓고 잤으나 밤새 선잠을 잤나 보다. 12일 새벽 6시 30분. 차 출발. 자다가 영문도 모르고 따라 나온 해피는 옷을 입혔지만 춥다고 덜덜 떨고.

초아 집까지 53Km. 닿자마자 해피 녀석 집에 올려두고, 출근을 돕는다. 목발 두 개를 사용해 3층 계단을 내려가는 초아를 부축하면서 내가 다친 듯 마음이 아팠다. 초아 근무하는 사무실은 2층, 또 계단을 올라가야 하는데 마침 회사 동료들이 출근해서 초아를 부축해 올라간다. 집에 돌아와서 혼자 먹는 아침밥이 무슨 맛이 있으랴.

해피는 초아가 얼마 전부터 외로움을 달래려 키우기 시작한 페릿 '빼꼼이'가 무서워 찬 방에서 덜덜 떨고 있다. 처음 봤을 땐 아주 여유 있게 한 발로 눌러버려 우열을 확실히 가렸는데, 족제비 사촌인 이 녀석은 아직 어려서 하룻강아지 범 무서운 줄 모른다고 눈치도 없이 무조건 입으로 물고 덤비는 스타일이라, 해피가 한 번 방심하다가 그랬는지 얕보다가 그랬는지는 몰라도 발가락을 물리고 난 뒤부터는 빼꼼이가 가까이 오는 것을 아주 무서워한다.

낮에 혼자 동네를 한 바퀴 돌면서 저쪽 산을 찾아 한 시간 남짓 길을 익히고, 돌아오는 길에 돼지고기 한 근 사서 김치찌개를 끓여두고 퇴근시간에 맞춰 초아를 데리러 갔다. 계단은 내려갈 때보다 올라갈 때가 훨씬 힘이 드는 모양이다. 성한 발에 힘을 더 주다 보니 오른쪽 발등도 많이 부었다. 밥 먹고 좀 쉬다가 뜨거운 물에 수건을 담가 뜨거운 찜질을 몇 번 시켜주었더니 부기가 좀 빠졌다. 초아는 침대위에 다리를 뻗고 누었고 나는 방바닥에 요를 깔고 이런 저런 이야기 하느라 밤이 깊어가는 줄도 몰랐다.

"헤헤, 찌개도 맛있고, 아빠가 시중드니 좋은데? 아빠, 방학동안 여기 있고, 집에 가지 마."

"초아야, 아빠도 할 일 많다. 봐라. 네가 다쳤다는 소릴 듣자마자 아빠는 얼마나 속이 상했겠냐? 오기 전날, 잠 하루 못 잔 것 가지고 이러진 않는데, 봐라, 이렇게 아빠 입술이 다 터졌잖아. 안 아픈 게 효도의 기본인데… 앞으로는 다치면 안 되겠제?"

"헤헤, 미안. 올해 액땜한 것으로 쳐야지, 뭐. 근데 아까 오빠는 다친 동생보다 해피 걱정만 하고 있던데, 그거 정말 괘씸하지?"

"그래, 유강이는 오빠가 아니라 네 동생하면 딱 맞겠다. 근데 오빠도 저 빼꼼이 때문에 해피가 얼마나 걱정되었으면 밤 12시가 다 되어 가는 지금, 해피 데리러갈까 물어보겠노? 너도 오빠한테 미안하다 생각해야 한다."

"칫. 그래도 그렇지. 하나뿐인 동생인데 오빠는 해피 걱정만 하고."

(2012. 1)

오지 않는 봄,
3월…

　장모님 49재 중 막재. 수업시간을 바꿔 잠시 재에 참석, 영정사진 앞에 절을 하고 돌아 나오는데 앉아있던 아내가 나를 올려다본다. 얼마나 울었는지 눈이 빨갰다. 나중에 그랬다. 내가 절할 때, 아내 마음속에 '서 서방, 고맙네.' 이런 엄마 목소리가 들리더란다. 분명히, 살아생전 그 목소리로.

　장모님 돌아가시고 2월 한 달, 아내는 심신이 공황상태로 거의 탈진해 있었다. 하지만 병이 깊은 동생, 상태가 안 좋아 친정 엄마 장례식장에 얼굴도 못 내밀었고, 일곱 번의 재 중 단 한 번도 참석할 수 없었던, 바로 한 살 아래 처제가 거의 매일 아내를 찾았기에 힘없다고 마냥 그렇게 누워있을 수는 없었다.

　"언니야, 오늘은 안 오나?"

　그 전화 한 통에, 우리 집에서는 손가락 까딱할 힘도 없다면서 처제를 찾아갔다. 밥을, 반찬을, 죽을 해 먹이고, 몇 시간이고 처제의 굳어버린 다리를 주무르면서 얘기를 하다 오면, 아내는 입도, 손도, 어깨도, 온몸이 아프다며 끙끙 앓았다.

아내는 막재를 마치던 날도, 다음날 토요일도, 일요일에는 집에서 쑤어 간 야채 죽을 처제에게 떠먹이고, 밤이 깊어서야 파김치가 되어 어두운 얼굴로 돌아왔다.

3월 26일 월요일, 새벽 3시경, 거실에서 전화가 울린다. 화다닥 일어나는데 방안에 불길한 느낌이 가득. 밖은 캄캄했다. 이 캄캄한 새벽에 처제는 어딜 그리 급히 떠났단 말인가?

아내는 그냥 무너져 내렸다. 나는 방과 거실을 이리저리 정신없이 다니다가 감기가 들고, 아내는 저녁까지 물 한 모금 마시지 않고 죽은 듯이 가만히 누워있었다. 밤에 나랑 같이 빈소를 찾았다. 사진 속의 처제는 국화꽃에 둘러싸여 맑게 웃고 있었다.

4년 3개월 동안 자매는 여기저기 많이도 같이 다녔다. 수술 후, 병원에서의 간병은 물론이고 통원치료 하느라 서울까지 같이 다니기도 했고, 몸이 조금 나았을 땐 관광버스를 타고 아마 마지막이 될 수 있을지 모르는 둘만의 오붓한 1박 2일의 남도 여행을 다녀왔다.

아내가 처제와 함께 어딜 가자고 주문하면 나는 한 번도 거절하지 않고 차를 몰았다. 병원이나 한의원은 물론이고 경치가 좋다는 수목원이나 휴양림도 다녀오고, 봄이면 산수유 축제, 가을이면 단풍구경으로 용문사 은행나무를 둘러보고, 또 그 다음해는 강원도 화천, 춘천을 둘러오기도 하면서 몸에 좋다는 숯가마 찜질방도 여기저기 같이 다녔다.

3월 마지막 날, 장인 장모님 산소가 있는 경북 군위를 찾았다. 지난 1월, 장모님 상태가 위독하다는 연락을 받고 미국에서 급히 나왔던 막내처제, 일주일 넘게 간병하고 돌아갔다가, 막상 2월 초, 장례식 때는 못 온 막내 처제를 위해 산소를 찾아간 것이다. 간 김에 마산까지 내려가 둘째 처제네 집에서 하루 자고 왔으면 한다. 이제 막내 처제가 미국 나가면 언제 만날지 모르니까, 남은 세 자매들끼리 하룻밤 실컷 얘기 나누고 싶어 그럴 게다. 마산 처제가 차려주는 생선회를 곁들인 저녁을 잘 얻어먹고 나는 다음날 또 운전을 생각해 일찍 잠자리에 들었지만, 여자들끼리 새벽까지 얘기하다가 언제 잠들었는지 모르겠다. 일요일 아침 일찍 출발해서 큰 처제 수목장을 한 경기도 광주 곤지암의 수양관을 둘러보고 집에 오니 오후 2시. 며칠 전에는 운전해서 남해까지 문상을 다녀오고, 요즘 장거리 운전이 잦다. 언제 봄이 오려나.

(2012. 4)

3장

안지와 깻잎

질경이…

일요일 아침, 차에 시동을 걸었다. 목적지는 일산 호수공원. 올림픽대로, 한강을 따라 동에서 서로 계속 달렸다. 영화나 T.V에서만 보던 한강 둔치 공원이 길게 이어진다. 운동하는 사람들 사이로 어느 순간 노란 유채꽃이 펼쳐지고, 절정을 지났지만 그래도 노란색 꽃과 연두색 줄기가 어우러진 풍경은 그림처럼 아름답다. 보느라 눈은 즐겁고 머릿속엔 또 다른 풍경이 스쳐 지나간다. 지난 1월 제주도 유채 밭에서 찍은 노란 사진이 생각나고, 얼마 전 칼럼 독자란을 통해 부산 온천천에도 유채꽃이 노랗게 펼쳐졌었다는 소식에 마음속으로 따로 그려보는 봄 풍경이다.

여의도를 지나는지 국회의사당이 보인다. 의사당 꼭대기, 돔 (Dome)식 둥근 천장을 보면 왜 그런지 몰라도 망할 망亡자의 꼭대기 점이 떠오른다. 여의도汝矣島. 쓸모없는 모래땅, 농사짓기 힘들어 '너나 가져라'는 뜻의 여의도가 지금은 금싸라기. 운전을 하면서도 머릿속은 양지가 음지 되고, 음지가 양지되는 세상살이를 그려보느라 복잡하다.

행주대교를 건너 일산으로 들어섰다. 호수공원에서 열리는 꽃박람회, 입장료가 일인당 4,000원이면 볼 게 많을 줄 알았는데 내가 생각했던 그런 박람회가 아니었다. 꽃이 종류별로 엄청 많이 피어있는 야외 전시장이 아니라 실내에 오밀조밀 볼거리를 꾸며 만든 전시장이다. 사람들의 손이 간 흔적이 너무 많다. 그래도 야생화 코너에서는 반가운 꽃들을 만났다. 앵초, 할미꽃, 매발톱, 족두리풀, 은방울, 둥글레, 천남성, 금낭화… 조르르 앙증맞게 달린 은방울꽃에 얼굴을 가까이 댔다. 조그만 꽃에서 뿜어대는 달콤하면서도 진한 향은 예나 지금이나 마찬가지, 하나도 변하지 않았다.

실내 전시관을 둘러보고 밖으로 나왔다. 안겨있었던 차돌이를 땅에 내려놓았더니 제 발로 걷는 게 저리 좋은 모양, 잔디밭에 들어가 토끼처럼 폴짝폴짝 뛰어다니며 재롱을 피운다.

호수공원을 천천히 한 바퀴 돌았다. 나들이 나온 수녀님들이 차돌이를 보고는 걸음을 멈추고 오늘 본 강아지들 중에서 제일 귀엽다며 쪼그려 앉아 한참 데리고 논다.

아내는 어디서 뭘 들었는지 며칠 전부터 질경이 타령이더니 여기서 질경이를 찾느라 풀밭을 뒤지며 자꾸 묻는다.

"이게 질경이 아닌가? 아까 그것과는 좀 다른데?"

"하, 그것참. 그것도 민들레구먼."

빨리 찾아 눈으로 확인시켜주고 싶었지만 개똥도 약에 쓰려면 없다고 그 흔하던 질경이가 도통 보이지 않는다.

"질경이 갖고 뭘 할 건데?"

"그게… 어린잎은 나물 해 먹어도 좋고, 씨는 약으로 쓴다던데."

"글쎄, 약으로 안 쓰는 게 어디 있냐만, 하여간 엄청 흔한 풀인데 오늘은 와 이리 안 보이노. 근데 어째 질경이를 모르지. 옛날 초등학교 자연책에도 나왔는데."

"책에 나온다고 다 아는가요? 시골에 안 살았으며 다들 나처럼 잘 모를걸?"

"그래, 그 말은 맞아."

마침내 어렵사리 질경이를 찾았다. 아직 봄이라 그런지 참 작았다. 질경이는 어려서 고향 마을 어디서건 볼 수 있었던 풀로 얼마나 흔했던지 하루라도 밟지 않을 수 없었다. 특히 방천 둑길에 지천으로 깔렸던 풀이라 다른 데는 안 디디고 그걸 골라서만 밟고 걸어도 방천 끝까지 갈 수 있었다.

"이게 질경이야. 잎을 잘 봐. 앞이고 뒤고 표면에 하얀 털이 없고 매끈하제? 그리고 무엇보다 이렇게 옆으로 그어진 줄이 있지. 아까 당신이 자꾸 물어본 그건, 민들레 중에서도 미국 민들레라고 잎도 크고 나중에 꽃대도 크게 올라와."

"음… 이게 길경이라? 내가 알고 있었던 것하고 완전히 다르네. 이제 알겠네요."

아내는 질경이 어린 순을 뜯어 손바닥에 모으고 있었다. 하지만 잎이 너무 작고 무엇보다 양이 그리 많지 않아 제아무리 뜯어본들 밥상에 오르지 못할 것 같았다.

질경이, 질경이, 잎이 질겨 질경인가. 명이 질기다고 질경인가. 시골길 땅바닥에 딱 붙어 얌전히 자라던 질경이. 비가 오면 온통 뻘밭처럼 진득대던 방천 둑길, 발 안 버리려고 일부러 찾아 밟고 다니기도 했던 질경이. 너도 밟고 나도 밟고, 지나가는 사람 모두에게 밟혀도 끝까지 살아남아 결국 꽃대 밀어 올리던 질경이. 고향 생각에 눈감으면 자기를 밟고 지나가라며 길바닥에 잎을 펴주던 질경이. 불러보면 어쩜 그 옛날 봄 햇살 같은 미소로 떠오르는 여자아이처럼 이름마저 정답고도 포근한 질경이.

(2004. 4)

양수리, 미사리.
인생 따라지…

중간고사 시험기간 중 오후 시간을 빌어 회식을 겸해 남녀교사 8명이 북한강에 갔다. 물에 비친 산 그림자가 곱다. 청평댐에서 모터-보트를 2대 빌렸다. 운전대를 좌우로 급히 돌렸다가 풀기를 반복하니 보트가 요동을 치고 우리들은 모두 자기도 모르게 비명을 질렀다. 앞 보트가 지나간 물살이 부챗살처럼 퍼지는데, 그걸 지나갈 때는 보트 바닥이 튀는 느낌에 잠시 물에도 뼈가 있을지 모른다는 쓸데없는 생각을 해보았다.

내려올 때는 강 건너 반대편 길로 오면서 양수리를 지나왔다. 양수리, 라이브 카페에서는 그날그날 나오는 가수 따라 커피 값이 달라진다던데 한 잔에 몇 만원씩이나 한다는 커피를 마실 수는 없고 강이 바라보이는 장소에 차를 두고 조용히 흐르는 강을 구경했다.

미사리 조정경기장을 찾아갔다. T.V에서 본 것보다 직접 찾은 풍경이 훨씬 좋았다. 잔잔한 물결에 다니는 배들까지 조용하다. 숙달된 선수들이라 노가 물에 닿는 소리도 안 날만큼 아주 조용한데도 배들은 미끄러지듯 빨리 나아갔다.

일행 중 체육과목 김 선생은 대한 카누협회에서 알아주는 사람이다. 연습하던 선수들과 코치들이 인사를 해온다. 여자 카누 선수 둘은 배를 멈추고 정중하게 인사를 한다. 구리여고 출신의 국가대표선수라고 김 선생이 소개해 준다. 몸에 달라붙는 옷을 입은 선수들을 보는 순간 마치 물질하다 나온 해녀를 보는 것 같은 느낌이 들었다. 1인승 카약에 하반신을 묻고 상체만 밖으로 나와 있는 모습을 이렇게 가까이서 보기는 처음이다. 눈에 익지 않아 바라보는 내 시선이 좀 어색해 멋쩍게 웃는다.

구경 온 사람들이라면 자전거를 타고 경기장 주위를 한 바퀴 돌며 그림 같은 풍경과 맑은 공기에 몸과 마음 충전할 좋은 시간 보낼 것인데 운동을 업으로 하는 사람들은 그렇지 못하다. 구리여고 카누부 선수들이 가쁜 숨으로 구보를 하며 옆으로 지나가다가 우리 일행을 보고 인사를 한다. 하나같이 구릿빛 얼굴이다. 그들의 가쁜 숨 너머 환한 미래가 펼쳐지길 마음속으로 빌어주었다.

아까 그 국가대표선수 둘은 다시 훈련을 시작했다. 멀어져가는 카약을 보면서 나는 어렸을 때 시골에서 형이 갑오징어 뱃속에 든 하얀 뼈로 장난감 배를 만들어 물에 띄우고 놀던 장면이 생각났다. 갑자기 고향의 파란 바다가 눈앞에 펼쳐지고 고향에 가고 싶다. 또 향수병이 도지는 모양이다.

가만히 앉아 미사리 풍경을 가슴에 담았다. 입에 휘슬을 문 코치는 자전거를 타고 주위를 돌며 선수들의 손놀림과 자세, 호흡을 지도한다. 선수들을 부를 때 휘슬을 아주 짧게 불었을 뿐, 아주 조용한 목소리로 말했다. 지시사항도 짧고 모두 조용조용한 말투였다. 경기가 열릴 때는 활력이 넘치겠지만 평소 연습할 때는 이렇게 조용한 분위기인 모양이다. 그 조용함은 미사리 예쁜 이름과 어울려 내게 깊은 인상으로 남았다.

여러 사람이 노를 저어 가는 조정, 저기 해군사관학교 조정 선수들이 일사불란하게 노를 움직인다. 배는 수면을 소리 없이 주욱-쭉 날아가듯 미끄러졌는데 어렸을 때 본 'Long-ship'이란 영화가 떠올랐다. 물살에 반짝이는 햇살을 보며 그 영화에서 해적으로 분장한 율부린너의 반짝이는 대머리가 생각난다. 2본 동시 상영하던 부산 대신동 서부극장에서 본 영화는 거의 모두 동생이랑 같이 보았다. 동생은 지금 뭘 하는지, 건강하게 잘 있는지.

여선생들이 자전거를 빌려 하이킹을 하는 동안 남자들은 차를 타고 인근의 경정장을 찾았다. 경정장, 모터-보터 경주를 하는 곳이다. 돈이 걸려있었다. 도박에 빠진 사람들이 이렇게 많을 줄이야. 길에 떨어진 종이, 휴지처럼 발길에 차여 굴러다니는 종이들은 '경정 예상지'와 배팅했다가 실패한, 이젠 아무 싹에도 못 쓰는 노란색 카드들이었다. 경정 예상지를 한 부 주워들고 찬찬히 살펴보았다. 경기가 있는 날에는 하루에 13코스 경기가 열리고 각 코스별로 6명의 선수들이 출전한다. 선수들의 사진과 입상 경력, 최근 성적, 특기와 장단점 등 정보가 실려 있었다.

재미 삼아 한번 긁어보자며 김과 이, 두 선생님은 표를 사러가고 나는 주위를 돌아다니며 분위기를 살폈다. 의외로 여자들도 제법 많다. 모두들 도박으로 속이 다 타버린 듯 사람 얼굴이 아니었다.

이윽고 경기가 시작되고, 굉음과 함께 하얀 포말을 일으키며 출발한 모터보트들이 얼마나 빠른지 선체 앞부분은 거의 공중에 들렸고 모터가 달린 선미만 물에 닿아있었다. 코너링을 어떻게 하느냐에 따라 순서가 바뀌기도 했다. 그럴 때마다 관중들 입에서 터져 나오는 환성과 탄식. 배팅했던 선수가 뒤로 쳐지는지 '저런, 저런' 그러다가 육두문자 욕설이 튀어나온다. 속도감 있는 경기라 그런지 경기는 금방 끝났다. 파란색과 초록색 옷을 입은 1번과 6번이 1, 2등을 했다. 경기 결과와 배당금을 알리는 전광판에 불이 들어오자 여기저기에서 터지는 짧은 환호는 조금이고 대부분은 실망스런 한숨소리와 허탈감에 빠져 쏟아내는 불만에 찬 욕설들. 연승식을 선택, 만약 두 개를 다 맞혔다면 이번 경기의 배당금이 원금의 40배라고 전광판에 나온다. 김 선생은 24,000원어치 배팅해서 16,000원을 건졌고 이 선생은 10,000원 배팅해서 4,000원 건졌다. 입맛을 쩝쩝 다시는 두 사람, 여기 모두들 처음에는 장난삼아 재미로 하다가 한 번 크게 먹고 나면 그 맛을 못 잊어 도박에 빠져들 것이다. 길바닥에는 도박에 중독된 사람들이 여기저기 모여 앉아 있었다.

경정에서 재미를 못 본 사람들 중 일부는 이제 호주머니 속의 푼돈까지 달달 긁어 좌판에서 파는 500원 짜리 즉석복권을 긁고 있었다. 얼굴에 생채기가 난 채 땅에 버려진 수없이 많은 복권 딱지가 이리저리 밟히며 대접 못 받는 것이 오늘도 경정 도박판에서 주머니 탈탈 털리고 빈손으로 돌아가야 하는 이 사람들과 무엇이 다르랴. 인생 따라지들을 보는 것 같아 마음이 쓸쓸했다.

(2004. 5)

꽃,
가 버린 꽃

생긴지 20년이 조금 넘은 구리여고, 건물은 낡았지만 유월의 숲은 참 넉넉하게 우거졌다. 교문을 들어서서 오른쪽으로 꺾어 현관으로 가는 길 양쪽에는 은행나무들이 도열하듯 줄지어 곧게 섰고, 다시 왼쪽으로 가는 길 화단에는 엄청 큰 느티나무들이 운동장을 향해 무성한 가지를 늘어뜨리고 있다. 학교 울타리는 온통 붉은 줄장미 넝쿨, 제철을 넘긴 지금도 볼만 하지만 한창이었던 5월 중순엔 정말 그 정열적인 붉음이 대단해서 눈을 뗄 수가 없었다.

수업이 비는 시간, 가끔 느티나무 그늘의 벤치에 앉아 생각에 잠기곤 한다. 요즘 여느 학교에서는 보기 힘든, 축구장보다 넓은 운동장. 그 운동장 건너 3층짜리 낮은 건물의 구리여중이 보인다. 구리 여중과 구리 여고는 교문을 같이 쓰고, 운동장을 사이로 서로 마주보고 있다. 아무도 없어 그야말로 뙤약볕만 내리쬐는 고요한 운동장에도 체육시간이 되면 몰려나온 여중생들로 시끄러워진다. 여름이 되어 그런지 요즘은 주로 느티나무 그늘 아래로 몰려들어 재잘거리는 통에 아직 솜털이 보송보송한 뽀얀 볼을 가진 열댓 살 소녀들 얼굴을 마음껏 구경할 수 있다.

그림같이 참 평화로운 풍경에 앉았으면서도 마음은 그렇지 못했다. 내가 왜 여기 와 있는가? 이 나이에… 하지만 언제까지나 이런 회의적인 생각에 잠겨있을 수는 없었고 현실을 받아들여야 했다.

큰 나무 아래에는 작은 나무나 풀이 자라기 어렵다더니 학교 구석구석 심어 둔 꽃씨들은 생각보다 싹을 틔우기 힘들었고 어렵게 나온 싹도 제대로 크는 것 같지가 않았다. 해서 나무의 영향을 덜 받는 곳으로 옮겨심기를 하면서 겨우 건진 분꽃, 봉숭아, 접시꽃, 코스모스들.

부산에서 가져와 심은 씨앗들이 싹을 틔우고 하루가 다르게 커 가다가 오래지 않아 제각기 예쁘게 피어날 꽃들을 마음속으로 그려보는 것은 나의 작은 행복이었고, 여기서 살아가는데 알게 모르게 힘이 되어주고 있었다. 그런데 며칠 전, 아침까지 생생하던 녀석들이 오후에 보니 모두 새까맣게 말라 죽어버렸다. 얼마나 놀랐는지 모른다. 일하는 아저씨를 불러 물어 보았다. 나무에 약을 쳤다는데, 바람에 약이 날려 그랬는지 하여간 죄다 죽어버렸다. 살아남은 것은 해바라기와 봉숭아 각각 두 포기뿐. 행여나 죽은 것이 살아날까 물뿌리개를 들고 약 기운을 씻어 내린다고 물을 듬뿍 주었지만 결국 살아나기는커녕 형체도 없이 녹아 버렸다.

얼마 전에 내가 화단에 머릴 박고 있는 걸 보고, 웃음이 화사한 어느 젊은 여선생님이 물었다.

"선생님, 뭘 그리 유심히 보고 계세요?"

조그만 싹을 가리키면서 이게 분꽃이라 했더니

"어머, 그래요? 선생님이 직접 심으셨어요? 아이들이 모르고 밟으면 안 되는데."

그러면서 조그만 돌멩이를 주워 모아 분꽃 주위에 빙 둘러 표시를 해두더니만. 그걸 보고 나는 배롱나무 아래에 과꽃을 심어 두고 한 포기 한 포기마다 조그만 조약돌로 둘러두었던 저 남쪽의, 풍경도 이름도 다 예쁜 청도 운문사를 떠올리고 있었다. 얼굴이나 이름 알지 못하나 분명 마음씨 고운 여스님들과 그들이 땀땀이 수를 놓듯 정성들여 놓았던, 아마 운문사 그 맑은 계곡에서 주워 왔음직한 조약돌들과 초등학교 때 배운 노래에 나오는 과꽃을 생각했는데, 이제 분꽃은 가고 돌들만 댕그라니 남아 여기에 분꽃이 자라고 있었다는 아픈 흔적으로 남았다.

분꽃, 피어나면 자그만 하되 목이 긴 나팔같이 생긴, 진분홍이 랄까 연빨강이랄까. 하여간 고운 색의 아주 순하게 생긴 꽃. 예 전 이 땅 거의 모든 초등학교 화단에서나 시골집 장독간 옆에서 쉽게 볼 수 있었던 순박한 꽃. 내 나이 마흔 아홉에 옮겨온 이 곳, 그야말로 산 설고 물설고 낯도 선 여기에 분꽃 까만 씨앗을 심고, 그 분꽃이 피면, 마음속으로 남南을 향해 그리움의 나팔 불어보리라 생각했건만. 그리 생각하고 하루에도 몇 번씩 눈을 주고, 정을 주며, 이제 떡잎티를 벗고 싱싱하게 자라나는 분꽃을 흐뭇하게 바라보며 지냈건만. 나무에 쳤다는 약이 바람에 날려 그랬는지 형체조차 알아볼 수 없게 녹아버려, 행여나 아이들 모 르고 밟을까 젊은 여선생님 이쁜 마음으로 주위에 둘러놓은 돌 멩이, 피어보지도 못 하고 가버린 분꽃 무덤 터라 알려주는 듯. 그 무덤가에 울리는 분꽃 진혼곡 나팔소리. 피어보지 못해 그럴 까 한 맺힌 분꽃 나팔 소리 내 귓가에 맴돌고 맴돌고. 진분홍이 랄까 연빨강이랄까 내 마음 그렇게 멍들어 버리고.

(2004.6)

느티나무 그늘 아래서…

　노란 반바지에 하얀 티를 입은 계집애들이 운동장 느티나무 그늘아래 모여 있다. 반소매 하얀 티셔츠는 목이 둥글게 파였고, 목 주위랑 소매 끝에는 바지와 같은 색깔 노란색 테두리. 그렇게 병아리같이 귀여운 옷을 입은 여중생들이 체육시간에 배구공으로 언더토스 연습을 한다. 오른손으로 왼손을 감싸 쥔 둥근 주먹모양의 손. 양손 두 엄지손가락을 앞으로 나란히 하고 손목에 서부터 팔꿈치 부분까지를 쭉 펴서 공을 받아 올리고 있다.

　하얀 배구공이, 하얀 티를 입은 여중생들 하얀 손목이며 하얀 팔뚝에서 통통 튀어 오른다. 옛날 같으면 공이 귀해 공을 갖고 연습하는 아이들보다 자기에게 공이 돌아올 차례를 기다리는 아이들이 더 많았을 것인데 지금 아이들은 각자 모두 공을 하나씩 가지고 연습을 하니 구경하는 내 눈이 바쁘다.

　얼굴에 떨어지려는 공을 손으로 받아버리는 아이도 있고, 공끼리 부딪히기도 하고, 공이 잘못 되어 땅에 떨어지려고 하면 아이들은 엄마! 악! 열댓 살 소녀들만이 낼 수 있는 그런 특유의 목소리로 비명을 지른다. 소녀들의 엄살어린 비명 탓일까, 불어오는 미풍 탓일까, 느티나무 잎들도 간혹 몸을 뒤척인다.

연습하다 싫증이 났는지 누가 공을 들고 계단을 올라와 조례대 바닥에 공을 몇 번 튀겨보더니 그만 누워버렸다. 조례대 역시 그늘이라 서늘하고 바닥까지 평평해, 아직 철없는 아이들은 옷 버리는 것도 개의치 않고 눕고 싶은 유혹에 쉽게 몸을 맡긴다. 누가 시키지도 않았는데 다른 아이들도 약속이나 한 듯 몰려와 누워본다. 아이들은 서로 어깨가 닿았다가 겹치더니 얼마 지나지 않아 아예 몸이 쌓이기 시작한다. 몸과 몸이 닿으면서 밑에 깔린 아이들은 아파서 지르는 게 아니라 즐겁다는 비명을 지르며 깔깔댄다. 주인 손을 떠난 공들도 서로 부딪혀가며 바닥을 굴러다니다가 한 군데로 몰려들어 쉬면서 아이들 웃음소리 듣고 있다. 느티나무 그늘 아래 열댓 살 소녀들이 노란 반바지에 노란 테두리가 쳐진 하얀 반소매 티를 입고 하얗고 노란 웃음을 마음껏 터뜨린다.

호각소리와 함께 저 쪽에서 하얀 체육복에 하얀 모자, 선글라스를 낀 남자 체육선생님이 나타났다. 시험을 치르는 모양이다. 아이들이 모여서고 번호를 부르면 한 명씩 나와서 시험을 본다.

언더토스를 스무 번 해야 만점인 모양이다. 간혹 끝까지 공을 떨어뜨리지 않는 아이들은 자신 있게 제법 공을 위로 높이 올리지만 대부분의 아이들은 공이 멀리 날아갈까 두려워 살살 치니 거우 손에서 2~30cm 높이에서 통통거린다.

마음과는 달리 제멋대로 튀려는 공을 따라 몸을 움직이다 보니 제자리에서 빙빙 도는 아이도 있고, 자꾸 앞으로 나가는 아이, 또 뒷걸음을 계속 치는 아이도 있다. 아까 연습할 때는 조금만 잘 못해도 쉽게 공을 잡아버리며 포기를 하더니만 선생님 앞에서 보는 시험이라 아이들은 집중해서 공을 치려고 노력한다.

그러니까 아까 같았으면 손으로 받아버렸을 공이 이젠 아이들 얼굴에 떨어진다. 마음과 달리 이미 이마로 공을 받아버리기도 하고 어쩌다 콧등을 맞는 아이까지 있다. 그럴 때마다 야속하게도 공은 땅에 떨어져버리고 어떤 아이는 선생님을 쳐다 보며 한 번 더 해도 되느냐는 눈빛을 보내기도 하나, 대부분 아이들은 쫓기는 꿩 새끼 덤불에 머릴 들이밀듯 일단 친구들 속으로 몸을 숨기고 본다.

선생님이 한 번 더 기회를 주며 방금 들어간 아이를 부르는데 열대엿 살 부끄럼 탄 소녀들은 앞으로 나오는 데 제법 시간을 잡아먹고 선생님의 호각소리에는 자꾸 힘이 들어간다.

하늘에 하얀 구름 떠간다. 아직 일러 매미 소리 없는 게 좀 아쉬우나 그림 같은 느티나무 그늘 아래 체육시간. 열대엿 살 소녀들이 공을 튀기고, 잡고, 놓치고, 공에 맞고, 친구들 무리 속으로 부끄러이 몸 숨기는 걸 보며, 나도 몰래 웃음 흘린다. 느티나무 그늘아래서.

(2004. 6)

안지와 깻잎

지난 8월 어느 날, 이른 아침. 전화벨이 울렸다. 전화를 받는 초아 목소리가 갑자기 불안정해지면서 톤이 높게 올라갔다.

"뭐라고? 정말? 그런 게 어디 있어. 정말이야?"

어이없는 표정으로 방에 들어와 울먹인다.

"엄마, 아빠. 어떻게 해? 안지 엄마가 돌아가셨대."

"뭐? 그게 무슨 말인데?"

안지는 초아랑 고1, 고2 같은 반으로 가장 친한 친구다. 한 반에 이름이 같은 애가 둘 있어 구별하느라, 성을 붙여 '안지' '문지' 자기네들끼리 이렇게 부른다고 했다.

안지는 우리 집에 자주 놀러와 밥도 몇 번 같이 먹고, 초아 방에서 자고 간 적도 있다. 자기 집은 엄청 너른 아파트인데 초아 방이 비좁아 많이 불편했을 것인데도 불편은커녕 너무 편해 좋다며, 있는 집 아이 티를 안 내는 착한 친구였다.

비가 많이 오면 안지 아빠가 차를 몰고 학교에서 안지를 데려오는 길에 꼭 초아까지 태워서 우리 집 앞에 내려주고, 맛있는 과자나 특이한 음료수가 있으면 초아 손에 들려 보내곤 했다. 작년에 아내가 가게를 개업했을 때도 부부가 함께 찾아와 축하해 주더라고 했다.

얼마 전 초아가 오빠에게 면회 갈 거라고 하니 자기 동생에게도 안 빌려준다는 예쁜 옷이랑 구두를 초아에게 입혀보고 신겨주면서 "봐, 이렇게 입으니 정말 예쁘지?" 그리고는 자기가 더 즐거워하던 아이였다.

예전에 초아가 친구들이랑 안지 집에 놀러갔다가 자고와도 되느냐는 전화가 왔었다. 확인하느라 부모님을 바꿔달라고 했더니 안지 엄마가 받아 나랑 잠시 통화를 했었다. 맑은 구슬 굴러가는 듯 또랑또랑한 목소리는 엄마라기보다는 언니처럼 들렸다. 폐가 되지 않겠냐는 내 말에, 그런 말씀 마시라며 친한 아이들끼리 하룻밤 친구 집에서 같이 자는 것도 좋은 추억이 아니겠냐면서 아무 걱정 마시란다. 그리고 내일 아침에 차로 데려다주겠다는 안지 아빠의 목소리도 같이 들려왔는데, 전화를 끊고 안지 엄마가 그러더란다.

"초아 아빠한테 내가 안지 언니 같다는 말, 그런 말 들으니 기분이 너무 좋네."

딸아이 친구들에게 '닭살부부'라는 별명을 들을 만큼 사이가 좋았던 남편과, 한참 감수성이 예민한 나이의 고2, 중3인 두 딸을 두고 멀리 가버린 안지 엄마는 이제 겨우 마흔 넷, 학교 선생님이었다.

방학 중 열흘간 연수를 받던 중, 연수 마치기 하루 전. 밖에서 단체로 점심을 먹고 다시 연수원으로 들어오는 길. 횡단보도 앞에서 파란 불로 바뀌기를 기다리다가 동료 선생님에게 어지럼을 호소하면서 쓰러지고는 의식 불명이 되었다고 한다. 그리고 두 시간 후 완전히 생명의 끈을 놓아버렸다니, 사람 사는 게 아무리 하루 뒤를 모른다지만 그렇게 허망하게 갈 수가 있나.

저녁 늦게 아내와 함께 분당 제생병원에 차려진 고인의 빈소를 찾았다. 향을 올리며 바라본 영정. 초아가 예전에 안지 엄마가 정말 미인이라더니, 검은 끈이 옆으로 둘러진 영정의 활짝 웃는 얼굴이 어찌나 화사한지, 그래 더 마음이 아팠다.

문상객을 맞아 두 손을 앞으로 모으고 서 있던 검은 원피스를 입은 고인의 두 딸이 너무 애처롭다. 아내는 안지를 안고 둘이서 한참 울고 있다.

한참 넋을 놓고 있던 안지 아빠가 우리 내외와 마주 앉아 말문을 열었다.

"아직 아이들 엄마의 죽음이 믿어지지 않아요. 꿈이겠지, 억지로 그렇게 생각하고…"

"그렇겠지요. 저희들도 그런데, 오죽하겠습니까."

"어찌 이럴 수가 있습니까. 아침에 멀쩡하게 나간 사람이, 쓰러졌다는 전화를 받고 갔을 때는 이미 의식도 없고, 큰 병원으로 옮기자마자 눈 한 번 뜨지 않고, 말 한 마디 남기지 않고 바로 가 버리다니…"

"초아가 그러던데 두 분 사이가 그렇게 좋았다면서요."

"예, 우린 도무지 싸울 일이 없었지요. 두부 한 모 사러 갈 때도 같이 가고, 심지어 쓰레기봉투 낼 때도 같이 갔는데."

사업차 일주일 예정으로 필리핀에 출장을 갔던 안지 아빠는 왜 그런지 모르게 자꾸 집에 가고 싶어, 하던 일을 남에게 맡겨 두고 이틀 만에 어렵게 비행기 표를 구해 돌아왔다고 한다. 일을 다 못하고 예정보다 일찍 갑자기 돌아온 남편에게 웬일이냐며 자세히 묻지도 않고 그렇게 좋아하더라는 안지 엄마. 바로 다음 날, 서로 유명을 달리할 것을 알고 그랬을까? 정말 모를 일이었다. 나오는 길에 손을 잡고 울먹이면서 부탁을 한다.

"우리 애… 엄마가 없어도… 초아 집에 놀러 가면 친딸처럼 대해주세요."

"그럼요. 그러다마다요."

며칠 전 초아한테서 학교로 전화가 왔다.

"아빠, 안지가 아빠가 키운 깻잎 먹고 싶다고 하는데, 깻잎 아직 있어? 안지가 말이야, 전에 우리 집에서 먹어본 깻잎이 다른 깻잎과는 달리 향이 진하게 나더라며 그게 먹고 싶다는 거야. 엄마가 해 준 아구찜도 먹고 싶다 하고."

퇴근길에 학교 텃밭에 나갔다. 방학동안 돌보지 않아 풀이 길어 엉망이었지만 몇 사람 먹을 깻잎은 되었다. 좋은 깻잎을 골라 따와서는 식초 물에 깨끗이 씻어두었더니 초아가 와서 챙겼다. 냉장고에서 쌈장까지 꺼내 따로 봉지에 담는 초아를 보고 물었다.

"왜, 안지 왔으면 들어오라고 하지."

"응, 자기 이모가 차를 가지고 곧 데리러 온다고 해서 밖에 기다리고 있어. 내가 배웅해 주고 올게."

창문을 열고 밖을 내다 보니 초아랑 안지가 저만큼 가고 있었다. 아이를 불러 세웠다.

"안지야, 시간 나면 우리 집에 놀러 와라."

"예, 아저씨. 이 것, 잘 먹을게요."

밝게 웃으며 고개를 꾸벅, 인사를 하고 가는 아이를 보고 마음이 조금 놓이면서도 가슴 한편이 아려왔다.

좋은 집에, 좋은 부모. 아무 것도 부러울 것 없는 환경인데, 엄마가 계셨다면 보잘 것 없는 깻잎 타령은 하지 않았을 것인데…

(2004. 8)

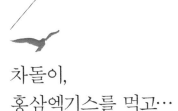

차돌이,
홍삼엑기스를 먹고…

그 대상이 사람이든 말 못하는 짐승이든 정 붙이는 것은 몰라도 정을 떼는 것은 얼마나 힘든 일인 지 겪어보지 않은 사람은 알 수 없다. 불의의 사고로 뭉치를 땅에 묻고는 너무나 상심하여 다시는 집에서 강아지를 키우지 않으려고 다짐했던 내 마음과는 별개로 저 멀리 남쪽에서 우리 집까지 흘러 들어와 살게 된 주먹만 한 강아지. 녀석을 볼 때마다 뭉치, 그 크고도 순진한 눈망울이 아른거려 쉽게 마음 줄 수 없었으나 이왕 우리 곁에 왔고 무엇보다 차마 나가라 할 수 없어 키우게 된 강아지, 건강하게 오래 살라고, 차돌처럼 단단하라고, 차돌이라 이름 붙였다.

애써 깊은 정은 안 주려고 늘 거리를 두고 밀쳐냈더니 이 녀석 그걸 아는 건지 내가 밀쳐내는 것 이상으로 기를 쓰고 내 품을 파고들었다. 이 조그만 차돌이가 갑자기 아프기 시작해 이 병원 저 병원 옮겨 다니며 보름 넘게 고생했는데 의료보험도 안 되지,

여름 휴가비 몽땅 날리며 돈은 돈대로 들었고 그 조그만 강아지가 매일 수액 주사를 맞아가며 고생하는 걸 보기에도 참 안타까웠다.

의사가 고개 절레절레 흔들며 가망 없다는 걸 이겨내고 가을을 맞은 차돌이 몸무게가 많이 늘어서 1.5Kg. 퇴근해 가면, 혼자 집 보다가 달려 나와 반갑다고 어쩔 줄 몰라 뛰고 솟고 구르는 이 녀석, 내 삶에 끼치는 무게 얼마나 될까.

지난 1월 중순, 며칠간 아내랑 여행을 다녀오는 공항버스 안, 초아에게서 급한 전화가 왔다. 우느라 말을 알아듣기도 힘 든다.

"아빠, 차돌이가… 차돌이가 자꾸 벽에다 머리를 받고 벌벌 떨면서 숨을 몰아쉬는 게 이상해. 금방이라도 죽을 것만 같아."

아무리 급박한 상황인들 달리는 차 속에서는 어쩔 수가 없었다. 집에 닿자마자 달려 들어오니 차돌이는 초아 품에 안겨 정말 사시나무처럼 몸을 떨고 있었다. 그런 와중에도 나를 바라보는 눈빛에 반가움이 스치면서 꼬리를 쳤다. 앞다리, 뒷다리는 점점 굳어가고 있었고 내가 움직이는 방향으로 눈을 돌리려고 했지만 녀석은 목을 제대로 가누지 못했다. 초아에게서 차돌이를 넘겨받고 가만 안아주는 방법밖에 내가 할 수 있는 게 없었다.

예전에 며칠간 입원하여 치료를 받았던 동물병원에 전화를 걸었다. 선천성 신부전증이란 병을 앓고 있는 차돌이를 잘 알고 있는 의사선생님은 상황을 전해 듣더니 결론을 내린다.

"병원에 데리고 와도 마땅히 해 줄 수 있는 게 없고, 아마 오래 버틸 수 없을 것 같습니다."

"너무 오래 고통스러워하면… 차돌이를 생각해서 차라리 안락사를 시켜주는 게 나을 것 같아서 여쭤보는 겁니다."

"안락사를 시켜주는 것도 방법이긴 하지만 그 정도면 보통 한두 시간 안에 떠나니, 차라리 주인이 지켜봐 주는 게 강아지에게 위안이 되지 않을까요."

옆에서 듣고 있던 초아랑 아내는 눈물범벅이다. 차돌이 상태는 점점 나빠지고 있었다. 앞다리는 완전히 굳어버렸고 뒷다리도 ×자로 꼬인 상태로 굳어버렸다. 혀도 길게 빼고, 귀에도 피가 통하지 않는지 귀가 뒤집어진 채 뻣뻣해지고 있었다. 그러길 두어 시간이 흘렀다. 의사 말대로라면 죽어가는 과정인데 괴로워하는 모습을 옆에서 보는 게 너무 힘들었다.

그만 숨을 끊어주려고 차돌이 목에 손을 갖다 대고 몇 번이나 목을 조르려 했다가도 차마 더 이상 힘을 가할 수 없었다. 이제 병원도 문 닫았을 시각, 아까 병원에 가서 안락사 시켜주지 못한 것을 후회하며 도저히 맨 정신에는 못 하겠고 술의 힘을 빌리려 했다.

소주를 한 병 사와서 안주도 없이 깡소주를 마시고서는…

"차돌아, 이제 그만 가거라. 너무 짧은 시간이었지만 그래도 너… 그런대로 행복하게 살았제? 아저씨, 아줌마, 조아 아가씨의 정을 듬뿍 받았으니까 이젠 아픔이 없는 좋은 세상으로 가서 잘 살아라."

마지막으로 힘을 줘 목을 죄려다가 갑자기 어떤 생각이 머리를 스쳤다. 아까 몇 번이고 억지로 입을 벌려 물이나 꿀물을 떠넣어도 차도가 없었는데, 갑자기 냉장고에 있던 홍삼캡슐이 생각난 것이다. 어디서 난 건지, 언제 누가 갖다 둔 건지 잘 몰라도 나는 그걸 잘 안 먹는데 아내더러 그걸 한 번 먹여 보자고 했다.

아내랑 초아, 둘이서 차돌이 입을 벌려놓고 나는 캡슐을 깨어 그 속의 찐득한 홍삼액을 꿀물 한 숟갈에 손가락으로 개어, 억지로 먹여보았다. 토한다든지 뭐 그런, 거부 반응을 일으키지는 않는 것 같아 캡슐 하나를 억지로 더 먹였다. 그것 참 이상한 게, 사지는 이미 굳었지, 혀를 길게 빼고 금방이라도 죽을 듯 눈이 풀렸던 녀석이 조금씩, 굳었던 몸이 풀리는지 발가락부터 꼼지락거리는 게 눈에 보였다. 그리고 약 30분쯤 후, 정말 거짓말처럼 녀석이 완전히 살아났다. 아직 다리에 완전한 힘이 돌아오진 않았지만 분명 자기 힘으로 일어섰다.

그 날 이후로 차돌이는 덤으로 살았다. 이제 아프기 전보다 더 똘망똘망하고, 며칠 전 유강이가 휴가를 오니 처음엔 군복 입은 모습이 낯설어 경계를 하다가 곧 본능적으로 가족임을 알아차리는 것 같았다. 장난감처럼 조그만 녀석이 통통 튀면서 재롱을 부리니 유강이도 녀석에게 정이 가는 지 아침저녁으로 산책을 데리고 나갔다.

하지만 덤은 그리 오래 가지 못했다. 6월 6일, 내가 남해로 문상을 다녀오느라 전날부터 집을 비웠을 때 차돌이가 산책 나가지 못한 것을 안타까이 여긴 초아가 녀석을 안고 나가서 결과적으로는 마지막이 된 산책을 했단다. 초등학교 나무 그늘아래 벤치에 앉아 있었는데 내려달라고 칭얼대기에 땅에 내려주었더니, 가만히 눈을 감고 바람을 느끼는 듯 한참을 가만히 서 있었는데 그게 차돌이 생전의 마지막 모습이라고 했다. 녀석은 그 때, 무슨 생각을 하고 있었을까?

어제, 내 손으로 차돌이를 땅에 묻었다. 초아가 그려준 강아지 그림이 있는 수건은 평소 차돌이 전용수건이다. 그 수건으로 몸을 감싼 채, 땅에 그리고 내 가슴에 묻힌 차돌이. 이젠 건강한 몸으로 좋은 데서 맘껏 뛰놀려무나. 차돌아, 잘 가거라.

(2005. 6)

시간당 500원.
싸다, 싸…

사월 지나며 몸이 가라앉는 날도 있었으나 휴일이라고 집에서
뒹굴 거리며 T.V나 보며 빈둥댄 날은 단 하루도 없었다.

혼자 물 뜨러 가든지 하다못해 해피를 데리고 계획에 없던 산
보를 또 나가거나 뒷산에 올라 취나물 뜯는다고 서너 시간 싸돌
아다니다 오면 엄지손톱 밑엔 까만 물이 들어 며칠씩 빠지지 않
았다.

취나물 그거, 우리 동네 불곡산에는 왜 그리 귀한지 등산로 따
라 가다가 꼬박 두 시간은 사람들 아무도 만나지 못하는 외딴
길로 접어들어 취나물 뜯었는데 내 딴엔 궁금하기도 하려니와
자랑도 할 겸 식탁위에 나물을 펼쳐놓으며 이거 돈으로 치면 얼
마나 될꼬? 그리 물었더니, 아이구, 그거… 잘 쳐줘서 한 이천 원
어치 되겠네요.

허허. 집 나가서 돌아올 때까지 총 4시간, 네 시간 돌아다녔으니 그럼 내 몸값이 시간당 오백 원. 아~ 나는 너무 싼 남자다.

생으로는 제법 되는 것 같아도 데쳐서 손으로 꼭 짜 물기를 빼고 된장에 버무려놓으니 한 주먹밖에 안 되더라.

막걸리 한 통, 안주거리에도 모자라지만 그래도 하우스에서 키운 게 아니고 산에서 직접 딴 자연산인데 식구들 조금, 한입이나마 맛보라고 남겨두고선 물어본다.

어떻노? 내가 직접 딴 건데, 향이 다르제? 맛이 좀 다를 건데?

아이들은 애비가 자꾸 먹어보라 권하니 맛을 보고는 그래도 입은 입이라.

어? 맛있네요?

음… 향이 좀 진하네요.

그럼, 그럼. 이게 다 약이라니까. 남기지 말고 다 먹어.

맛있다는 그 말 한 번 더 들으려고 휴일에 또 나가고, 또 나가고 결국 올 봄, 불곡산에 나물 뜯으러 세 번 갔구나.

그리고 나니 봄이 다 갔구먼.

(2007. 6)

우리 곁에 온 해피

무슨 인연인지 2006년 11월 16일, 강아지 한 마리가 집으로 왔다. 날짜까지 기억하는 것은 그 날이 대입 수능일이었기 때문이다. 아침 일찍, 제자들이 시험을 치르는 고사장 입구에 가서 교문이 닫힐 때까지 응원을 해주고 동료 선생님들과 같이 식당에서 늦은 아침을 먹었다. 그리고 그 날이 어머니 기일이었기에 고속버스터미널에서 아내를 만나 부산으로 내려갔다. 저녁에 제사지낼 준비를 하고 있는데 유강이에게서 전화가 왔다. 사연이 제법 길었다.

학교에서 공부하다가 선배들과 같이 밖에서 저녁을 먹고 다시 도서관으로 가던 중, 웬 강아지 한 마리가 길을 헤매는데 차가 오는데도 제대로 못 피하고 갈팡질팡하더란다. 선배들과 같이 쪼그려 앉아 "이리 온!" 하고 강아지를 불렀더니 유강이 앞에 와서 발랑 드러눕더라나? 가만 보니 예전에 키웠던 뭉치와 같은 종인

시츄인데 안아보니 너무나 가볍고, 못 먹어서 그런지 등뼈가 앙상한 게 너무 불쌍한 마음이 들었다고.

길을 잃었나? 아님 누가 버렸나? 모르긴 해도 분명한 것은 길에 그냥 두면 언제 무슨 흉한 꼴을 당할지 모르는 상황. 일단 선배 자취방에 데리고 가면서 소시지를 하나 사 주니까 얼마나 배가 고팠는지 진공청소기처럼 먹어치우고. 혼자 사는 선배가 자취하면서 키울 수도 없고… 어쩌면 되겠냐고 나에게 전화로 물어보는 것이다.

"시츄라고? 덩치는 얼마만 한데?"

"뭉치보다는 좀 작은 데, 못 먹어서 그런지 너무 가벼워요."

"집에서 이젠 강아지 안 키우기로 했잖아."

"근데 아빠, 이걸 다시 길에 두고 가려니 너무 불쌍해서… 집에 데려가면 안 돼요?"

"아이고… 서울에서 죽전까지? 나는 모리겠다."

전화가 길어지니까 자연히 옆에서 듣게 된 아내가 전화기를 넘겨받아, 이젠 집에서 강아지 안 키울 거라고 못을 박았지만, 유강이 전화가 길어진다.

다음날 집에 오니까 강아지 한 마리 꼬리를 치며 우리를 반겼다. 어제 우리가 안 된다고 했는데도 유강이가 제 맘대로 강아지를 품에 안고 집에 데려온 것이다.

　길에서 돌아다니며 얼마나 고생을 했는지 정말 몸이 너무 가볍고 등은 만지기 무서울 만큼 야위었다. 앞에 키우던 강아지들에게 정을 뺏긴 터라 인물이 마음에 쏙 들어오질 않는다. 이 녀석, 자기를 탐탁지 않게 생각한다는 눈치를 챘는지 우리에게 잘 보이려고 엉덩이를 흔들고 따라다니면서 애교를 부린다. 허, 참. 이를 어쩌나. 길에 내다 버릴 수도 없고. 우선은 서울 종로구청 게시판과 인터넷의 유기견 카페에 강아지를 얻게 된 사연과 사진을 올리고 며칠 기다리기로 했다. 그래도 아무런 소식이 없다. 분실견을 찾고 있는 사연들 중에 좀 비슷하게 생긴 강아지 주인들에게 전화를 했으나 다들 아니란다.

　당면한 가장 큰 문제는… 이 녀석이 거실에다 쉬를 하고, 응가를 하는 통에 집에 비상이 걸렸다. 아내는 당장 동물병원이나 구청에 데려다주라고 야단이고, 당장 강아지 똥오줌 당번은 필요한데 아들이나 딸 모두 아침에 나가 밤에 들어오니, 결국 내 차지.

　아, 이녀석. 낮에 아무도 없을 때 쉬를 하면 어쩌나? 해서 새벽에 한 번, 밤에 한 번. 밖에서 쉬를 시켜야 되겠다고 마음먹고 새벽에 데리고 나갔더니 다음날부터 새벽 5시만 되면 방문을 긁고 난리다. 깜깜한 새벽 다섯 시에 강아지 산보시키는 어찌 보면 참으로 할 일 없고 정신 빠진 놈이 되고 말았다. 새벽마다 일어나 산보 아닌 산보를 하고 집에 와서 발을 씻기고 다시 잠을 자다 일어나 출근하고… 그러다가 아침저녁 두 번 나가는 것을 과감하게 줄여보았다. 밤에만 한 번 나갔는데 이 녀석이 급박한 분위기를 파악했는지, 집에서 안 쫓겨나려고 그러는지 용변을 참는 모양이다. 집에서 한 번도 실수를 하지 않는 게 참 기특하다. 그리고 퇴근해 집에 들어오면 어찌나 애교를 많이 부리는지 슬슬 정이 든다. 하루가 다르게 몸에 살도 붙어 이제 볼만하다.

집에 온지 한 달 만에 몸에 조금 있던 피부병도 다 고치고, 깔끔하게 이발을 시켰다. 영양실조가 있어 그런지 푸석푸석하던 털에도 이젠 윤기가 흐른다. 너무 여윈 게 불쌍해서 통통하게 살찌라고 내가 '몽실'이란 이름을 지었는데 아내는 행복하라고 '해피'라 부르는 게 더 좋겠단다. 그래서 우리 집에 같이 살게 된 해피, 처음엔 사람들에게 잘 보이려고 아양을 떨고 그러더니 요즘은 이 녀석 권세가 대단해서 자기 마음에 들어야 꼬리를 친다.

해피를 데리고 산책을 다니면서도 우리 곁에 와서 정을 담뿍 주고 간 뭉치와 차돌이가 생각나고, 언젠가 반드시 찾아올 이별을 생각하면 다시는 강아지를 키우지 않으려 했건만 이것도 무슨 인연이라 생각하고 우리 곁에 있을 동안은 잘 돌봐줘야 하지 않겠나.

해피가 이 세상에서 제일 무서워하는 것은 비가 오려는지 하늘이 컴컴해지면서 일순간 눈앞에 번쩍 하는 번갯불이고, 이어 들려오는 천둥소리다. 번갯불이나 천둥소리에 이 녀석은 제 정신이 아니다. 사람이 있으면 사람 품에 달려들어 숨을 죽이고, 집에 사람이 없을 때는 어디 침대 밑이나 화장실 구석진 곳, 자기 딴엔 우리 집에서 가장 으슥한 곳을 찾아 숨어들어가 바짝 엎드려 벌벌 떨고 있다. 불러도 한참동안 나오지 않을 정도로 넋을 잃고 있는 것이다.

천성적으로 그런 것이지 아니면 길 잃은 유기견으로 떠돌 때 이런 천둥 번개 치는 날 안 좋은 일을 당해 아픈 과거가 생각나서 그런가 싶어 불쌍한 마음이 든다. 해서 비가 오려는 날이면 집에 일찍 가야한다. 유강이 녀석, 바쁘다는 핑계로 평소 전화라고는 거의 안 하다가도 전화를 할 때가 있으니…

"아빠, 어디에 계신데요? 천둥 번개 치는데 해피는 괜찮을까… 집에 누구 있어요?"

내가 강아지보다 못하다.
끙…

(2007. 6)

우담바라

오래된 나무들이 정겹던 구리여고 교정과는 달리 주위에 온통 고층 아파트들이 즐비한 분당의 고등학교. 신설교라 건물은 깨끗한데 주위 환경이 정서상으로는 좀 삭막하다. 그리고 맡은 업무도 3학년 업무라 수능 이후엔 퇴근이 빨라졌지만 평소에는 아침에 출근하면 대개 밤 10시가 넘어서야 교문을 나서던 내가 그나마 숨을 쉬고 살아가는 것은 학교 5층 옥상에 하늘정원이라는 뜰 덕분이다.

4층인 3학년 교무실에서 가까워 좋고, 내가 좋아하는 꽃이 있어 좋았다. 은방울꽃, 할미꽃, 설앵초 같은 작은 들꽃들만 있는 게 아니라 둥근 소나무, 살구나무, 산수유, 산딸나무, 주목 등이 있어 이리 저리 구경하며 시간 보내기 좋았다. 살구꽃이 피면 화사하니 예뻐서 좋고 살구가 조랑조랑 달려 노랗게 익어가는 것을 보는 것도 쏠쏠한 재미였다. 산수유 빨간 열매를 보면 절로 떠오르는 성탄제 시의 한 구절을 되새겨 보았고, 도시에서 보기 힘든 으름넝쿨이 나무 기둥을 감고 올라가고 있었는데 그게 얼마나 자랐는지 손뼘으로 재어보기도 했다. 너무 인위적이라 처음엔 거부감이 없지 않았으나 그래도 하늘을 다 가릴 듯 높이 선 삭막한 고층빌딩 숲에서 이렇게 자연을 가까이 할 수 있는 고마운 공간이지 싶어 자주 이용했다. 꽃가루가 너무 날려 집에서 키우기 힘들게 된 수생식물인 물칸나를 올해 여기 옥상의 큰 물항아리로 옮겨왔더니 애들에게는 우리 집 베란다보다 여기가 훨씬 환경이 좋아 여름부터 가을까지 잎에서 윤이 나게 잘 자라서 바라보는 내 마음이 뿌듯했다.

꽃을 보면 피해갈 수 없는 생각 하나. 십여 년 전, 부산에서 야생화 키우는데 취미를 붙여 이산 저산 다니면서 많은 들꽃들을 캐 날랐던 적이 있다. 화분을 수십 개 사서 야생화를 심어두고 혼자 좋아하길 2~3년. 아파트 21층, 너무 높아 땅의 기를 못 받아 그런지 꽃이 예쁘게 피질 않고 어렵게 꽃을 피워도 오래 가지 못했다. 곰곰 생각해보니 이게 참 내가 꽃한테 죄를 짓는 것 같았다. 아주 좋은 환경으로 옮겨주는 특별한 경우를 제외하고 대부분의 꽃은 피어난 자리를 탓하지 않을 것이고 사람들이 관심을 가져주는 것도 고맙겠지만 벌과 나비가 찾아와주기를 더 바라지 않을까.

결국 근무하던 학교 뒤뜰에 들꽃동아리 학생들의 학습용으로 화분 전부를 내놓고 왔는데, 얼마나 살아남았는지, 내가 꽃들에게 해서는 안 될 짓을 한 것 같아 많이 부끄러웠다. 이제는 산에 가더라도 야생화를 캐올 생각을 하지 않는다. 길을 가다 만나는 꽃들에게 마음속으로 인사를 한다. 핀다고 힘들었겠다. 그래, 수고했다. 피어줘서 고맙다. 그런 마음을 담은 따뜻한 눈길을 한 번 더 주고 온다.

이런저런 생각으로 하늘정원을 돌아다니던 어느 날. 풀잠자리 알, 속칭 우담바라를 발견했다. 둥근 소나무 이파리에 붙어 있었는데 좌에서 우로 총 길이 1cm 밖에 안 되는 이 작은 꽃. 제일 먼저 발견했다는 기쁨을 마음껏 누리고, 2층 남 선생님에게 연락하여 촬영을 부탁했다.

불가에선 3,000년 만에 핀다는, 우리도 그리 믿고 싶은 꽃. 얼마나 작은 잠자리 알인지, 저기서 어떤 잠자리 유충이 나오는 건지, 잠자리 유충은 물에서 사는데 저 녀석은 풀에 붙어 사는 건지, 궁금하기도 하여라.

엊그제 눈이 제법 많이 왔다. 아침에 출근하자마자 하늘정원에 올라갔더니 눈을 덮어쓴 소나무 전체가 꽁꽁 얼어있어 우담바라는 보이지도 않았다. 우담바라가 다치지는 않았을까 걱정했는데 한낮에 가보니 눈이 다 녹고 거기에 원래 모습 그대로 말끔하게 원상태를 유지하고 있었다.

사람보다 훨씬 강한 자연. 나쁜 마음을 먹고 손가락으로 살짝 비비기만해도 금방 끝나버릴 것이고, 솔잎 그거 하나 똑 떼어버리면 끝날 저 조그만 우담바라. 찬바람과 혹한을 이겨내고 내년에 거기서 새 생명이 무사히 탄생하기를.

(2007. 12)

오월 어느 하루,
장영희 교수를 생각하며

오늘은 체육대회 하는 날. 하늘은 맑게 개었고 5월의 전형적인
화창한 날씨에, 형형색색의 천이 운동장을 길게 가로질러 허공에
나부끼니 축제 분위기가 더욱 살아나고 거기에 아이들 응원소리
에 밖이 아주 소란스럽다. 나는 원로교사라고 심판에서 열외, 교
무실에서 책을 보다가 생각에 잠긴다.

이 좋은 날, 어제 장례를 치렀다는 장영희 교수를 생각한다.
지난 월요일, 비가 내려 자전거 대신 차를 몰고 출근하다가 라디
오에서 장 교수의 부음을 전해 듣고 아주 마음이 아팠다.

아, 그 분이… 앓고 계시다는 소식이 있더니 결국… 돌아가셨구
나. 장영희, 그 분. 나보다 몇 살 많아도 거의 동시대를 살아온 세
대. 한 번도 직접 뵌 적은 없지만 신문 칼럼에서 또 책에서 만난
그 분은 장애인으로 우리가 짐작하는 것 이상으로 불편하게 지내
면서도 정신은 해맑고, 또 용감하고, 건강하게 사시는 것 같았다.

지난 주 토요일, 딸아이 초아가 알바를 가면서 조금 한가한 시간에 읽어볼만한 좋은 책이 없는지 물어왔을 때 내가 내민 게 장영희 교수의 수필집 두 권이었다. 밤늦게 집에 돌아온 초이는 책을 반 정도 밖에 못 읽었지만 내용도 쉽고 참 대단하신 분이라며 좋은 인상을 받았던 모양이다.

신문에 난 그 분의 부음 관련 기사를 보여주었더니 바로 며칠 전 그분의 책을 처음 대했는데 그 새 유명을 달리했다는 소식에 슬프다고 마음 아파하였다.

어제는 동아일보 칼럼에서 그 분이 마지막 돌아가시기 직전 나이 드신 어머니에게 아픈 몸으로 사흘 걸려 썼다는 짧은 편지가 공개되었다. 그걸 읽고 가슴이 멍해졌다. 마침, 잠을 자러 자기 방에 가는 초아를 불러 읽어보라고 했다.

'엄마 미안해, 이렇게 엄마를 먼저 떠나게 돼서. 내가 먼저 가서 아버지 찾아서 기다리고 있을게. 엄마 딸로 태어나서 지지리 속도 썩였는데 그래도 난 엄마 딸이라서 참 좋았어. 엄마, 엄마는 이 아름다운 세상 더 보고 오래오래 더 기다리면서 나중에 다시 만나.'

- 이상 장영희 편지글 전문 -

그리고 물어보았다.

"초아는 엄마, 아빠 딸이라서 좋아?"

"응"

"정말?"

"응"

"그럼 볼에 뽀뽀."

"그래."

이 녀석 다 큰 처녀인데도 학교 갔다 오면서 기분이 좋으면 내게 달려와 볼에다 뽀뽀를 하곤 달아난다. 친구들에게 그 이야기를 했더니 전부 다 자기를 무슨 외계인처럼 보더라 하면서도 이 녀석은 제 엄마보다 나에게 뽀뽀를 더 잘 해 준다.

그 분의 글 중 생각나는 부분이 많다. 전공부분 영문학을 소재로 쓴 글들은 내용이나 작가의 시선이 신선해서 좋았고, 교단에서 학생들을 가르치며 느낀 점을 쓴 글은 입가에서 미소가 절로 피어날 정도로 아주 편안했으며, 아버지에게서 받은 사랑을 얘기하는 글에서는 그 아버님이 참 존경스러웠다. 장애인으로서 겪는 일상 이야기는 읽는 내내 마음이 아팠다. 그리고 나는 몸이 성하면서도 바르게 살지 못하고 인생을 허비하고 있는 게 아닌가 하며 나를 되돌아 볼 수 있는 좋은 글들이었다.

연극인가 무슨 공연을 보러 갔다가 나오는 길에 장애인이 지나가기 힘든 상황이 되어 어찌할 줄 모르고 곤란에 놓이자 배우인 유인촌 씨가 자기 등에 업히라며 선뜻 등을 내이줘 업혀 나왔다는 이야기에 그 옛날 농촌 드라마 전원일기의 둘째 아들이 생각나서 잠시나마 즐거웠고, 가르치는 남녀학생끼리 서로 이름을 밝히지 않고 영어로 자기의 일상을 기록한 편지를 서로 바꿔보게 하는 수업, 여학생 숫자가 하나 모자라 장 교수 그분이 가상의 여학생이 되어 편지를 계속 썼는데, 상대방 남학생이 자기 편지 상대가 교수인 줄 모르고 연정을 느낀 듯 그 여학생을 좀 찾을 수 없느냐고 다가왔을 때 참으로 지혜롭게 대하던 그런 글들이 떠오른다.

아침에 자전거를 타고 오면서 향이 달콤한 아카시아 꽃을 보았다. 요 며칠 사이에 활짝 핀 토끼풀 꽃이 지천으로 깔린 풀밭을 지나기도 하면서, 자전거 속도를 조금 늦추면 어른 팔뚝보다 더 굵은 잉어들이 유유히 헤엄쳐 다니는 모습을 볼 수 있는 아주 그림 같은 탄천을 따라 자전거를 타고 오면서 나는 얼마나 행복한 사람인가 그리 생각한다.

목발과 휠체어 아니면 평생 자기 가고 싶은 데 마음대로 가지 못한 불편한 다리로 살게 한 그 고통도 모자라 암을, 그것도 세

개씩이나 떠안긴 무심한 하늘. 많은 사람들에게 용기와 희망을 주는 그런 분을 일찍 데려가는 저 무심한 하늘. 그 하늘을 머리에 이고 우리는 오늘 고함을 지르며 응원을 하고 그렇게 또 하루 이 푸른 오월의 하루가 간다.

장영희, 그 분의 명복을 진심으로 빈다. 장애아로 살아가는 자신을 정말 그렇게 진심으로 사랑해주시던 아버지를 하늘나라에서 만나 또 그렇게 한 번 간절히 소망했던 대로 목발 없이 맨발로, 혼자 힘으로 이슬 내린 풀밭도 걸어보고, 올라 가보고 싶다던 산에도 올라 가보고. 그렇게, 그렇게, 사시길.

(2009. 5)

1장

여기는
태백산이라니까…

여기는
태백산이라니까…

토요일 휴무제가 대부분 실시되었으나 학교에서는 아직 정착되지 않아 내심 불만이었다. 2005년 12월, 한참 산에 다니는데 재미가 붙을 때였다. 출근해야 하는 토요일에 태백산에 눈 구경 가자고 연락이 왔다. 수업은 없어도 학교에서는 전일제 특별활동을 하고, 또 하필 그날 열리는 인사위원회에도 참석해야했다. 친구가 차를 몰고 집 앞까지 데리러 온다는데 이 좋은 기회를 놓칠 수 없지. 초상이 나서 토요일 아침부터 문상 간다고 거짓말하기도 뭣하고, 에라 모르겠다. 설마 하루 땡땡이를 쳤다고 목이 날아가지는 않겠지. 완전 똥배짱으로 친구의 태백산 등산 요청에 콜을 해버렸다.

일출을 보려고 새벽 1시에 출발하기로 했는데 인섭이 회사일로 좀 늦게 마치는 바람에 2시에 출발, 가다가 휴게소에서 잠시 눈 좀 붙이고 태백산 유일사 매표소 앞에 도착하니 6시 30분. 날씨도 흐리고 일출보기엔 힘들 것 같았다.

　문수가 챙겨온 된장국에 햇반을 말아먹고 산행을 시작했다. 천제단에서 기를 받느라 맨손으로 기도하고 있던 무속인 몇 명을 제외하고는 정상에 오를 때 까지 산객이라고는 아무도 만나지 못한, 겨울바람처럼 외로운 산행이었다. 처음엔 많이 긴장했는데 산행 고수인 친구들과 슬슬 얘기하면서 올라가다 보니 그리 힘든 코스는 아니다. 영하 12도에 바람까지 세차게 불어 손가락이 시려 그렇지 올라갈 만하다. 주목 군락지를 지난다. 눈바람을 맞고 있는 주목들은 군락을 이루고 있는데도 왜 그런지 하나하나 모두가 참 고독해 보인다.

　시계를 보니 이제 선생님들이 출근해서 컴퓨터 켜고 전후좌우 인사도 하고 교무실이 좀 부산할 시간이다. 학교 교무실로 전화를 넣었다. 교무부장 샘이 받는다. 교감 샘 바꿔 달랬더니 통화 중이란다. 그럼 나중에 교감 샘한테 전해달라고 했다. 그 때 교무부장은 나보다 한두 살 많은 나이의 차분하고 친절한 여선생님이었다. 무당들이 갈구하던 태백산 기가 나한테 내려왔는지 애당초 각본에도 없던 말이 술술 나왔다.

　"교무부장님, 나는 오늘이 일요일인 줄 알고 태백산엘 왔는데 친구들이 토요일이라 카네? 우야몬 되겠능교?"

　"예? 그게 무슨 말이에요? 테니스장? 어서 오세요. 좀 있다가 인사위원회 열리는데…"

"테니스장이 아니고 여기는 태백산이라니까."

"예? 태백산이 어디 있는데요?"

"아, 태백산이 강원도 있지. 오데 있기는?"

"아니 거길 왜 갔어요?"

"아까 말씀드렸다 아입니까. 일요일인 줄 알고 왔다고."

"그런 게 어디 있어요? 오늘 토요일인데."

"하참. 그렇게 나도 나를 잘 모르겠다니까. 일요일인 줄 알았더만 토요일이라 카이, 이게 무슨 사달이 난 긴지… 하이튼 교감 샘한테 그리 쫌 전해 주이소."

부산사람들 전화하면 목소리 커진다. 더구나 말도 안 되는 변명을 늘어놓다 보니 태백산 나이 많은 주목들이 놀라서 머리에 쓴 눈을 떨어뜨릴 정도다. 전화를 끊고 돌아보니 친구들 표정이 참 묘하다. 어이가 없는 모양이다.

"상구가, 니 괘안캤나? 학교에 말 안하고 왔나?"

"응, 그래. 괜찮을 끼구만. 설마 나가라 카겠나?"

"니 인사위원이라며? 니가 인사위원회에 회부되는 거 아니가?"

(2005. 12)

이…
내 도시락…

2007년 1월 21일, 친구들과 관악산으로 등산 갔다.

그날따라 친구의 어린 아들도 한명 오고, 친구 바둑 제자도 한명 와서 총 16명의 대군이다.

점심을 먹으려고 눈밭에 빙 둘러, 조그만 등산용 간이의자를 펴서 앉고 느긋하게 도시락을 꺼냈다.

도시락 가방의 지퍼를 여는 순간 무슨 화려한 색동 무늬가 눈에 확 들어오는데, 이게 뭐야, 이 울긋불긋한 것은 뭐고, 빨간 이것은?

도시락 밥통은 어디 가고 도대체 이게 뭐지?

나도 몰래 입에서 터져 나온 으악! 하는 비명소리.

그러니까 이게 도시락 가방이 아니고 반짇고리란 말? 그럼 울긋불긋한 이것은 바늘꽂이?

이게 왜 내 배낭 안에서 나왔지? 사태 파악하느라 머릿속에 휙휙 정신없이 뭐가 지나간다.

그러고 보니 반짇고리 이게 내 도시락 가방과 색깔이나 모양이 좀 비슷하기도 하고 그렇지만 도시락 가방하고 헷갈려 잘 못 가져왔다는 게 말이 되나?

내가 아까 집에서 분명히 도시락 싸고, 반찬통에는 분명 내 손으로 두부를 구워서 깨를 넣은 간장을 치고, 그 위에 매운 고추 4개를 잘게 썰어 뿌렸는데 그건 어딜 갔단 말인지.

다시 머리가 빙빙 돌고, 친구들은 도시락을 안 내놓고 아닌 밤 중에 홍두깨라고 웬 반짇고리를 풀어헤쳐 놓고, 비명을 지르며 입을 다물지 못하는 나를 보고 별 희한한 놈 다 보겠다는 눈치.

바로 옆에서 사태를 알아차린 친구는 그야말로 파안대소.

아~ 진짜. 세상에 이런 일이…

(2007. 1)

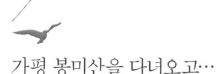

가평 봉미산을 다녀오고…

　가평 봉미산은 30산우회 정기산행지로 95번째 산이라 카네. 그냥 친구 발뒤꿈치만 보고 따라 댕기는 나와는 달리, 산을 세는 게 취미인 별난 광용이 덕분에 95번째 산이 된다는 것을 알았다. 올해 안에 100산을 채우냐? 마냐? 혼자 북 치고 장구 치는 광용이 등쌀에 열 받은 올해 산우회 회장 문수는 100번째 산을, 그것도 이름까지 구색을 맞춰 여주의 마감산에 갈 예정이란다. 참으로 못 말리는 찰떡궁합이다.

　하여간 마감산은 100차에 가기로 하고, 오늘은 봉미산이고 내가 산행대장이다. 가평과 양평에 걸쳐 있는 아주 오지 중의 오지라는 봉미산. 처음엔 시큰둥하던 친구들이 막판에 거기 가면 봉은 몰라도 봉 꼬리라도 잡을 수 있으려나하는 호기심이 생기는 모양으로 온다, 못 온다, 누구 차를 타면 되노? 등등 게시판에 불이 난다. 저 미국에 출장 나가있는 민영이까지 새벽 2시에 일어나 게시판을 기웃거리며 산에 못가는 신세한탄을 하다가 막판에는 뜬금없이 선희 타령을 한다. 선희는 책가방 두고 가출한 그 노래 가사의 주인공 아닌가? 선희가 가출해서 미국에 왔다는 말인가, 하여간 민영이와 선희랑 무슨 사연이 있는 모양이다.

금요일 저녁, 내일 산에 가져갈 반찬 겸 막걸리 안주로 내 딴에 정성들여 돼지고기 잘게 만들어 먼저 프라이팬에 익힌 다음, 거기다가 부침가루를 반죽, 쪽파와 양파, 고추, 버섯을 섞어 전을 부치고 있었다. 제법 많이 부쳤는데, 밤늦게 들어온 아들 녀석이 갑자기 전 냄새에 시장기가 발동했는지 한 손에는 양주를, 한손에는 술잔 두 개를 들고 오며 실실 웃는다. 아, 내일 등산 때문에 오늘은 참으려했는데 이렇게 세상이 나를 가만 안 둔다. 둘이서 주거니 받거니 12시가 넘어 부쳐둔 파전을 거의 다 먹어버렸다.

11월 8일, 토요일 아침. 도시락을 챙겨 약속장소로 나간다. 문수 차에는 자주 보는 얼굴, 인섭과 펭귄이 각각 사흘과 일주일만큼 늙어있다. 재봉이 사무실에 닿으니 8시, 곧 친구들 차가 하나, 둘, 들어온다. 요새 뭐가 뭔지 자꾸 헷갈려하는 광용이 일마는 어제 밤까지 못 온다 하더니 떡하니 나타나고, 중국 상해에 나가 있는 세우는 참 오랜만에 상해에 유행하는 패션인지 몰라도 좀 요상한 몸빼 같은 추리닝 바지를 입고 왔다. 총 11명, 문수와 도다리 차에 나눠 타고 8시 30분경 출발한다. 한 시간을 달려 산음 보건소 앞에 도착, 정말 오랜만에 보는 옛날식 변소, 우리가 고등학교 다닐 때도 화장실 소변기가 저랬다. 개인 변기가 아니라 한 쪽에 길게 단체로 벽을 보고 소변을 볼 수 있게 만들어 둔 그런 화장실. 마치 전깃줄에 앉은 제비새끼같이 옆으로 늘어서서 소변을 보고, 봉꼬리산으로 출발한다.

추수가 끝난 논에 짚단이 많이 서있다. 요즘 자주 볼 수 없는 그런 풍경에 걸음을 멈추고 게으른 찍사 광용이를 닦달해서 억지로 사진 한 장 찍는다. 산우회에서 가장 착한 찍사는 문수와 갱혼데, 문수는 갱호가 카메라 갖고 올 줄 알고 안 가져왔다하고, 갱호는 얼마 전에 마나님과 설악산 봉정암에 가서는 대접이 시원찮았는지 먹을 게 없어 그랬는지 세상에 디카를 뿌사 묵었다 한다. 광용이 일마는 사진하나 찍어봐라 카몬, 오늘따라 지 카메라밖에 없으니 더 기고만장해서 있는 대로 유세를 부린다. 안 그래도 성질 더러븐 기, 크크.

시멘트로 포장된 아주 가파른 경사길이 끝날 즈음에 왼편으로 산으로 올라가는 조그만 길이 보인다. "이 길이 맞나?" 하며 내가 약간 머뭇거리자 가을 타서 한참 입에 단풍물 오른 친구들이 가만있지 못하고 씹기 시작한다.

"오늘 대장이 언~놈이고?"

"대장이 지도도 안 가왔나?" 등등 불평불만을 양념으로 내놓는다. 저런 억양의 큰 소리는 부산 사람들 애정의 표현인데 서울 사람들은 우리가 마치 싸우고 있는 것으로 착각하더라. 못 들은 척, 앞장서 간다.

칡넝쿨, 다래넝쿨이 밀림처럼 엉켜있는 조용한 길이다. 외딴집도 한 채 있고 옛날에 뭘 갈아먹은 것인지 이젠 잡초가 우거진 평평한 밭터를 보자 순간적으로 내 고향의 우리 집터, 마늘밭으로 변한 그곳이 떠오르면서 잠시 걸음이 늦어진다.

잣나무 숲, 공기가 상쾌하다. 잠시 쉬는데 벌써 막걸리를 꺼내라고 주문하는 주당파 인섭과 뱅욱, 펭귄. 예전에 뭣도 모르고 북한산 오를 때 막걸리 한잔 받아 마시고 죽을 고생을 했던 도다리는 막걸리 꺼내는 걸 보고 지레 겁을 묵고는 저 멀찌감치 토사이를 깐다.

두 번째 쉼터에서 옷을 또 한 꺼풀 벗고 숨을 고르는데 헐레벌떡 뒤따라온 펭귄은 너무 맛있어서 우리 줄라꼬 좀 남겨왔다며 남은 막걸리를 건넨다. 문수가 한 모금 먹고 내 뒤에서 계속 막걸리 냄새를 풍긴다. 아픈 만큼 성숙해진다더니 도다리는 이번에도 눈이 옆으로 돌아갔지만 못 본 척 한다.

낙엽이 양탄자 깔아둔 것 같이 푹신했고, 떨어진 솔 이파리, 갈비는 또 얼마나 많은지 경사진 길이 아주 미끄러워 힘이 들었다. "아, 옛날 아이들이 이 갈비를 보았으면 얼마나 좋아했겠노?"

하면서 고향이 시골인 촌놈들끼리 옛날을 떠올린다. 못 먹던 시절이지만 과거는 그립기 마련이다.

봉미산 정상에서 오늘 산행 중 처음으로 다른 일행을 만났다. 세상 좁다고 거기서 구덕산악회 35회라는 후배, 옛날 펭귄이 뭔 뜻도 모르고 따라붙었다가 영영 세상 하직할 뻔 했던 산악고수 정영조 후배다. 산은 잘 타는데 사진 솜씨는 영 아니다. 자기보다 키 큰 사람은 못 봐주는지 머리를 팍 잘라버렸다. 아이고, 차라리… 성질 더러븐 광용이한테 시킬 걸.

본래 늦산까지 가서 밥을 묵기로 했는데 용미산이라 용꼬리에 맞았는지 콘크리트로 된 이정표가 땅바닥에 자빠져 누워있다. 그것도 늦산을 가리키는 화살표가 로켓처럼 떡하니 하늘을 향한 채. 그 모습 하나 찍으라니 광용이 일마는 또 성깔을 부리며 투덜거리다가 내 말을 듣고서야 셔터를 눌린다.

"임마, 저걸 찍어놔야지 나중에 늦산에 못 갔다는 핑계가 될 꺼 아이가?"

자빠진 김에 밥이나 묵자며 적당한 장소를 찾는다. 문수는 염소띠도 아닌데 뭐 그리 높은 데를 좋아하는지, 저 높은 바위 위에서 우리더러 빨리 올라오란다. 낑낑거리며 올라가보니 11명이 둘러앉기에는 평평하지도 않고 뭐가 좀 그렇다. 도시락을 꺼냈다가 조금 늦게 올라온 불평분자들의 입심에 눌려 다시 내려와 좀 가다 보니 괜찮은 자리가 있다.

언제나 즐거운 점심시간. 오늘도 뱅욱이는 진수성찬을 내놓으며 입에 침을 튀기면서 마누라 자랑이다. 인섭이도, 문수도, 세우도, 아들하고 맞담배한다고 자랑하다 친구들한테 쿠사리를 들은 덕영이까지 뭐를 많이 챙겨왔다. 지난 산행, 산에서 몇 번이나 "이게 마지막이다, 마지막이다." 하던 갱호는 오늘도 맛있는 목동표 김치를 내놓아 일행을 실망시키지 않았다. 권박의 택술표 멸치는 익히 알지만 오늘따라 도시락에 김치까지 챙겨와 혹 여자가 생긴 것 아니냐는 의심도 받고, 누구는 친구한테 얻은 비아그라를 등산복 바지 호주머니에 넣은 채 모르고 세탁기를 돌려버렸다는 이야기도, 밖에서는 영 안 되는 요상한 친구 이야기 등등 요런 것이 산에서 친구들과 점심 먹을 때 막걸리 한 잔에 어울리는 좋은 안주거리이자 갱년기를 모르고 넘어가는 약이 된다.

즐겁던 식사가 거의 끝날 즈음, 평소 당구는 좋아해도 늪을 좋아하는 것 까지는 몰랐는데, 비장한 표정으로 늪산을 꼭 다녀와야겠다는 못 말리는 권력의 몸통 문수. 그에게 밉보일까 겁먹은 친구 몇몇이 땡감 씹은 얼굴로 따라 갔다 오고, 그 사이 우린 더 이런저런 가을 이야기를 했구나.

하산은 아까 우리가 올라왔던 그 길을 그냥 그대로 따라왔다.

산에서 자주 만나는 요상한 나무, 그냥 스칠 수는 없다. 스틱으로 살살 헤쳐 보니 물도 적당히 고였고. 아까 그 친구 그걸 잠깐 담갔다가 오면 약발 받겠던데 야가 오늘따라 뒤에 쳐지는지 안 보인다. 낙엽이 특히 좋은 곳에서 사진 한 장 더 찍고, 미끄러운 길을 그래도 아무도 넘어지지 않고 잘 내려왔다.

오후 3시 5분 보건소 도착. 너무 많이 먹어 아직 배가 안 꺼졌고 어디서 하산주를 하느냐를 두고 설왕설래. 목소리 큰 뱅욱이, 죽어도 서울 가락시장에서 죽겠단다.

하긴 가락시장에 가니 배가 고프긴 고프더라. 뱅욱이는 재떨이 하라고 쌓아놓은 노란 양은 막걸릿잔이 탐이 나서 주머니에 몰래 쑤셔 넣는데 잘 안 들어간다. 주인아줌마, 겉은 멀쩡하게 생긴 손님이 재떨이를 억지로 주머니에 넣으려 애쓰는 걸 보자 눈은 힐끗, 머리는 갸우뚱. 저 양반은 주머니에 담배꽁초가 들었나? 그런 생각을 하다가 어려운 경제 탓으로 돌리고 눈감아 준다. 혼자 하긴 뭣했는지 뱅욱이가 옆에 앉은 도다리한테도 자꾸 하나 쌔비라고 꼬드긴다. 친구 따라 강남 간다고, 하긴 가락시장도 강북이 아니라 강남이긴 하다. 도다리 일단 점잖게 눈을 돌리더니 점잖지 못한 손짓으로 양은재떨이를 움켜쥐고는 호주머니에 넣으려고 용을 쓴다. 하긴 영화 '친구' 포스터에 그런 말 있었제? 함께 있을 때 두려움 없었다고. 별난 친구 옆에 앉았다가 두려움은 좀 없어졌는지 몰라도 도다리 주머니는 찢어지겠더라.

회비를 거뒀지만 성질 급하고 목소리 엄청 크며, 한 성질 하는 인섭이가 다 계산해버리고 간만에 외국에서 세우가 왔으니 위로 차원에서 노래방에 가자며 길을 건너고 또 건너간다.

"뭔 노래방이 이리 머노?"

"가락시장에 노래방 하나 내면 노 나겠네?"

사막의 오아시스처럼 어렵게 찾아간 노래방. 명가수 갱호가 '딜라일라'를 부르면 조영남은 명함도 못 내고 근처에 오지도 못한다. 속이 다 시원해진다. 갱호가 무슨 애틋한 과거가 있는지는 몰라도 배신을 때린 데릴란지 딜라일란지 마음속에 숨어있는 여인을 애절하게 불러대자 금발의 미녀가 금방이라도 노래방 문을 박차고 들어설 것 같은 착각은 나만 하는 건가? 방금 봉미산에서 낙엽을 실컷 밟고 와놓고도 '낙엽 지던~ 그 숲속에' 타령을 하는 놈도 있고, 펭귄을 봐서도 알지만 새鳥는 지 맘대로 하늘을 날아 댕기는 줄 알았는데 다니는 길이 따로 있는지, 길 잃은 '작은 새'를 불러재끼지를 않나, '시냇물 흘러서 가면' 바다로 가는 걸 아직 모르는 놈은 또 누구며, 불면증이 있는지 모두들 잠들었는데 잠 안자고 '그건 너' 때문이라며 땡고함을 지르지 않나, 요즘은 갈매기도 이름이 있는지 '부산 갈매기' 부르면서 순이라

고함쳐 불러보는 놈은 정신병원에 보낼까말까, 그럼 어디서 어떻게 사는지 몰라도 우리만큼 늙어있지 설마 옛날모습 그대로 있을 리 없는 첫사랑을 생각하며 '첫사랑 그 소녀는 어디에서 나처럼 늙어갈까' 하며 탄식을 하는 놈은 그래도 아직 '낭만에 대하여' 이야기할 게 남아있는 모양인데 다만 저 노래를 마누라 앞에서 부르다가 머리털 다 뽑히는 것은 아닌지 걱정이 된다. 지금 전 세계적으로 고래 잡는 것은 금지 되어있는 걸로 아는데 '동해 바다로 고래 잡으러' 가자고 고함치는 똥배짱 친구도 있고, 아… 요즘 경제가 그냥 어려운 게 아니라 갱제가 많이 에러븐 거다. 다들 봉미산을 다녀와서 정신이 혼미해진 탓도 있겠지만 제각기 가슴속에 품고 있는 말 못할 사연도 많은 모양이더라. 그게 인생 아니겠나. 아, 그래도 다들 잘 들어갔제?

(2008. 11)

자전거로 빗속을…

2009년 7월 2일 아침 평소와 다름없이 검은색 운동복 반바지, 파란 반팔 티셔츠에 파란 헬멧을 쓰고 마음속으로 오늘은 날이 약간 선선하구나 하면서 자전거 페달을 저으며 흥얼거리며 왔는데 어느 순간 빗방울이 툭! 한 방울 떨어지는가 싶더니 이내 쏟아지는데 내 태어나 여태 그렇게 크고 많은 빗방울을 맨몸으로 보며 맞아보기는 처음.

얼마나 신나게 비가 오는지, 내리는지, 쏟아지는지, 퍼붓는지 아, 내 맘 저 깊은 곳에 아직 이루어지지 못한 채 잠자고 있는 몇 가지 소원 중 시원스레 내리는 빗줄기, 그 빗줄기 가르면서 자전거를 타고 온몸을 다 적시도록 신나게 달려보고 싶다는 소박한 소원 하나.

그 소원, 7월의 여름 아침 출근길에 이렇게 불쑥 내 앞에 찾아올 줄이야.

잉어가 노니는 탄천 물은 삽시간에 콸콸콸 소리 내며 불어나고 있었고 비를 피해 풀밭으로 오른 오리 두 마리 서로 얼굴 바라보며 뭔가 얘기를 나누고 있었고 엄청 큰 빗방울이 헬멧을 때리는 소리가 타다닥 타다닥 죄대 속도를 내며 달리는 지전거 앞바퀴에서는 물이 파바박~ 쉴 새 없이 튀어 올랐다.

정 급하면 다리 밑에서 3~40분 정도 소나기 피한다 해도 지각할 것도 아닌 아직 이른 시각인데 누가 보면 얼마나 급한 일이 있는 듯 자전거 페달을 엄청 열심히 젓고 또 저었다.

속으로 쾌재를 부르며 학교 정문 옆 수위실처럼 생긴 깨끗하고 조그만 예쁜 가건물, 거기 내 옷가지 여럿 걸려있고, 선풍기도 있고, 둥근 유리 테이블에 빨간색 의자도 있고 커피까지 직접 타 먹을 수 있는 그 곳에서 선풍기를 틀어 바람을 맞으며 벗은 내 몸을 말려도 창문 밖 라일락 나뭇잎이 양 쪽 창문 적당히 가려줘.

속옷 차림 누가 알랴, 밖에서는 겨우 내 얼굴만 보이는 걸.

창을 통해 바라보는 빗줄기.

그 빗줄기 사이로 이젠 아이들이 우루루 몰려오는 싱싱한 아침 등굣길.

커피 한 잔 마시며 느긋하게 몸을 말리고 있었다.

소원 하나 이뤘다는 기쁜 소식 알리려 집에 전화를 했더니 아니, 거기는 딴 세상.

"지금? … 무슨 비?"

베란다 밖을 보라해도

"엥, 안 오는데?"

아니, 여긴 너무 많이, 너무 시원스레, 내 소원이, 내 꿈이, 내 바람이었다니까.

"초아야, 초아야, 유강아, 유강아. 아빠가 비를 쫄딱 맞으면서 자전거를…"

그제야 집에서 웃는 소리 삼중창으로 들려온다.

"호호, 하하, 호호."

아, 너무 기분 좋은 이 아침.

(2009. 7)

중개사,
그 늪에 빠진 지난 20개월

옛날 내 고향에 별명이 만물박사라는 분이 계셨다. 그 분은 당시 대부분의 농민들처럼 교육의 혜택을 그리 많이 받지는 못 한 걸로 아는데 법에 대해서는 어지간한 판사보다 낫다는 평판이었다. 시비를 가려야 할 일이 있을 때 그 분을 찾아가면 조목조목 사리를 따져가면서 설명해주었고 듣는 사람 모두 수긍을 하게 마련이라 마을의 사소한 분쟁 모두가 쉽게 해결되었다고 했다. 작년 1월부터 혼자 시작한 공부, 민법책을 읽기 시작하면서 그 분 생각이 많이 났고 그 분이 정말 부러웠다.

민법. 지금도 제대로 파악 못 하고 있는 법률용어, 의사의 통지, 관념의 통지, 법률사실, 법률요건, 법률행위, 법률규정, 법률효과 등등 개념부터가 참으로 어려운 과목이었다.

여태껏 살아오면서 이사 갈 때만 썼던 전세나 매매 계약서. 그것도 중개사 사무실에서 내 이름 써주고 도장 찍으면 끝이었고,

갑甲과 을乙 두 사람이면 족했는데 이 골치 아픈 책에서는 병丙과 정丁은 예사고 가끔은 무戊까지 뭣 하러 불쑥불쑥 고개를 내미는지 정신이 하나도 없었다. 등기만 되면 내 것인 줄 알았는데 등기되어도 남이 가져갈 수 있고, 무효라면서 소유권이 있다느니 없다느니, 아… 정말 머릿속이 완전 난장판이 되었다.

말은 또 얼마나 어렵고 못 알아먹겠는지, '내가 과연 한국사람 맞나?' 하고 의심이 들 때도 있었다. 선의, 악의, 자주, 타주, 침탈, 궁박, 보호되는 제3자와 안 되는 제3자, 법정지상권, 관습법상 법정지상권, 저당권에, 근저당에, 가등기 담보는 또 뭔 말인지.

낮에는 드러내놓고 공부할 수 없어, 밤에만 몰래 도둑고양이처럼 책을 펼쳤다. 괜히 시작했다고 수없이 후회를 했지만 한 번 들어선 길, 그냥 포기하기란 자존심이 허락하질 않았다. 모르는 것은 많지, 이해는 안 되지, 나이가 들면서 너무나 많이 쇠퇴해버린 기억력, 나 자신의 능력에 대한 실망감. 주저앉고 싶었고 하루에도 몇 번씩 보던 책을 던져버리고 싶었다. 9월에 들어 눈이 아파 생전 처음으로 안과에서 며칠간 치료를 받고 또 치과까지 들락거려려야 해서 이러다가 시험도 못 보고 넘어지는 것은 아닌지 걱정이 되었다.

시험을 한 달도 채 안 남겨둔 9월 하순, 빠질 수 없는 회식이 있어 술에 절어 집에 좀 늦게 들어갔다. 호랑이가 토끼를 잡을 때도 최선을 다해야 한다는 말로 평소 내게 충고를 하던 아들놈이 이 남은 작심한 듯 아예 따끔하게 훈수를 한다.

"아빠! 나이 드셔서 생소한 공부하시느라 고생하시는 긴 알겠는데요. 공부 시작하고 나서 지금까지의 지난 몇 달보다 앞으로 남은 한 달이 훨씬 중요한 걸 왜 모르세요? 시험 전까지는 그냥 술도 딱 끊으시지. 쉽게 되는 게 없을 낀데."

그 말을 듣는 순간 내 얼굴이 잠시 굳어진 모양이다. 인정사정 없는 아들놈보다는 그래도 아내가 영원한 내 편이었다.

"유강아! 아빠가 얼마나 스트레스 많이 받으시면 저러시겠노. 술 좀 드시게 놔둬라."

"허허." 하고 웃고 말았지만 마음속으로 틀린 말은 아닌데, 아… 좀 섭섭했다. 하여간 이런 자극도 내게 도움이 되었을 게다.

날씨 좋은 가을날, 노랗고 빨간 낙엽을 밟으며 부부가 나란히 시험장에 들어섰던 게 작년 10월. 둘 다 목표를 달성했다. 본래는 아내가 힘들게 공부하는 게 너무 안쓰러워, "너무 스트레스 많이 받지 마. 정 안 되면 내가 하나 따줄게." 이 말이 씨가 되어 같이 공부하게 되었는데 아내가 이번에는 2차를 패스했으니 나는 그만 둬도 될 것. 하지만 10개월 동안 공부한 게 아깝기도 하고 이왕 시작한 것, 끝을 보는 게 좋을 것 같았다. 그래도 바로 시작하기엔 내가 너무 탈진한 상태라 연말 두 달은 푹 쉬고 다시 새해 1월부터 2차 공부를 시작했다.

아내가 쓰던 책을 물려받았다. 중개사법·실무, 세법, 공시법, 공법. 이렇게 과목 수는 넷. 1차 과목과 마찬가지로 사전 지식이라고는 하나도 없어 정말 맨땅에 헤딩하는 기분이었다. 먼저 공부해 본 선배라고 아내가 추천해주는 인터넷 강의를 신청하고 퇴근하면 오로지 중개사 공부에만 전념했다. 휴일에는 도서관이나 학교에 가서 혼자 밤늦도록 공부만 했다.

중개사법에서 점수를 최대한 벌어서 다른 과목에 나눠주는 게 가장 모범적인 공부 방법이며, 공법은 특히 어려우니 공을 더 들여야 하고 여기서 잘못하면 과락 당하는 사람이 많이 나온다고 겁을 줬는데 막상 공부를 해보니 틀린 말이 아니었다.

공법은 매년 바뀌기 때문에 헌 책을 가지고 할 수 없어서 새로 샀다. 인터넷 강의를 들으면서 800페이지의 공법 기본서를 총 6번을 읽었다. 문제 풀고, 점수 매기고, 틀린 것은 다시 기본서 들춰 확인한 것 까지 합하면 어떤 부분은 10번도 더 본 셈인데도 책을 덮는 순간 또 까맣게 잊어버리는 일이 반복되었다. 수년간의 기출문제를 모두 풀어보고 시험에 나왔던 내용을 기본서 본문에 찾아서 빨간 볼펜으로 '出'자 표시를 해뒀다. 기출문제를 반복해 풀면서 두 번 이상 틀린 내용은 빨간 볼펜으로 책에다 '또!'

라고 써뒀는데, 빨간 글씨의 '또!' '또!'에 '또!'가 더 붙기도 하고, 책을 넘기다 보면 '出'자에 '또!'가 하나, 둘은 보통이고, 셋인 경우도 허다했다.

공부에 몰두하다가 눈이 아파서 책을 제대로 볼 수 없을 때는 뒤통수에 뭔가 묵직하니 열이 몰리는 것을 느낄 수 있었다. 추리닝 바지의 엉덩이 부분이 낡을 정도로 앉아 있었다. 즐기던 등산도 못가고 매일 앉아있는 시간이 많으니 배는 나오고, 다리는 풀리고…

실전을 위해 4군데의 학원을 찾아다니면서 총 6번의 모의고사를 보았다. 평균 68점이 되자 어느 정도 안심이 되었으나, 공법 이 놈은 여전히 60점 근처에서 맴돌고, 마지막까지 나를 골탕 먹였다. 다행인 것은 공법 교수님이 정말 잘 가르친다는 것, 나도 학생들을 가르치는 입장에서 이 분의 교수법을 많이 배웠다.

등기법과 세법은 공법만큼은 아니라하더라도 수험생들 모두 어려워하는 과목이라더니 정말 처음부터 끝까지 한 번도 쉬운 적이 없었다. 하지만 한 눈 팔지 않고 그간 요약했던 내용을 계속 반복해서 외웠고 8년 동안의 기출문제를 대여섯 번 반복해 풀고 오답노트까지 만들어 틈날 때마다 들여다 보니 어느 정도 자신감이 생겼으나 정작 시험장에서는 올해 세법 문제가 기출경향에서 많이 벗어나 예상외로 고전했다.

꼭 1년 만에 찾아가는 고사장, 긴장이 되었지만 모든 수험생 마찬가지일 것이고 그간 열심히 했으니 실수만 하지 않으면 설마 떨어지기야 하겠나 하고 담담하게 입실. 모두들 다 틀리라고 내는 4~5개의 문제는 틀려주고 시작하라는 공법교수님의 말처럼 정말, 듣도 보도 못한 문제는 고민 없이 그냥 찍고 넘어갔다. 아는 것도 몇 개 보이는데 어려운 건 어렵더라. 실수 안 하려고 최대한 집중해서 문제를 풀었다. 마지막 마킹까지 마치고 종료 5분 전에 교실을 나왔다.

고사실인 5층에서 1층 현관까지 내려오는데 좀 어지러웠다. 밖에 나오니 가을 햇살이 눈에 부셨다. 눈을 비비고 섰는데 누가 옆에 다가오는 기척, 자세히 보니 아는 얼굴, 아내가 마중을 나와 웃고 섰다.

"고생 했어요."

정말 간만에 가족이 식당 한 자리에 앉아 늦은 점심을 먹고 있는데, 휴일이라고 등산 갔던 친구들에게서 전화가 온다. 그간 시험 준비하느라 고생했는데 미리 합격주 산다고 미금역으로 나오란다. 나 때문에 일부러 산에서 일찍 내려왔다는데 안 나갈 수가 없다. 아직 정답이 발표되기 전, 점수를 모르는 어정쩡한 상태에서 마시는 술, 그래도 간만에 친구들 만나니 즐거웠다. 집에 돌아오니 오후 8시. 인터넷에 뜬 답안을 매겼다. 중개사법에서 예상보다 잘 나왔다. 90점. 공시·세법, 공법은 약속이나 한 듯 똑같이 15개씩 틀렸다. 마킹하기 전 마지막에 고쳤던 것 3개가 다 맞았다. 90, 62.5, 62.5. 평균 71.6인 셈. 인강을 들었지만 학원 안 가고 혼자 공부한 것 치곤 상당히 우수한 점수다. 작년과 올해 각 10개월씩 죽으라고 나를 괴롭혔던 부동산 관련 활자, 활자들. 아, 여기서 이제… 해방이다!

(2010. 10)

몬당

팔자에 없는 중개사 시험 공부하느라 통 가까이 하지 못했던 교양서적들, 시험 끝난 지 열흘, 내가 빌려본 책들이 10권이니, 하루에 한 권씩 그냥 뭘 보긴 보나 보다. 오늘 오후, 공선옥의 『자운영꽃밭에서 나는 울었네』라는 산문집, 글머리를 읽다가, 어느 순간, 눈이 딱 멈췄다. 어? 이게 뭐지? 몬당이라니… 일부러 '몬당'이라고 그 글자에만 따옴표를 친 것을 보면 작가도 다른 사람들은 잘 모를 말이라고 생각했나 보다.

> 따개비들처럼 다닥다닥 산위로, '몬당' 위로 기어오르는 집들.
>
> (공선옥, 자운영 꽃밭에서 나는 울었네, 머리글 중)

몬당… 내 유년의 기억 몇 장면을 글로 옮기다 보면 빠지지 않는 말이다. 자랑스러울 거라고는 하나도 없었던 내 어린 시절. 말문도 늦게 트이고, 굼벵이처럼 행동은 굼뜨고, 혼자 두면 기껏 한다는 게 황토 토담이나 갉아먹고, 마루 틈새로 플라스틱 젓가락 끝을 넣어 흔들고 놀다가 죄다 부러뜨리고, 화장실에 빠져 똥물을 뒤집어쓴 채 허우적거리는 걸 놀라 튀어나온 엄마가 들고 온 쇠스랑에 겨우 살아나고, 소한테 머리를 받혀 뒤통수에 된장 바르고 사나흘 의식불명에 빠졌다가 살아나기는 했지만 어디 나사가 몇 개 빠진 것 같고, 동네 3대 못난이 중 가장 으뜸. 앞이마가 얼마나 툭 튀어나왔는지 앉아있으면 금방이라도 앞으로 자빠질 것 같아서 붙은 별명 꼭디쟁이. 내가 어른이 되어 고향에 가서 동네 어르신들에게 인사를 하면 하나같이 날 확인하면서 이름을 부르는 것보다 먼저 나오던 말이 "니가 그라몬 꼭디쟁이제? 그래 맞다. 꼭디쟁이 상구기. 니가 이리 컸나? 하… 몰라보겠네?" 튀어나온 이마가 다 어디 갔느냐고 놀라서 그럴 게다. 고향 떠나고도 30년 넘게 날 따라다니던 꼬리표였으니 대충 짐작이 될지 모르겠다.

그런 내가 딱히 무슨 볼 일이 따로 있었을 리 없다. 애늙은이처럼 어슬렁거리며 나룻가까지 마실 나갔다가 집으로 오던 길, 몬당에 왔을 때.

"우리 꼭디쟁이, 오데 댕기 오노?"

귀에 익은 할머니 목소리. 눈을 돌려본 몬당의 햇살이 따뜻하게 기억나는 걸 보면 아마 이른 봄이나 늦은 겨울이었을까?

할머니가 김을 뜨면서, 뜬 김을 한 장 한 장, 몬당 햇살 좋은 한 군데에 나란히 널고 있었다. 내 어린 눈에 비친 그 모습, 그러니까 재래식으로 김 만드는 방식을 뭐라고 설명해야 하나. 바다에서 뜯어온 김을 적당히 떠서 김통에 넣고 물에 풀어 홀렁홀렁 하다가 김 한 장 크기보다 조금 큰 발에 놓고, 그 김을 볕에 말리는 걸.

햇볕이 좋은 몬당이라 해도 김 뜨느라 연신 물에 손을 담그시는 할머니 손끝은 발개져있었다. 춥다며 어서 집에 들어가라고 해도 나는 한참이나 할머니 곁에서 김 뜨고 말리는 작업을 구경하고 있었다.

몬당, 참 아름답고 정겨운 말이다. 이젠 누가 그렇게 불러줄 사람도 점점 사라져가기에 잊혀져가는 말. 내 기억속의 몬당을 억지로 풀어쓰면 '여름이면 잔디 같은 풀이 윤이 나서 가끔 드러누워 굴러보고 싶었던, 나무 몇 그루 얌전히 서있는 내 고향 야트막한 양지바른 언덕'이다.

'몬당'… 혼잣말로 조용히 소리 내어보면, 고향 남해 월곡의 몬당에서 할머니가 지금도 손끝이 발개진 채 김을 뜨고 계신다. 우리 꼭디쟁이 추운데 어서 집에 들어가라고 손짓하신다.

(2010. 11)

비전성남 인터뷰

지난 달, 1월 초. 강아지를 데리고 눈이 내린 응암동 뒷산인 백련산을 돌고 있을 때 친구에게서 전화가 왔다. 새해 복 많이 받으라는 덕담을 서로 주고받다가

"서 선생, 근데⋯ 인터뷰 한 번 해 줄라요?"

"인터뷰라니, 갑자기 그게 무슨 말인지?"

그게, 여차여차해서 저차저차⋯ 꿈-dream이라는 단어와 연관 있는 사업체를 운영하면서 취미생활로 분당에서 방송 일을 하고 있는 친구. 키도 크고 인물도 훤칠한 미남에, 목소리까지 매력적인데다가, 분위기에 따라 이야기를 이끌어가는 화술이나 순발력이 뛰어나 외국인이나 기업 대표들을 초청한 큰 모임에서 사회나 진행을 많이 해 본 경력의, 한 마디로 웬만한 아나운서 뺨치는 재주를 가진 마음이 넉넉한 친구다.

이 친구에게 등을 떠밀려 4년 전에는 생전 처음으로 분당-FM 라디오 방송 1시간짜리 프로그램에 초대 손님으로 나가 본 경험이 있는데, 이번에는 비전성남이라는 성남시에서 발행하는 월간 신문에 인터뷰를 해 달라는 말이다. 대충 설명을 들었으나 '명사들의 서재'라는 코너가 나하고는 거리가 있는 것 같다고 사양하니, 기자분하고 다 얘기 되었고 자세한 것은 전화를 받고 결정하면 된다고 한다.

그날 전화가 왔다.

"비전성남의 심희주 기자입니다. 김 사장님의 소개를 받고 서 선생님께 인터뷰 요청을 하려 하는데 시간 내어 주실 수 있는지요."

"그게… 친구한테 얘기했지만 저하고는 잘 안 맞는 것 같던데, 무엇보다 저는 명사가 아니고… 그냥 고유명사인데요."

"고유명사? 호호, 그건 염려하시지 않아도 됩니다. 저희 쪽에서 선생님께서 충분하다는 판단이 되었고, 정 그 이름이 거북하시다면 이참에 저희 쪽에서 코너 이름을 바꿀 생각도 있거든요. 그러니까 시간 좀 내어주시지요."

그렇게 해서 만나게 된 자리. 일주일 후 인터뷰를 했고, 기자님은 기사 쓸 보충자료로 학교 도서관에서 내 책을 두 권 빌려갔다. 그걸 많이 참조했나 보다.

15만부가 발행된다고 하지만 누가 보랴? 그렇게 생각했는데,

내가 아이들 집에 가 있는 1월 하순, 집사람에게서 연락이 왔다.

집사람과 친하게 지내는 말랑 씨가 분당 서울대병원에 진료 받으러 갔다가 기다리는 중 집어든 신문이 비선성남이있던 모양이다. 어느 순간 눈이 확 띄더란다. 바로 집사람에게 전화.

"어머머… 상국 씨가 신문에 크게 났던데, 니 그거 아나?"

"머, 인터뷰 한다는 말을 듣긴 들었는데, 아직 신문은 못 보았지."

"내가 지금 우리 신랑하고 병원에 있는데, 상국 씨를 신문에서 보니 너무 기분이 좋아서 신랑한테 자랑도 하고, 그라니까… 우리 점심이나 같이 하자. 내가 사께. 진료 받고 우리가 그 쪽으로 가께이. 좀 있다 봐."

말랑 씨, 이름이 이상해 그렇지 가만히 있으면 인물 좋은 귀부인인데, 입만 열었다하면 저 깊은 산골 봉화 밭에서 김매다가 호미자루 손에 쥔 채 순간이동해 온 농촌 아낙네 같다고 놀림 받는다. 영화 〈워낭소리〉의 주인공 할아버지를 잘 아는, 그 동네 출신의 봉화사투리 진한 여인이다. 장난으로 맨날 집사람더러 "우리 상국이 잘 있나?" 하면서 남의 신랑을 강아지 이름 부르듯 하면서, 정작 같이 있는 자리에서는 부끄럼을 타는 순박한 여인. 그 말랑 씨를 비롯, 엊그제 개학하던 날 등교하니까 3학년 학부형 한 분이 나를 보며 대뜸 반가운 목소리로 "선생님! 신문에 났던데요?" 하며 말을 걸어온다.

신문에 나는 것, 그거 별로 좋은 것은 아닌데… 유강이와 초아는 인터넷을 뒤져보고 그래도 자기네 아빠라고 좋은 모양이다.

"교과서 속의 짧은 지식을 전달하기보다는 인생을 바라보는 선한 눈과 학생들이 가고자하는 길을 스스로 찾을 수 있도록 가능성과 자신감을 갖게 하는 것이 제 역할입니다."

심 기자가 쓴 기사, 첫줄이다.

(2011. 2)

아침 산책길

아침에 매일 30분씩 같은 길로 혼자 산책을 나선다. 산을 깎아 낸 자리에 세운 학교인지라 학교 뒤를 돌아가면 산으로 올라가는 길이 나온다. 참나무, 밤나무, 벗나무, 소나무, 진달래, 찔레꽃, 아카시아가 어울린 정다운 오솔길이다. 오솔길이라 해도 싱싱한 나무들만 있는 게 아니다. 태풍에 쓰러져 누워있는 몇몇 나무들은 보기 안쓰럽다. 수피를 보아하니 모과나무와 자작나무, 쓰러지면서 뿌리가 뽑힌 채 말라 죽어가고 있다. 길을 가로막았던 큰 둥치는 전기톱으로 잘린 자국, 거기 나이테를 헤아려본다. 저만큼 살아 온 세월이 안타깝다.

사람이 나무라면, 뿌리 뽑힌 나무는 어떤 사람인가, 나는 뿌리 깊이 내리고 있는 나무인가. 그런 생각도 하다가 너무 생각이 많으면 걸음이 더뎌지니까 마음을 고쳐먹는다. 살고, 죽고, 죽고, 살고, 나무도 인생과 매 한가지, 한 세상 선하게 살다 깨끗이 가면 된다.

잘 손질된 무덤 셋을 만난다. 빗돌을 읽어보면 여기 누워있는 무덤 주인들, 다들 한 세상 재미나게 살다 가셨나 보다. 요 며칠 사이로 무덤 주위에 제비꽃과 노란 꽃다지가 지천으로 피었다. 얼마 전엔 연분홍 진달래가 좋았던 길, 그 오르막길이 끝나는 지점. 내가 반환점으로 정한 참나무 둥걸에 손을 대고, 몸을 돌린다. 더 가 봐야 더 이상 좋은 풍경 없고, 여기서 돌아가야 학교에 오는 아이들을 만난다.

올라간 그 길을 내려오다가 두 번째 무덤에서 왼쪽 아래로 방향을 튼다. 좀 있으면 하얗게 피어날 찔레꽃, 꽃은 아직 이르지만 새순과 가시가 부드러워 한 번 만져보고 오는 찔레나무 샛길. 길에 쓰러진 참나무는 벼락을 맞은 듯 몸에 시커멓게 탄 자국, 잠시 벼락을 생각하고 벼락 맞을 때의 나무를 생각한다.

아주 좁은 길이 꾸불꾸불 이어지고, 동네 어른들이 일궈둔 텃밭에는 요즘 한창 변화가 많다. 노란 유채꽃이 한 무더기 피어있고, 파, 마늘도 제법 키가 컸다. 좀 있으면 상추, 들깨, 감자, 도라지, 키 쑥쑥 커가는 옥수수, 넝쿨 뻗어갈 고구마 이파리, 배추랑 무까지… 여러 식구들이 봄, 여름의 텃밭을 장식할 것이다.

텃밭이 끝나는 부분에서 아스팔트 큰 길을 만난다. 여기서 일부러 몇 걸음 더 내려가, 이젠 도시인들을 위한 공원길을 빙글빙글 돌아서 올라온다. 잘 꾸며둔 공원, 며칠 전까지만 해도 정말 화사하던 살구꽃은 이제 지고 없고, 대신 홍도화가 붉게 피어나기 시작하고, 라일락 짙은 향에, 모과나무는 오늘 꽃봉오리를 맺었더라. 예정대로 꼭 30분 걸리는 아침 산책길. 이 길이 있어 좋다. 이 길을 걸을 수 있어 좋다.

(2012. 4)

설악산 백담사,
간이 콩알만 해지고…

친구들과의 395차 정기산행은 2012년 5월 25일(금) 서울을 출발, 용대리에서 하루 자고 26일(토) 아침에 백담사에서 산행시작, 오세암, 봉정암을 찍고 다시 백담사로 돌아오는 산행 코스를 광용이가 잡아뒀다. 글에서만 접했지 아직 가보지 못한 암자인 오세암, 봉정암. 한 번은 꼭 가보고 싶었던 곳이다.

하필 산행 출발하는 금요일은 담배피우다 걸린 고3 꼴통 녀석들 선도차원에서 법화산 야간산행이 계획되어있었다. 그것도 내 아이디어로, 비무장이 아니라 가방에 책을 10Kg정도 넣어서 좀 고통을 주자는 작전을 세웠었는데, 그래놓고 내가 빠지자니 영 모양이 안 선다. 나잇값도 못 하고.

그리고 또 토요일은 전공과목 연수가 있어서 사실 산행이 불가한 상황이었다. 하지만 안 가본 오세암과 봉정암에는 가고 싶고, 호객 행위를 해도 별 반응이 없는 광용이도 안쓰러워 보여

목요일 오후에 에잇, 될 대로 되라 하는 심정으로 가겠다고 약속을 해버렸다.

금요일, 오후 6시, 복정역에서 만난 광용이. 본래 운진이 기친 편인데 새로 산 차를 길들이려는지 과속을 일삼는 운짱의 횡포에 우리들은 계속 긴장의 연속이다. 홍천 버스터미널에서 부산에서 온 인섭이까지 담아 실자, 6명. 차가 무거워지니까 그제야 과속을 못 한다. 인섭이랑은 근 일 년 만에 산행을 같이 하는 셈.

펜션에 짐을 풀고 식사. 숯불을 피워 내가 고기 당번을 자청하고, 술잔을 돌린다. 옛날 학창시절의 재미난 이야기에 너무 웃어 숨이 넘어갈 듯 바닥을 굴렀다. 술이 모자라 인섭이가 마트에 가서 소주를 더 사온다. 내일 산행을 위해 12시경 잠자리에 들었다.

아침에 황태국으로 해장을 하고 백담사행 버스 정류장에 갔더니 본래는 8시에 첫차가 있는데 손님이 많은 철이라 그런지 이미 차가 여러 대 늘어서서 정원이 차면 바로바로 출발 하고 있었다.

백담사에서 산행 출발한 게 8시 9분. 세월은 날아가 영원히 돌아올 수 없는 화살 같아서 이름 붙였다는 영시암, 올라서니 이름이 부끄럽지 않던 만경대, 폭설로 고립된 암자에서 다섯 살 나이의 어린 동자 슬픈 전설이 있는 오세암을 보고, 산행도중 호젓한 길에서 친구들과 함께 먹는 꿀맛 같은 점심. 설악산에 있는 암자 중 가장 높은 곳에 있다는 봉정암 전망대에서 바라보는 풍광에 나도 모르게 입을 벌리고, 사리탑을 눈여겨보고 하산 시작. 쌍폭 방향으로 내려와 오후 5시 24분에 백담사로 다시 돌아왔다.

산행 중 만경대 고개에서 옛 제자 귀란이의 전화. 자기도 정말 간만에 만났다고 현경이를 바꿔주겠다기에 나도 모르게 반가워서 튀어나온 말이 "이 가스나들이 몇 년 만이지…" 전화기 저편에서 '선생님이 우리를 이 가스나들이라고 한다'며 일러주는 40대 초반의 귀란이 목소리. 곧 터지는 현경이 웃음소리까지 들려온다. 반갑다. 여군 간호사관이 되고 싶다던 현경이. 반장으로 친구들을 잘 이끌어나가던 옛날 현경이 얼굴이 떠오른다. 즐겁게 얘기 나누고는 핸드폰을 꺼두었다.

백담사에 내려와 폰을 켰더니 아들, 딸한테서 문자가 여러 개 들어와 있는데 하나, 둘, 읽어보다가. 어? 뭔가 이상하더니 불길한 느낌에 머리가 어지럽게 돌아간다.

'뭔 일이 있나?' 긴장하다가 눈에 들어오는 급한 상황의 여러 문자들이 제멋대로 뒤죽박죽 섞여 춤을 춘다. 정신이 없다. 겨우 제자리를 찾아 문장이 만들어진다.

'엄마가… 쓰러져서 119에 실려… 분당 서울대병원 응급실… 빨리 연락주세요.'

'아, 드디어 올 것이 오고야 말았구나.' 정신은 어디로 달아나버렸다. 간이 콩알만 해지고 눈앞은 캄캄, 머릿속은 하얗게 되었다. 친구들은 내 얼굴이 갑자기 핏기 하나 없이 징말 하얗게 변하더란다. '아, 이제 병구완. 누가 하지? 나밖에 없는데. 학교를 바로 퇴직해야… 집은? 살림은? 병원보다 산에 들어가는 게 나을까? 변변한 노후대책도 없는데…' 온통 그런 생각이었다.

본래 하산하면 속초에 나가서 생선회를 놓고 한 잔하는 뒷풀이가 예정되어 있었는데 돌발사태가 발생한 것이다. 힘든 산행을 마쳤다는 기쁨도 사라지고 친구들까지 굳은 얼굴. 간단히 식사로 순두부를 먹는 둥 마는 둥 겨우 시늉만 하고 급히 출발했다.

재구성해보면 이렇다. 친구 말랑 씨와 함께 밖에서 점심을 먹은 모양이다. 평소 당뇨약을 복용하던 아내. 친구 앞에서 약 먹는 게 뭐 자랑스러운 일도 아니라 이야기하면서 탁자 밑으로 두 손을 내려, 약통의 알약을 왼손바닥에 부어 주먹 쥔 손으로 한 입에 털어 넣고, 식전에 물 마시는 모양새로 약을 먹었다. 그러니까 약 먹는 모습 안 보이려고 몰래 먹었다는 말인데 충분히 그런 심정 이해가 되고 상상이 되는 장면이다. 식사를 잘 하고 나왔는데 아내가 술 취한 사람처럼 좀 이상한 말을 하더란다.

"말랑아, 내가 좀 어지러운 게 여기가 어딘지 동서남북을 모르겠다."

"음마, 해옥아. 니가 와 카노. 와 이라는데?"

"아니, 좀 어지럽고…"

"야, 저기 누구네 사무실에 가보자. 가서 차도 한 잔 하고, 좀 쉬었다 가자."

아는 사람이 하는 중개사 사무실에 가서 소파에 앉아 잠시 이야기하다가, 아내가 혀 꼬부라진 소리로 어지럽다면서 옆으로 픽 쓰러졌다. 그 때부터 난리가 난 것이다. 혼이 나가기 시작한 말랑 씨. 나한테 전화를 해도 안 받지, 누구한테 연락해야할지 몰라 일단 119에 신고하고, 삐뽀삐뽀 경광등을 켠 119 응급차가 오고, 보호자로서 상황설명을 하고, 떨리는 손으로 전화기를 뒤져 유강이와 초아에게 연락하고, 이것저것 검사받으러 왔다 갔다. 뺨을 두드려도 반응은 없고 계속 의식불명 상태, 결국 머리 MRI 촬영까지… 말랑 씨는 지옥이 따로 없었다고 했다. 50Km 거리에 떨어져 사는 아이들은 병원에 오는 도중에 나에게 대답도 없는 전화에, 문자를 계속 보내고.

아내는 몇 년 동안 친정엄마와 여동생을 병구완하면서 심신이 극도로 쇠약해 있었다. 새벽까지 잠을 못 이루고 불면증에 시달리다가 처방받은 수면제. 정 힘들 때 반 알씩 먹으면 잠을 잘 수 있었고, 그러다 좀 괜찮으면 안 먹고 버텼다. 휴대용 약통에 '수'

글자를 적어둔 칸에는 수면제가 들었던 모양. 당뇨약을 꺼낸다는 게 그만 수면제를, 보통 약보다 유난히 크기가 작은 10알이 넘는 수면제를 손바닥에 쏟았어도 누게가 안 나가 그랬는지 평소 먹던 당뇨약이랑 느낌에 그리 차이가 없었단다. 그냥 아무 생각 없이 약을 먹고, 식사를 하고 나와서, 혀가 꼬이고, 어지럽고, 잠이 쏟아져 쓰러진 것이다. 신랑이 설악산 등산 간 사이에 친구랑 밥 먹고 119에 실려 뇌에 아무 이상 없다는 판정을 받고 집에 오긴 왔는데 내가 돌아온 밤 12시에도 쿨쿨 자고 있던 아내, 다음날도 계속 잠만 자더라. 점심 한 끼에 밥값이 155만원 나온 셈이다. 검사 한 번 잘 했다. 머리에 아무런 이상 없다니 다행이다. 영시암, 오세암, 봉정암 다 좋았다. 설악산 한 번 겁나게 잘 다녀왔다.

(2012. 5)

꿈꾸던 자전거 여행

십 수 년 전 내가 부산에서 개량 한복 차림에 자전거로 출퇴근 하던 때가 있었다. 방학 때는 아내의 학원차 운전기사로 시간에 매어 있었는데 그게 답답하기도 해서, 부산에서 서울까지 자전거로 한 바퀴 횡~ 하니 돌아오고 싶은데, 다녀와도 되겠냐고 아내에게 물어보았다. 그 때 아내는 혼자는 너무 위험하니 유강이가 대학 가거든 둘이 같이 가는 게 좋지 않겠느냐며 말렸었다. 꼭 아내가 말려서 그렇다기보다, 도로여건이나 내 체력을 감안해 볼 때 자전거 여행이 생각만큼 쉽지 않을 것 같고, 또 옛날과 달리 차가 많은 지방도로에 자전거로 다니는 게 무척 위험할 것 같아, 아쉽지만 아들 녀석이 대학생 될 때까지만 참자며 그 생각을 접었더랬다.

세월이 지나 아들이 대학생이 되었다. 자전거 여행 이야기를 또 꺼냈는데 예상 밖의 대답이 돌아왔다.

"그 위험한 여행을 아이 데리고 간다고요? 정 가고 싶으면 당신 혼자 가는 게 어떨까싶은데."

"허, 그것 참. 아니 전에는 둘이 같이 가라 하더니, 이젠 나 혼자 가라고?"

아내의 반대 탓도 있지만 도로를 달리는 차는 예전보다 더 많아져 있을 게고, 나는 그 때보다 더 나이가 들었고… 차가 씽씽 달리는 지방도로 갓길을 자전거로 달린다는 것은 용기도 용기지만 내가 만약 사고를 당한다면 가족들은? 이런 생각에 또 자전거 여행을 접었었다.

세상사 알 수 없다더니… 나이 50이 다 되어 내가 경기도로 이사를 올 줄이야? 경기도 용인 죽전에서 성남을 거쳐 한강으로 흘러가는 탄천 가까이 살게 되어 자전거 탈 여건이 좋았다. 평소 왕복 10Km 정도의 짧은 거리만 다니다가 무엇에 씌었는지 2005년 한 여름에 뭣도 모르고 아무 준비도 없이 길에 적힌 한강 25Km. 그 글자만 보고 한강까지 달려갔다가 돌아오면서 배도 고프고 목마르고 더워서 너무 힘들었다. 그날 다녀오자마자 냉장고에서 캔 맥주 하나 꺼내먹고 팬티바람으로 큰 대자로 뻗어있었는데, 학교에서 돌아온 초아가 감짝 놀라며 "아빠, 이게 뭐야? 화상 입었잖아! 가만 있어봐. 내가 오이팩 해주께." 그날 초아가 찍은 사진이 하나 남아있는데 혼자보기 아깝다. 참 가관이다.

분당에 있는 학교로 왕복 10Km 정도를 자전거로 출퇴근 하면서 몇 번 한강까지 나간 적이 있다. 말 안 듣고 자꾸 빗나가려는 우리 반, 고3 병준이를 사람 만들려고 한여름에 같이 자전거로 다녀오기도 했다. 병준이는 좀 늦었지만 군대를 다녀온 후 올해 연세대학교 경영학부에 편입해 들어갔다. 핸드폰으로 이 녀석이 보낸 메시지를 보면 자전거를 타고 고생했던 게 약이 되었나 보다.

'… 선생님 병준입니다. 오늘 스승의 날이네요. 인사드렸어야 하는데 죄송합니다. 항상 건강하시고 곧 인사드리겠습니다. 오늘 날씨가 마치 한강 자전거 탄 날만큼 덥네요.'

여름날 출근하면서 소나기를 흠뻑 맞으며 정말 신나게 달린 적도 있었고, 3학년부장이었을 때는 담임 샘들과 단체로 자전거를 타고 한강까지 다녀오기도 했다.

지금의 학교로 전근 오면서 제일 불만이었던 게 자전거 탈 여건이 안 된다는 것이었다. 학교가 너무 언덕에 있고 차가 다니는 언덕의 도로 폭이 좁아 도저히 자전거를 타기에는 불가능했기 때문에 집에 있는 자전거는 그냥 먼지만 덮어쓰고 있었다.

그러던 올해 3월 어느 날, 아침 일찍 출근하여 뒷동산을 돌고도 시간이 남아 마북공원을 한 바퀴 산보를 하는 데 공원 옆 차가 다니지 못하는 비탈길을 자전거로 끙끙 용을 쓰고 오는 체육

선생님을 만났다. 놀라웠다. 이런 비탈길을 자전거로 출근하다니, 아무리 30대 후반의 체육 샘이라지만, 그건 내게 충격이었다.

"비탈길, 그… 자전거로 안 어려운가?"

"어렵죠. 처음엔 자신 없어서 며칠 고생하다가… 마지막 비탈은 아주 악을 쓰면서 겨우 올라옵니다. 지금도 힘들어요. 하하."

차가 다닐 수 없게 길 한복판에 말뚝을 박아둔 공원 옆 비탈길은 경사가 장난이 아니다. 경사도로 치면 15도를 넘을까? 이래저래 출퇴근에 자전거는 안 될 거라며 지레 겁을 먹고 자전거는 아예 접어두고 있었는데 체육 샘이 타는 걸 보고 나도 이참에 자전거를 타봐? 하는 생각이 들었다.

얼마 뒤, 친구 도다리가 서울에서 부산까지 자전거 여행을 계획하고 있다는 소문을 들었다. 냅다 동참을 통보하고 초아한테 가서 자전거를 빌려왔다. 처음 타 본 게 4월 16일. 하이브리드 자전거라던가? 바퀴 폭이 사이클보다 조금 굵지만 집에 있던 낡은 자전거보다는 엄청 가늘었다. 타보니 아주 잘 나갔다. 그걸 타고 한강에 나갈 때 뭐가 기어변속이 잘 안 된다. 고장이 난 모양이다 하고 1단으로 계속 몰고 갔다.

한강에서 나를 기다리던 도다리, 내 자전거를 타보는 순간, 비틀비틀…

"에게, 바퀴가 헛도네? 평지에 무슨 기어를 1단으로 해 놨노?"

"몰라, 고장 났는지, 기어가 안 바뀌더라. 그래서 그냥 왔는데?"

1단으로 여기까지 왔다는 말에 놀란 도다리가 여기 저기 눈을 진짜 도다리처럼 굴리더니 기어 올리는 스위치를 찾아 오른쪽 엄지손가락으로 작동하기 편한 곳으로 스위치 위치를 바꿔준다.

"아니, 이런 것이 있었나? 나는 고장인 줄 알았지. 기어를 올리고, 내리고 하는 스위치가 따로 있다는 걸 생각도 못했는데. 아이고… 이렇게 편한 것을…"

집에 돌아올 땐 7, 8단을 사용했다. 아까 1단으로 페달을 헛돌렸던 것 생각하면 거저먹기로 쉽게 왔다. 그렇게 초아 자전거로 출퇴근하다가 초아가 자기도 자전거 운동해야한다고 해서 돌려주고 새 자전거를 구입, 연습에 들어갔다. 팔당대교까지, 다음엔 양수리까지, 나중엔 서해갑문까지 왕복 150Km가 넘는 길을 다녀오기도 하고, 7월 들어 학교 바로 아래 경사 15도에 가까운 힘든 오르막코스의 마지막 부분까지 자전거로 성공, 자신감이 붙었다. 그 때부터는 D-day가 가까워지는데 혹시라도 몸을 다치면 거사에 참여할 수 없다는 생각에 몸을 사렸다.

마지막 출발 하루 전날, 98Km 주행으로 몸을 풀고, 드디어 7월 27일 아침에 일어나 간단히 씻고, 식사를 한 후, 잘 다녀오라는 아내의 배웅을 받고 떠났다. 얼마 전 1시간 1분만에 주파한 기록을 생각, 7시까지는 충분하다고 여겼는데 짐 무게가 5Kg이 되니 속도가 평소보다 안 나온다. 결국 한 번도 쉬지 않고 열심히 저었어도 7시를 꼭 채워 겨우 도착했다. 체력 안배에 유의해야겠다고 마음을 가다듬었다.

친구들간에 에피소드 몇 개 있었다. 깃발 잃어버린 재봉이, 그걸 찾으러간 도다리, 오기 직전 처음으로 펑크가 난 학희, 차에 자전거를 싣고 와서 와이프가 운전해 돌아가는 차에 짐을 두고 내린 무상이 등…

깃발 사건, 재봉이가 깃봉이란 이름을 달게 된 사연하나 간단히 소개하면… 도다리 대장이 재봉이가 흘린 깃발 찾으러 쌔가 빠지게 자전거로 달려가고, 무료해진 우리들. 재봉이 자전거가 아까는 분명 같이 서 있었는데, 누가 만졌나? 깃발 없다고 죄가 되어 그러나, 다른 자전거 8대는 모두 일렬횡대로 서서 깃발이 바람에 나부끼고 있는데 재봉이 자전거만 길바닥에 누워있었다. 친구들 몰래 내가 학희 자전거에서 깃발을 빼어 재봉이 자전거에 끼워두고 저쪽 돌에 걸터앉아 어떻게 되는지 보려고 짐짓 딴전을 피우고 있었다. 어느 순간 누워있던 자기 자전거에 깃발이, 땅을 보고 쳐박혀 있지만 분명히 노란 깃발이 달린 것을 본 재봉이, 눈이 왕방울만큼 커지면서 주위 친구들을 불러 모았다.

"야야, 이봐라! 와… 여기 깃발이 있었네? 이기… 깃발이 밑으로 보고 있어서 못 봤구나! 야! 세상에 이걸 못 보다니!"

재봉이 고함에 몰려온 친구들, 이구동성으로

"야~ 그런 거야? 우리가 그걸 못 봤구나? 그 참… 도다리가 깃발 찾으러 갔는데 이걸 우짜지?"

그러다가 어느 순간, 학희가 저기 죽 늘어선 자전거들을 보더니 비명을 지른다.

"아니, 저기 머꼬? 내 끼 없네? 내 깃발이 어데 갔노?"

모두들 잠시 침묵… 그리고 곧 이어… 누가 가르쳐주지도 않았는데 시선들이 나에게로 몰리면서 누가 먼저랄 것도 없이.

"상국이 니가 장난 쳤제?"

6박 7일간의 국토종주 자전거여행. 정말 재밌었다. 중간 중간 힘든 구간 왜 없었겠냐만 친구들과 같이 하하, 깔깔거리며 하루 약 100Km 정도 되는 적절한 거리를 무리하지 않고 유람하며 가는 자전거길이라 그리 힘들지 않았다. 음식점도 대부분은 미리 알아둔 곳을 찾아가 실망하지 않았지만 7월 30일 점심 무렵, 길가의 구미청소년수련야영장 소나무 숲에 눌러앉아 중국집에 콩국수랑 짜장면, 탕수육을 주문해 맛있게 먹고 충분히 휴식을 취한 게 가장 기억에 남는다.

5일째 되던 날 오르막을 만나 탄력을 붙인다고 속도를 최대한 내어 오르다가 앞 친구가 정지할 때 순간적으로 추월할 틈새를 찾지 못해 나도 브레이크를 잡는 순간 자전거에서 떨어지면서 난간에 옆구리를 부딪치는 사고를 당했다.

주치의 해균이가 응급조치를 하고 내가 숨을 가다듬을 때 친구들은 모두 긴장에 긴장, 결론은 갈비뼈에 타박상, 또는 약간 금이 간 상태인 듯. 평지는 갈만한데 오르막 올라갈 때 힘이 주어지지 않는다. 친구들의 걱정을 뒤로 하고 이런 기회가 언제 또 오랴? 일단 끝까지 가보자.

자고 나니 상태가 낫지도 않았지만 그렇다고 더 악화된 것도 아니다. 재채기를 하면 아프고 오르막 올라갈 때 다리에 힘을 주면 핸들을 잡은 손에도 힘이 들어가면서 갈비뼈 부근이 아프다. 속도를 줄일 수밖에 다른 방법이 없다.

하여간 끝까지 갔다. 부산 낙동강 하구언까지. 8명이 무사히 완주를 하고, 서로 격려를 하고, 자전거 여행 계획을 완벽하게 짠 도다리를 헹가래친다. 재중이는 마지막 날 아침, 물금 숙소까지 자전거를 싣고 찾아와 반나절이지만 마지막 일정을 같이 했다. 그래서 처음 9명이 시작하고, 무상이가 업무로 인해 하루만 하고 다음날 새벽에 서울로 올라가서 계속 8명이 달려왔는데, 재중이가 마지막 날 9명으로 채워준 셈. 게다가 재중이 와이프는 결승점에 수박과 찬 음료수를 준비해 마중을 나와서 우리들에게

선사하고는 신랑과 자전거를 차에 담아갔다.

　자전거 보관할 장소 때문에 잠시 헤어졌다가 사상터미널에서 만난 여덟 명은 돼지국밥으로 맛있는 점심을 먹고 찜질방에서 목욕 후 옷을 갈아입고 부평동 환영회장으로 갔다. 부산 친구들이 마련한 술자리. 광용이가 현수막을 만들어왔다. 거기에 참가자의 사인을 해 넣자는 제안을 하고, 참가자만이 아니라 여기 축하해 주러 온 친구들 모두 사인을 하는 과정이 재밌었다.
　환영회를 거하게 마친 후 섬진강 종주를 떠날 4명이 따로 떨어져 나와 사상터미널로 가서 자전거 4대를 버스에 싣는데 성공, 그 버스로 광양까지. 12시 경 모텔에 숙소를 정하고 간단히 씻고, 세탁기를 돌린 후 잠자리에 들었다.

　8월 3일. 섬진강 종주 코스가 지도에는 154Km로 되어 있다. 배알도 수변공원을 찾아가느라 광양 시내를 돌고 돌아 16Km 걸렸다. 오늘은 강을 거꾸로 올라가는 코스라 제법 힘이 많이 들 것이라는 사전지식을 감안, 미리 속도를 빼어둔다. 그러다가 창선이 자전거, 연두냥자가 펑크나는 바람에 펌프를 이용, 바람을 넣어보았지만 얼마 못 가 다시 바람이 빠져 낭패다. 트럭 수배하느라 애를 쓴다. 결국 지나가는 트럭에 사정을 설명하고 얻어 타는 데 성공했으나 냄새나는 퇴비 운반용 트럭에 연두낭자 몸을 눕히는 수모를 감수하면서까지 찾아간 곳은 트럭 운전기사의 친구가 한다는 농기구 수리점. 농촌에서는 급하면 자전서도 농기구에 들어가는지는 몰라도 급한데 찬밥 더운밥 가릴 시간이 없다. 그런데 가게 문은 열려있는데 주인이 없다. 전화를 받은 수리점 주인, 들판에 약 치러 왔다면서 전화에다 대고 옆에서도 다 들리게 큰 고함을 지른다.

"자전거 빵구라고? 큰 건도 아니고… 엔간하면 그냥 보내면 안되겠냐? 지금 멀리 들판에 약치고 있어서…."

트럭은 이제 또 퇴비 실으러 가야 한다며 다른 길로 가버리고, 다시 눈물의 끌바를 계속 하던 창선이, 수달생태보호센터를 발견하곤 마치 중앙에서 자전거길 취재를 나온 양, 감언이설로 아부, 회유를 섞었지만 쉽게 말해 순박한 시골 분에게 공갈을 쳤다.

"수달 생태보호가 아저씨들 임무라 자리를 비울 수 없다지만, 자전거도로 취재 이것도 생태보호와 관계있는 일이고, 취재 중에 어려움이 발생했는데 이런 일을 도와주지 않고 수달 나타나기만 기다리는 것 자체가 탁상행정이 아니고 뭐겠습니까? 이런 일이 중앙지에 한 줄 긁히면, 윗분들이 뭐라 안 할까요? 좋은 일이 뭐가 있겠습니까?"

어디 북극이나 남극, 사막에 가도 살아남을 친구다. 넉살좋게 수달 보호하라고 나라에서 내준 트럭을 공짜로 얻어 타고, 자기가 선심 쓰듯, 중앙지에 나올 것이라는 말 다시 한 번 상기시켜 주면서 사진 한 장 같이 찍히게 해준다. 아저씨, 정말 고맙습니다. 중앙지엔 안 나와도 정말 좋은 일 하신 것입니다.

하여간 고약한 퇴비냄새로 고생한 연두낭자는 사성암 인증센터에 우리보다 먼저 도착, 반갑게 해후를 하곤 거기서 점심으로 콩국수를 맛나게 먹고 슬슬 출발했는데, 앗, 어느 순간 길에 자전거 표시가 하나도 없다. 언덕 위인데… 거기서 좀 더 신중한 판단을 했어야 했는데, 그냥 쉽다고 약 3Km 내리막을 다 내려와서, 아무래도 이상하다. 잠시 자전거를 세우고 머리를 맞대고 의논, 결국 내려왔던 고갯길을 다시 올라가기로. 그 때부터는 파란색 자전거 길을 놓치지 않으려 애를 썼다. 돌고 돌아 사성암에서 나와 구례구舊역쪽으로 약 5~6Km 알바, 속도계엔 오늘 주행거리 총 170Km, 오후 9시에 닿았으니 꼬박 15시간 30분 걸렸다.

힘들었다. 특히 마지막 부분, 길은 어두워지고 약간 오르막길이 계속 이어지는데 가도 가도 끝이 없었다. 애초 학희와 창선의 계획은 이른 저녁에 섬진강댐 도착해서 버스로 전주에 나가면 서울로 가는 막차 또는 심야우등을 탈 수 있을 거라는 기대를 했었는데. 우린 밤 9시 넘어 저 깊은 지리산 섬진강댐 인증센터에 도착. 정말 끝나지 않을 것 같았던 길 끝에 도착했다는 기쁨에 자전거를 치켜들고 환호를 질렀다.

4대강 일주를 기획한 문수는 고집을 너무 부린 것 같다며 지녁 식사비와 전주까지 트럭 대절비를 자기가 부담하겠으니 안심하고 일단 저녁을 해결하잔다. 닭볶음탕과 민물매운탕에 술 몇 잔. 식당 주인의 따님이 모는 트럭에 자전거를 싣고 트럭 뒤 칸 불편한 자리임에도 불구하고 타자마자 곯아떨어져 머리가 전후좌우 춤을 춘다.

전주역에 도착, 내일 아침 표를 알아보니 서울행은 많으니 걱정 안 해도 되고, 순창행 첫차 표만 2장 끊어 모텔을 찾아 돌고돈다. 남자 넷, 한 방, 아니 두 방이라도 무관한데 방이 없단다. 결국 저 멀리 방 한 칸에 8만원 달라는데 깎을 힘도 없다. 가서씻고 세탁기 돌리고 바로 꼬꾸라져 잔다. 이 날이 국토종주 및 4대강 종주를 통틀어 가장 힘든 날이었다.

8월 4일. 학희와 창선이 새벽 첫차로 서울 간다며 먼저 방을 나가고, 문수와 나도 일어나 짐을 꾸리곤 아침으로 콩나물 국밥. 버스 첫차로 순창에 내렸다. 한 여름 아침부터 자전거 복장인 우리가 신기한 모양, 버스 안에서부터 관심을 가지던 승객 한 분이 친절히 길을 가르쳐주신 덕분에 담양댐 인증센터까지 약 8Km를 순조롭게 왔다. 여기서 지도상 134Km. 그럼 나중 영산강 하구언에서 다시 목포터미널까지 이동을 감안해 오늘 주행거리는 대충 150Km 생각하면 되겠다. 하지만 어제보다 출발이 세 시간 반 정도 늦으니 아마도 도착시간은 비슷할지 모른다는 생각, 정말 예상 그대로, 오후 9시 조금 넘어 도착했으니, 통계는 무시할 수 없다.

메타세쾌이어 길에서 도장 찍고 잠시 휴식 후, 여긴 길을 잘못 들 염려 없다며 편한 마음으로 시작한다. 죽록원 앞 국수가게 즐비한 곳을 지나쳐가면서 작년에 여기 단체로 연수 왔던 기억이 난다.

영산강, 한 마디로 강은 강인데… 중간에 점심 요기할 만 한 곳이 없어 인증센터 매점에서 컵라면으로 점심. 하긴 나중엔 그런 매점도 너무 그리웠으니… 무인판매대도 너무 열악했다. 가판대의 생수는 품절이고 캔 커피 같은 것만… 매점도 매점이지만… 중간 중간 쉴 수 있는 정자가 많았던 낙동강이 그리웠다.

영산강 종주 중 제일 풍광이 좋았던 곳은 느르지 전망대. 한적한 숲길을 돌아 오르막이 계속되다가 마지막 200m 정도 제법 비탈이 심했기에, 자전거를 길가에 두고 몸만 갔다. 아까, 공사로 인해 우회하는 도로라는 표지판을 보고서 '나중에 다시 이리 돌아오겠지'라고 착각한 탓이다. 전망대가 높아 뵌다. 생략할까? 그런 마음을 읽었는지 문수가 풍광이 좋다며 올라가보란다. 음… 역시 노력한 대가는 꼭 있는 법, 힘들게 올라온 보람이 있다. 잠시 구경하며 셀카를 찍고, 나는 자전거 있는 아래쪽으로 내려가 500m 내리막을 신나게 내려갔다. 적당한 크기의 못에 비가 뿌린다. 못에 번지는 빗방울의 파문을 쳐다 보며 친구를 기다려도 오지 않는다. 10여분 기다리며 혼자 놀다가 뭔가 이상하다는 느낌이 들어 비닐로 감싼 휴대폰을 꺼내 전화를 하려는데 전화가 울린다. 문수다.

"어데 있노?"

"밑에서 자네 기다리는데?"

"아니, 이쪽으로 가야하는데 왜 내려갔지?"

윽, 오늘은 알바 없는 줄 알았는데, 그것도 심한 오르막 알바.

섬진강은 하류에서 상류로 올라가면서 특히 막판에 산속으로 오르막이 계속되어 힘들었고, 오늘 영산강은 목포라는 제법 큰 도시 쪽으로 내려오니까 만약의 경우 사람들이 많이 사는 마을로 빠질 수 있는 길이 많을 것이니 어제보다는 많이 쉬울 것이라 했는데, 웬걸? 목포는 아직 35Km 남았는데 길은 어두워지고 사람하나 없는 시골길을 얼마나 달렸는지 모른다. 어두운 길에 가끔 조그만 개구리 녀석들이 나와서 길을 뛰어다니는 통에 그걸 피하느라 또 힘들었다. 드디어 어느 순간 잠시 마을 옆을 지난다. 매점이란 간판을 보자마자, 평소 술을 좋아하지 않는 문수, 자전거를 제대로 세우는 둥 마는 둥, 가게에 들어가 주인이 나오기도 전에 냉장고를 뒤져 캔 맥주를 하나 따서 한입에 다 털어 마시고는 크게 숨을 내쉰다. 어디 맥주광고 CF 사진 찍으면 되겠더라. 나는 막걸리 두 잔을 거푸 마시고, 잠시 숨을 돌리며 물 한 병 사고 다시 출발. 목포까지 논스톱으로 촌길을 달렸다.

막바지에는 마치 우리 동네 탄천처럼 산책하기 좋은 코스인 듯, 가족이나 연인끼리 산책 나온 사람들이 많아 속도를 내기 힘들었다. 드디어 인증센터 앞. 저녁 9시 넘어간다. 꼬박 12시간 걸렸다. 악수를 하고 서로 등을 두드려주며 우리끼리 서로를 격려한다. 목포 터미널을 물어 찾아간다. 모르는 길은 늘 멀리 느껴지는 법, 제법 갔다. 군산 가는 차는 떨어진 지 오래고, 광주 가는 차가 10분 뒤에 있단다. 화장실만 다녀오고 급히 광주행 차를 탔다. 광주에 닿아 내일 아침 군산행 첫차 표를 끊어두고 모텔을 잡고, 씻고, 세탁기 돌려두고 밖에 나와서 밤 12시 넘은 시각에 감자탕으로 늦은 저녁을 먹는다.

8월 5일 아침, 5시 30분에 일어났는데도 짐 챙기고 터미널에 가니 아침 먹을 시간이 없다. 군산에서 먹기로 하고 차를 탄다. 차안에서 졸면서 휴식. 군산터미널, 생각보다 작아서 아침 식사 할 만한 식당이 안 보인다. 김밥 가게에서 간단히 육개장에 김밥으로 속을 채우고 점심대용으로 빵 몇 개와 두유를 준비해서 9

시 20분 경, 금강하굿둑을 향해 출발한다. 다행히 찾아가는 길이 어렵지 않다.

오늘은 하루에 할 수 있는 코스가 아니라 1박 2일로 마음먹으니 마음이 편하다. 공주보까지 달리고 공주시내에서 잠을 자기로 했다. 역시 뙤약볕 아래 길이 멀다. 목이 탄다. 가만 생각하니 아침에 먹은 육개장에 조미료를 너무 많이 넣었나 보다. 보통 때보다 더 자주 물이 당겨서 혼났다.

시골길 방둑에 그늘을 찾아 빵으로 점심을 때운다. 며칠 전 부산가면서 친구 여럿이 웃어가며 먹던 진수성찬이 그립다. 강경과 논산을 거쳐 부여에 오는 동안 길가에 물 보충할 곳이 없다. 부여시내로 들어가 마트를 찾는데도 한참을 돈다.

시원한 물을 사 마시고 맥주와 밤 막걸리를 한 통 사서 다리 밑을 찾아 잠시 쉬어간다. 문수가 공주 특산 밤 막걸리에 반한 모양이다. 이걸 한 병 사서 집에 가져가자는데 이 삼복더위에 싣고 다니다간 하루도 안 되어 다 초가 될 건데, 전화번호만 적어가자며 말린다.

공주보 인증센터에서 도장을 받고 느긋해진 마음으로 모텔을 찾아 좀 헤맨다. 온천욕을 공짜로 할 수 있는 모텔에 자전거를 묶어두고 목욕부터 한 후 모텔에 짐을 푼다. 식당을 찾아 콜택시를 타고 이동. 아침, 점심이 부실했기에 저녁은 잘 먹을 요량으로 갈비찜을 시켰는데 좀 별로다. 당구 한 판 치고, 내일 아침 식사 대용으로 빵과 음료수 등을 사서 숙소로 돌아왔다.

8월 6일. 드디어 마지막 날이다. 마지막까지 안전운행하자며 하이파이브를 하고 05:57 출발이다. 대청댐까지 남은 거리가 50Km 정도라 오전 중에 끝낼 수 있다는 마음. 편하게 출발했는데, 세종시에 들어가니 표지판이 좀 시원찮다. 인증센터 찾는데 30분 넘게 길을 헤매고 돌아다녔다. S자 표지판에 양쪽 끝에 화살표가 있던 그 애매한 표지판 사진을 찍어올 걸, 물어볼 사람도 없고 다리를 건너 자전거 탄 사람에게 물어도 대답이 시원찮다. 이 시각에 금강 종주하는 팀을 만나기가 쉽지 않을 것이란 짐작을 했지만 짐작 이상이다. 겨우겨우 자전거 타는 사람을 만났는데 현지인이란다. 길은 잘 모르겠고 인증센터 같은 걸 본 적 있다며 자기를 따라오라는데 가보니, 없다.

"한 달 전까지 분명히 여기에 부스 같은 게 있었거든요. 어디로 옮긴 모양인데… 하여간 이 길 이쪽, 저쪽으로 어디 있긴 있을 겁니다."

반대편으로 한참 달려 인증센터 화살표가 보인다. 반가운 마음에 오르막을 올라갔는데 분명히 표시된 거리보다 더 왔는데도 없다. 저 위에 보이는 큰 건물을 찾아 올라간다. 먼저 간 문수가 못 찾았다며 돌아온다. 그 순간 저쪽 한 귀퉁이에 무슨 종이가 얼핏 눈에 들어온다. 세상에, 10일 동안 다니며 본 그 많은 인증센터 모두 빨간색 부스였는데 여기는 건물 입구 귀퉁이에 B4 그기의 종이에 인증센터 네 글자를 써두고 친절하게도 도장 찍어가라며 간이 책상을 내놓았더라. 세종시, 신문방송에서 아직 체계가 안 잡혔다고 떠들더니, 공무원들 서울과 세종을 오가면서 정신없을 터, 자전거 도장에 뭔 신경 쓸 시간이 있겠나?

거기부터 대청댐까지는 그늘하나 없는 외길이었다. 휴게소라고 쉬어가라며 만들어둔 모양인데 땡볕아래 긴 의자 한두 개가 열을 받아 한증막 의자처럼 뜨겁기만 하다. 자전거 달리기에 너무 열악한 조건. 덥고 목마름이 더하다. 달리면서 어디 갓길이 없는지 곁눈질 하다가 대청댐 20Km 남짓 남겨두었을 때, 왼쪽 높은 길의 지방도로에 매점 간판이 조그맣게 보였다. 목도 마르고 너무 더워 자전거에서 내려 풀밭언덕을 자전거를 끌고 올라갔다.

매점문을 열고 들어가도 주인이 안 나온다. 문수는 바로 냉장고를 뒤져 캔 맥주를 두 개 꺼내온다. 그제야 젊은 주인댁, '이 더운 날에 누가 왔나?' 싶어 나오는데 날씨 탓인지 남정네 손님 보기 민망하다. 짧은 핫팬츠에 헐렁한 나시티. 나왔다가 다시 들어가 옷을 좀 추슬러 나온다. 그새 우린, 맥주 다 마시고 빵 다 먹고 가져간 과일 통조림을 먹고 있었다. 주인집 강아지가 순하다. 빵과 과일을 주었더니 다 잘 먹는다.

　목을 축이고 약간의 음식을 보충하니 힘이 난다. 이제 대청댐까지 논스톱이다. 대청댐 마지막 600m 지점, 길은 좁고 오르막이 제법. 자전거에서 내려 끌고 가는 도중에 바로 우리 눈앞에서 자전거 사고를 목격한다. 올라가는 사람 힘이 부치니까 방향이 비틀비틀, 내려오는 사람 속도가 있으니 제대로 못 피하고 충돌. 역시 비탈길에서의 사고는 무섭다. 다친 사람 일으켜 앉혀두고 정신을 차리는 동안 우리는 조금 더 끌고 가다가 경사가 완만해지는 것을 확인하고 마지막 주행을 시작한다. 주차장으로 들어서고 저만치 붉은 인증센터 부스가 보인다. 드디어 다 왔다. 4대강 종주를 무사히 마친 기쁨에 둘이 서로 어깨를 감싸 등을 두드리며 격려한다.

　내려오다가 '메밀꽃 필 무렵' 막국수 집에서 식사하면서 대전터미널까지 자전거를 실어다줄 트럭이나 봉고차를 수배해보니 생각보다 싸다. 콜~하고 마음 놓고 맥주 한 잔 한다. 대전에서 분당행 1시차, 수원행 1시 30분차. 문수와 10박 11일 만에 헤어진다. 하지만 곧 바로 오후 7시에 서울 양재역 근처에서 만날 것이다.

　차안에서 바로 잠들었는데 하도 시끄러워 일어났더니 창밖으로 엄청난 폭우가 쏟아진다. 허참… 분당에 내리니 비는 그쳤다. 날씨가 많이 도와준다. 평소 자전거로 다니던 탄천길, 집까지

10Km 조금 더되는 거리. 군데군데 물웅덩이더니 어느 순간 또 억수같이 비가 쏟아진다. 탄천물이 넘쳐흐르자 자전거 바퀴가 제법 많이 잠긴다. 정자동 파크뷰 입구를 살짝 도는 곳에서는 물이 홍수처럼 밀려오는 게 보인다. 이젠 자전거 길이 아니고 그냥 물바다다. 페달을 세게 밟아도 밀려오는 물살에 자전거가 앞으로 나가지 않았다. 자전거에서 내려 자전거를 끌고 가는데 내려오는 물살의 힘에 자전거를 끌고 가는 것도 어렵고 균형 잡기도 힘 든다. 위험을 직감하고 급히 자전거를 도로위로 끌어올린다. 거기서부터는 자동차 도로, 폭우를 맞으며 집에 오니 물에 빠진 생쥐가 따로 없다.

집 나가서 돌아오기까지 11일간의 주행기록, 총 1,170Km의 대장정을 끝냈다. 큰 숙제 하나 마쳤다. 이제 또 시작이다.

(2013. 8)

점촌에서 안동까지
자전거

얼마 전에 북한강 종주를 끝냈겠다, 이제 안동댐코스만 다녀오면 문수랑 나는 자전거인증수첩의 모든 곳을 다녀오는 셈이다. 막상 떠나려니 도다리도 콜~을 외친다. 하여 점촌터미널에서 9시경 만나기로 하고 미리 짐을 챙겨두고 일찍 잠을 청한다. 새벽 5시에 일어나 고양이 세수하고 다 챙겨둔 짐이지만 나이가 들어 그런지 왠지 왔다갔다 허둥댄다.

2013년 10월 3일. 죽전역에서 5시 30분 첫차에 자전거를 싣고 수원 망포역에 하차, 4번 출구로 나와서 터미널 방향으로 자전거를 타고 계속 직진. 순복음교회 맞은편에서 문수와 합류, 수원터미널에서 김밥 한 줄 급히 먹고 7시에 떠나는 첫차를 탄다. 라이딩 손님들이 많았지만 다행히 제일 먼저 줄을 섰기에 쉽게 실을 수 있었다. 앞바퀴를 빼고도 몇몇은 자전거를 싣지 못해 다음 차로 밀리는 것을 보며 안도의 숨을 내쉬고.

9시 조금 넘어 점촌에 닿았다. 서울에서 출발했던 친구 도다리가 주는 삶은 고구마와 옥수수로 길가에서 아침을 때운다. 자, 출발이다. 이때가 9시 50분경. 상풍교까지 22Km 정도. 길눈이 밝은 문수가 앞장을 서고 우린 문수 뒤를 쫓아간다. 얼마큼 갔을까, 눈에 익은 가게가 보인다. 지난여름, 수박을 사먹으며 잠시 쉬어갔던 가게다. 그 때는 그렇게 뜨겁기만 하던 길이 이젠 한 쪽엔 누런 가을 들녘을 펼쳐주어 자전거 페달 젓는 게 즐겁기만 하다. 태봉숲 쉼터에서 숨을 돌리고, 낙동강 칠백 리 비석에서도 잠시 쉬었지만 나중에 돌아올 막차 시간을 생각하면 노닥거릴 시간이 없어 다시 길을 재촉한다.

드디어 상풍교, 여기서부터 안동댐이 약 70Km라지만 아마 좀은 더 될 것 이란 것은 우리의 경험. 아나나 다를까 나중에 속도계를 보니 점촌 터미널에서 안동댐 인증센터를 거쳐 안동터미널까지는 122Km. 물론 알바를 조금 한 까닭이다.

가을 길이 좋아 사진을 찍어가며 삼강주막을 찾아간다. 자전거 길에서 약 3.5Km 벗어난다. 왕복으로 7Km, 하지만 꼭 보고 가야하고 거기서 점심까지 먹고 가야 한다는 게 세상을 재미나게 사는 친구 문수의 주장이다. 우리도 그런 곳을 안내해주는 친구가 있어 늘 고맙지, 불평할 이유가 없다.

찾아가는 길이 좀 언덕이다. 하이고… 하지만 이 길 역시 돌아올 땐 내리막이 될 거고, 고개가 끝나고 이제는 내리막, 신나게 달리지만 이것 역시 좀 있으면 오르막이 될 것, 세상에 공짜는 없다는 진리. 내리막 순간 최고 속도가 54.9Km로 찍힌다. 조심조심, 속도감을 즐기다간 이 나이에 큰일 나는 수가.

드디어 삼강주막, 나루터가 있고 떼꾼들과 보부상들이 묵어갔다는 곳이라 그런지 예상했던 것보다 훨씬 크고 너르다. 쇠고기국밥 5,000원, 도토리묵 3,000원. 가격이 적당하다. 국밥에 묵하나, 막걸리 한잔하고 일어선다.

아, 아까의 내리막을 오르막으로, 오르막을 내리막으로. 한 바퀴 거꾸로 세상을 살고 다시 오르막이 시작되는데, 내려오던 탄력을 붙여 쌩하니 앞으로 너무 빼버렸나? 문수가 저 강 건너편 풍경이 좋은 곳 사진 찍는다고 서있던 걸 지나쳤는데, 그게 자전거길을 지나친 모양. 한참을 가도 문수가 안 따라온다. 나중에 문수가 오고, 다들 '이 길 맞겠지' 하고 위안하며 계속 갔는데 아무래도 도로 표지판이 이상하다. 거기서부터 30분 넘게 길을 헤맸다. 스마트폰으로 길을 찾아봤으나 좀 어렵다. 너무 시골이라 길에 사람이 없고 어디 물어볼 가게 하나 보이지 않고, 나중에

제 길을 찾았어도 길바닥에 그려둔 자전거 그림이 지워져 희미하다. 다른 곳처럼 파란색으로 금을 그어두었으면 좋으련만, 이곳은 아마 사람들이 좀 덜 찾는 곳이라 이런 모양이다. 우리가 계속 정신 바짝 차릴 수밖에.

자전거 종주에서 약간 옆으로 벗어나지만 하회마을은 둘러보고 가야할 곳, 야트막한 언덕길이 몇 개 있다. 흑, 입장료가 개인당 3,000원이라 한 번 몰라고 사람이 너무 많아 두 번 놀랐다. 부용대를 배경으로 사진 한 장 찍고, 천천히 걷는 사람 속도로 가다가 충효당을 지나서는 좁은 골목에 많은 인파로 자전거를 끌고 다닐 수밖에 없었다.

하회마을 나와서 아까오던 방향 생각하고 무조건 좌회전 했는데, 아, 그게 아니었다. 여기서 또 알바 4~5Km. 잠시 시간 계산을 했다. 분당행 막차는 18:30분, 수원 막차는 19:05분… 좀 어렵겠다. 안 되면 서울행 차를 타야하는데 서울까지 3시간 걸리니까 20시 정도에 타야지, 21시까지 가버리면 서울에서 수원방향 전철이 끊어진다. 18시 정도에 인증센터에 닿을 수는 있겠는데 터미널까지가 변수다. 어떻게 하든 마지노선을 안동터미널 도착 20시로 맞췄다.

여기서부터는 길을 잃지 않고 잘 달렸다. 가다가 나중을 생각해서 터미널 가는 길을 물었더니 산보 나온 중년 부부께서 땅바닥에 그림을 그려가며 어찌나 친절히 가르쳐주시는지 감동을 받고, 드디어 18:25 안동댐 물 문화센터 도착. 도장을 찍으며 문수가 "53개, 이제 마감"이란다. 수첩에 있는 인증센터 그걸 다 세어두었단 말이다. 어? 나도 문수랑 똑같을 건데. 나중에 한번 세어봐야지.

아침에 버스가 점촌에 거의 도착할 무렵 백곰 님에게 문자 메시지를 보냈었다. 안동까지 자전거를 타고 갈 일이 생겼는데 요즘 혹시 안동에 계신지. 화들짝 놀라신 백곰 님에게서 전화가 왔다. 안동에 오면 그냥 가지 말고 꼭 한 번 만나 뵙길 원한다고, 마침 오늘 전시회가 있다며 장소를 가르쳐주셨다.

터미널 가는 길에 잠시 안동문화예술의 전당에 들렀다. 십여 년 전 내가 다음(daum.net)에서 칼럼을 시작했을 때 칼럼식구로 알게 된 안동의 백곰 님. 나랑은 갑장이고 알고 보니 내 군대 친구 고 병장과 초등학교 동기동창으로 서예작가 월사 박영숙님이다. 전시시간이 18:30분까지라 찾아주신 손님들과 저녁을 같이하러 식당으로 이동 중이라던데, 여기까지 오셨는데 얼굴 한 번뵙는 게 도리가 아니겠냐며 손님들을 식당에 모셔두고 잠시 전시관에 돌아가서 기다리겠단다.

안동탈춤페스티발이 있어 그런지 수많은 인파로 가는 길이 너무 복잡해 마지막 일부구간은 자전거를 끌고 갔다. 18:40분 전시관 도착. 아이고, 나는 백곰 님이 서예전시회에 작품 몇 점 출품한 줄 알았는데 그게 아니고 개인전이었다. 정말 놀랍고 축하해 드릴 일이었다.

주부에, 안동주부문학회 활동에, 늦은 나이에 대학교에 진학해서 딸아이와 같은 나이 또래의 학생들과 같이 공부하고 이제 졸업한 만학도에, 언제 저런 열정과 끼를 가지고 서예를 해서 저런 경지에 도달하고 또 새로운 시도까지… 가는 길에 꽃가게가 없어 빈손으로 간 게 너무 미안했다. 식당에 손님들 앉혀두고 오신 백곰 님이나 막차시간 놓치면 안 될 우리들이나 바쁘긴 매한가지. 하지만 최대한 시간을 절약해서 한 작품 한 작품, 뜻과 작업과정을 설명해 주신다. 다시 한 번 백곰 님의 뜨거운 정열에 비해 나는 왜 이렇게 게으르게 사는지 부끄러웠다.

백곰 님을 처음 뵌 것은 2001년 내가 중학생들을 데리고 경상도와 전라도로 수학여행 갔을 때였다. 안동 하회마을을 학생들과 같이 돌때, 잠시 똑 이날처럼 10여분 얘기하고 헤어지고는 12년 만에 처음이다. 오늘도 그렇다. 바람에 스치듯 하는 인연이다. 늘 건강하시고 좋은 작품, 마음에 드는 작품, 주위를 환하게 밝혀주는 그런 작품 많이 만드시길 기원 드린다.

자, 이젠 터미널을 향해 출발이다. 금방 어둠이 내린다. 계속 강변의 자전거 길을 직진한다. 지나가는 우리 어깨를 툭툭 치는 키 큰 코스모스들, 낮에 보았으면 장관이었을 텐데. 길은 어둡고 마음은 바쁘고, 예상보다 길이 멀다. 마지막 부분, 자동차 도로로 나오니 오르막이 한참인데 가로등도 없다. 어둡고, 다니는 차는 많고, 그도 대부분 트럭이나 버스, 대형차들이 많이 다녀 위험했다.

표지판이 없어 터미널을 바로 지척에 두고도 쉽게 못 찾다가 안동터미널 도착한 게 19:35. 제일 빠른 표가 서울행 20:10. 표를 끊고 개찰구 나가니 마침 버스가 대기 중이다. 미리 자전거를 실어둔다. 30분 정도 남았으니 식사 가능하다. 우리는 안동 간고등어를 먹고 싶었지만 식당 아줌마는 시간이 좀 걸린다고 비빔밥을 권한다. 비빔밥 먹고 버스타고 졸다가 서울 강남고속터미널에 내리니 11시. 도다리와 헤어지고 문수랑 둘이 전철을 타고 돌아온다. 문수는 오늘 엉덩이 부분이 쓸려서 컨디션이 계속 안 좋았단다. 때문에 내일 아침 나랑 같이 움직이기로 한 영축산 산행 선발대로 떠나기가 힘든 상황. 아쉽다. 죽전역에서 문수랑 헤어지고 집에 오니 12시가 훌쩍 넘었다.

아, 올해 시작한 자전거 여행. 국토종주에, 4대강 종주에, 섬신강 종주, 북한강 종주, 충주댐 인증, 안동댐 인증까지⋯ 현재 아직 개통하지 않은 제주도를 제외한 우리나라 모든 자전거도로 인증센터는 다 돈 셈이다. 올해 목표는 초과 달성이다. 내년엔 또 어디 신나는 길이 기다리고 있을지, 문수는 아까 정지용 시인의 고향 '옥천 향수길'을 얘기해주며 같이 가보자던데⋯

(2013. 10)

해옥 씨,
북한강 라이딩…

작년 가을에 친구들과 북한강 라이딩을 했는데 경치가 너무 좋아서 아내에게 한 번 꼭 보여주고 싶었다. 아내는 그간 자전거 연습을 좀 했으니 어지간하면 타 내지 않겠나 하는 마음이지만 긴장이 되는 것은 둘 다 마찬가지.

2014년 4월 5일, 토요일. 아침 7시 기상, 예정보다 좀 늦은 편이다. 간단히 아침 먹고 죽전역으로 자전거를 몰고 간다. 전철에 싣고, 갈아타고, 상봉역에서 자전거 싣고 다행히 앉아갈 수 있었는데 자전거 라이딩 나온 사람들이 많은 걸 보고 아내가 놀란다.

10시 20분경 춘천역에서 오른편으로 라이딩을 시작. 좀 가다 건널목을 지나 방둑 길로 간다. 소양강 처녀 뱃사공 동상을 만나 사진을 찍고 잠시 구경. 그 다음부터는 주욱 북한강 라이딩 코스를 계속 고고. 아내는 경치가 좋다고 감탄한다. 좋은 풍경 앞에서 사진도 찍고 간식도 먹으면서 쉬어간다. 일기예보에 오늘 오후 2, 3시경 춘천의 강수량은 1~4mm라 하기에 크게 걱정 안했는데 아까부터 부슬부슬 내리기 시작한 비가 좀 신경 쓰인다.

강촌교를 만나면 횡으로 건너고 다리 끝에서 우회전해야 하는데, 그냥 강촌교에서 직진을 했더니 강을 왼쪽에 두고 계속 자전거길이 나온다. 북한강 자전거길 맞기는 한데 파란색이 없는 것을 보면 비공식적인 길이다. 가다 보면 건너갈 다리가 있겠지 생각하며 강을 왼쪽에 끼고 계속 간다. 길에는 지나다니는 사람 아무도 없고 우리 둘 뿐의 호젓한 라이딩이다.

안내판을 보니 춘성대교를 건너면 본래 예정했던 자전거도로로 나갈 수 있겠다. 춘성대교를 건너 자전거길 찾느라 좀 돌다가 우선은 점심 해결하러 식당을 찾았다.

춘자네 식당. 가정집을 개조한 닭갈비 전문식당이다. 식당 이름은 촌스럽지만 또 한편 정답다고 말을 건네니 사장님, 춘자 씨는 여수 돌산도 출신이란다. 돌산에서 여기까지 멀리도 오셨다니까, 저기 일하는 우리 남편을 잘 만난 죄로 이 나이에 식당을 하고 있다며 웃으신다. 여수 돌산 출신이라 그런지 맛이 깔끔하니 좋은데 특히 국물 갓김치 맛이 일품이다. 아내는 사장님에게 맛을 내는 비결을 배운다고 귀 기울여 듣고 있다. 그 사이에 평생동지 춘자씨를 도와 식당 써빙을 하고 있다는 주인아저씨는 부지런도 하셔라. 옆 테이블 손님들이 나가자마자 상을 치우러 와

서는 그 상만 치운 게 아니라 아내의 소줏잔에 남은 술을 빈 그
릇에 비우더니 잔까지 가져가 버렸다.

"허허. 사장님. 제가 간만에 와이프랑 술 한 잔 하는데 그걸 비
아뿌몬 우야능교?"

"아이구 죄송합니다. 나는 이쪽 테이블 잔인 줄 알고… 새로
한 병 갖다드릴게요."

"하하. 아닙니다. 갈 길도 제법 남았고 술 더 마시면 안 됩니다.
다음에 오면 한 병 주이소."

"호호. 이 양반은 도와준다는 게… 너무 부지런해서 저리 사고
를 쳐요. 죄송합니다. 다음에 또 오세요."

음식 솜씨 좋은 춘자씨와 마음 넉넉하신 아저씨의 배웅까지
받고 길을 나섰다. 좀 가다가 경강대교를 건너자 비가 쏟아진다.
손발이 시릴 지경이다. 음… 비 피할 데도 없고, 아내는 방수가
되는 바람막이를 입었지만 비가 계속되면 추위를 감당하지 못할
것 같다. 강을 건너 청평역에 들어가 좀 쉬면서 비가 그칠 기미
가 안 보이면 라이딩을 포기하고 전철을 타고 돌아가기로 했다.
다행히 빗줄기가 좀 가늘어진다. 아내에게 갈 수 있겠는지 어떤
지 물었다.

"이왕 비 다 맞은 것… 비가 더 안 오면 끝까지 가요. 언제 또
와질지 모르니까."

"그래, 맞아. 당신 여기까지 쉽게 오지는 못 할 거라, 함 가봅시다."

다시 강을 건너가려고 나섰는데 길을 잘 못 들어 솜 헤맨다. 결국 아까 비 맞고 온 그 길로 되돌아가서 파란색 자전거 길로 접어든다. 비는 그쳤지만 기온이 내려가 손이 많이 시리다. 춘천에는 아직 벚꽃이 이르더니 여기는 좀 남쪽이라고 제법 벚꽃구경을 할 수 있다. 중간 중간 꽃을 뒤로하고 사진을 찍는다. 삼거리를 지나 계속 오는 데 어느새 어둠이 내리기 시작한다. 손이 너무 시려 카페에 들러 커피 한 잔 하면서 장갑도 말리고 불을 쬐니 좀 낫다.

물의 정원 액자에서 사진 찍으려 했는데 모르고 지나친 모양이다. 다음에 언제 데려올 수 있을까 혼자 속으로 생각한다. 마지막 인증센터 앞에서 도장을 찍고 운길산역에 닿으니 8시 50분, 라이딩 시작한지 10시간 30분 걸렸다. 비도 맞고, 손도 시리고, 춥고, 고생 많았던 해옥씨. 해냈다는 만족감에 환호를 지른다.

운길산역에서 전철을 타고, 왕십리를 거쳐 죽전에 닿으니 10시 50분경. 집 앞 해장국집 식당에서 늦은 저녁을 먹고 돌아온다. 총 87Km. 해피 산책시켜주고 샤워하니 12시 40분. 해옥씨, 수고했습니다. 당신 정말 대단합니다. 다음에도 좋은 데 같이 갑시다.

(2014. 4)

물금역에서 그대를…

아니 勿, 금할 禁의 물금, 물금역이다. 낙동강을 끼고 그 옛날 가야와 신라 사이에 사람 왕래가 하도 많아 여기선 통행을 금하지 말자고 해서 생겼다는 이름의 勿禁. 요즘 말로 경제자유구역 물금. 언제 어느 때 나랑 인연 맺어졌는지, 십 년 전 동생집에 잠시 얹혀살았던 여기 물금에 서면, 예쁜 이름 탓인지 몰라도 난 왠지 모르게 누군가 그립고 어디서 날 반가이 맞아줄 여인이, 까꿍! 하며 상큼한 미소 띤 얼굴로 나타날 것 같은 착각에 마음이 설렌다.

저 건너편에는 오봉산이 보이고, 오봉산 여인의 봉곳 솟은 가슴도 보이고, 그 옛날 여기 어디메쯤 사랑스런 여인이 살았던 듯, 마음이 끌리는 여기 물금역 플랫폼에 늦가을, 겨울을 부르는 바람이 분다. 기차를 기다리며, 방금 점심 같이 했던 형님과 동생, 어려서 매일 한 방에서 한 이불 덮고 지냈던, 매일 한 상에서 머리 맞대고 같이 밥을 먹던 형과 아우를 생각한다. 이제 일 년에 겨우 몇 번, 제사나 친척 경조사 때, 잠시 만나 얘기 좀 하다 각자 제 가족 곁으로 돌아가는 나이 든 내 형제. 그러니까 이젠 가족이 아니고 그냥 형제구나. 나이 든 형제끼리 물금에서 생신회를 놓고 낮술에 이런저런 얘기를 했다. 형님은 동생들 사준다고, 동생은 형님들 대접한다고, 서로 계산하려는 걸, 내가 하면 형님 노릇, 동생 노릇 한 번에 다 하니까 제일 폼 난다고 내 카드를 긁으라 했다. 횟집 사장님도 형제간 우애를 눈치 채곤 환하게 웃는다.

같이 자리하지 못한 아버지, 어머니, 누님이 몹시 그립고 보고 싶다. 그리워하는 것도 보고 싶은 것도 금할 수 없는 여기는 물금. 아니 勿, 금할 禁의 물금이다. 물금엔 그 언젠가 내 사랑하던 사람과 내 사랑하던 강아지가 살다 간 곳이다. 내 그리움과 사랑과 인연을 묻어둔 예쁜 이름 물금을 뒤로 하고 기차는 달리고 내 사랑도 달린다. 어릴 때 아무도 모를 곳에 내 구슬을 묻어 둘 그때 그 두근거림처럼 사랑과 인연과 그리움과 세월이라는 기차 바퀴는 두근두근 소리 내며 쉼 없이 굴러간다. 그대에게로…

(2014. 11)

도다리의 자전차 일기

2014년, 올해도 어김없이 새해 아침이 밝아왔다. 새해가 되면 누구나 그럴듯한 결심을 한다. 나도 누구나처럼 그럴듯한 결심을, 내가 나한테 은밀히 속삭였다. 그간 미뤄왔던 소설 '대망'을 독파하자. 가능하면 봄이 오기 전에 끝장을 낸다!

독서를 좋아하는 편이지만 이제 장시간 독서하기엔 무리다. 무엇보다 눈이 아파 오래 볼 수가 없고 일본 소설은 특히 어렵다. 복사한 17세기 일본의 지도와 주요 인물 이름을 적어 둔 메모지를 책에 끼워두고 읽어도 예상보다 진도가 잘 나가지 않았다.

총 12권에 각권 620~630쪽의 활자 빽빽한 대망. 그래도 내게 좀 한가한 편인 1, 2월. 두 달 만에 끝내려고 바짝 붙어 1월 1일, 새해 첫날부터 참으로 무드 없이 대망 책을 잡고 앉았더랬다.

세상사 정말 한 치 앞도 알 수 없다더니, 가족들 앞에 올해는 거의 매일 자전거를 타겠다고 가장으로서 엄숙하게 맹세를 한 것도 아닌데, 그놈의 까톡! 까톡! 하는 그 카톡! 소리 땜에… 우야다 보니, 내가 2014년 새해 첫날, 그것도 춥고 어두운 밤에, 읽던 대망 책을 놓고 아직 군데군데 빙판이었던 위험한 밤길에 자전거 핸들을 잡고 있더라.

아직 '장군'이란 칭호도 없었고 '천사'라는 애칭도 없던 자전차 일기의 석기시대라고나 할까? 하여간 지금의 봉장군 재봉이와 1월 1일 야밤에 둔전교를 다녀와서는 미금역 선술집에서 막걸리 한 병 놓고 마주 앉았다.

재봉이가 제비도 아니면서 어디서 박씨를 물고 왔는지 이상한 소문을 전했다. 도다리 이름이 박모철이니 박씨 맞제?

"상국아, 도다리가 올해 자전차를 매일 탈 끼란다."

'으잉, 이 추븐 겨울에 자전차를 매일 탄다꼬? 도다리가 혹시 실성을?' 이런 생각을 하고 있는데 재봉이가 한 술 더 뜬다.

"그라고… 도다리가 자전차 일기를 매일 쓸 끼라 카던데?"

'뭐시라? 자전차 일기를 그냥 쓰는 기 아이고… 매일… 쓸 끼라꼬? 도다리가 일기에 목을 맨단 말이제? 도다리… 할 일이 그리 없나?' 그랬다. 평소 도다리 짓을 자주하던 도다리 지가 어찌 말 같은 말을 했겠냐만, 재봉이가 전하는 도다리 말은 정말 말도 아니었다. 근데, 도다리 일마가 진짜 할 일이 없는지, 다음날부터 일기를 매일 써나가는 기라. 나중에 만나 보니 정말 할 일이 별로 없긴 없더라만 그래도 지가 여자랑 연애하는 것도 아닌데 자전차 일기를 매일 매일 써나간다는 기, 이 나이에 어디 쉬운 일인가.

도다리의 자전차 일기, 처음엔 대수롭지 않게 보였던 도다리 일기에 구르메 친구들 근황이 이런저런 사진과 함께 나오고, 할 일없는 도다리가 매일 쓰는 일기에, 또 비슷하게 할 일 없던 우리가 읽어보니 무척 재밌는 기라. 도다리 일기 연재되는 것을 목을 빼어 기다리던 내가 도다리 일기에 자주 등장하다 보니 '대망' 읽는 것을 자주 빼먹고 얼떨결에 1,004Km를 처음으로 주파해서 자칭 '천사'가 되었다. 도다리가 즉각 두 번째 천사로 따라붙고, 그 때부터 선의의 경쟁이 펼쳐지면서 겨우내 집에서 움츠렸던 구르메들이 봄이 되자 기지개를 켜기 시작, 쫄때기 구르메들이 하나, 둘. 천사 장군으로 태어났다.

그동안 우리가 지나다닌 길가 풀숲이나 방둑에는 예쁜 꽃이며 풀이며 나무들이 우릴 반기고 응원했다. 무리지어 핀 개나리가 노랗게 방둑에 울타리를 치고, 벚꽃은 불꽃놀이 하듯 하얀 튀밥이 되어 천지사방에 흩어졌다. 환하게 피어나 설레임에 가슴 떨었던 벚꽃터널이며 분홍색 저고리의 얌전한 시골처녀 진달래.

조팝나무 꽃이 희게 필 때는 그 꽃 이름을 물어보던 누님 생각으로 마음이 아팠다. 노란 유채꽃은 나비를 불러 같이 놀았고, 붉은 꽃 토끼풀이 지천이었으며, 보고 있으면 마음이 새파래지는 청보리가 바람에 흔들리면 내 마음도 흔들렸고, 어느새 보리가 누렇게 익어 갈 때 마음이 왠지 모르게 서글퍼지는 것은 할일없이 깜부기를 찾아 헤매던 저 유년시절의 내가 생각나기 때문이다. 나팔꽃과 메꽃은 풀숲에 숨어 얼굴만 빼꼼 내밀어 인사하고, 내가 특히 좋아해 지금도 볼 때마다 가슴이 두근거리는 주홍색 나리꽃이 무리지어 피어났다 지고, 노란 금계국이, 백일이나 붉다는 백일홍이, 언제보아도 가냘프고 예쁜 코스모스가 바람에 한들거리며 눈길을 잡더니만 어느 날부터 자취를 감추자 억새가 하얗게 머리를 풀기 시작하고, 새벽 탄천에는 물안개가 피어오르고, 아… 서리가 내리더니 또 어느새 하얀 눈이 내려 길을 덮었다.

천사, 이천사, 삼천사, 사천왕, 반만사… 도다리가 2월에 자전거 사고를 당해 땅바닥에 한 번 크게 굴러 열흘정도 집에서 안정을 취하며 쉬더니, 그 이후로 머리가 좀 더 좋아진 것인지, 세상 어디에도 없었는데 다치고 난 도다리 머리에서 나온 6천군, 7천웅, 8천인, 망만사, 구루라는 칭호가 탄생되었고, 우리 모두 장군이 되어 즐거웠다.

하여간 할 일 없던 도다리가 할 일 없이 자전차 일기를 마지막까지 단 하루도 빠트리지 않고 계속 써온 덕분에 심신의 건강과 자신감까지 두 마리 토끼를 잡은 것 같고, 이를 계기로 앞으로 더 크고 좋은 일이 펼쳐지리라 믿는다. 도다리 대장 아래 구르메 친구들 모두 하나같이 이 일기를 엮는 데는 주연, 조연, 가릴 것 없이 모두 주인공들이었고 자전차일기 독자로서 참 즐겁게 보낸 2014년임에 틀림없었다.

'만사'를 향해 불철주야, 남으로, 북으로, 동으로, 서로, 자전거 둥근 바퀴 굴러갈 수 있는 곳이라면 그 어디든 가리지 않고 들이 대던 무대뽀 도다리, 별을 달아야 장군이 되는 줄 알았는데 자전차 구르메 친구들을 죄다 장군으로 맹글어 준, 통 큰 도다리. 이윽고 꿈에 그리던 10,000Km 주파한 만사, '구루' 칭호를 받은 도다리, 10월에 척추 디스크 수술을 받고 약 열흘간 병원 신세를 지던 어느 날, 친구들 만나 자전차 타고 돌아 댕겼다는 게 꿈이란 걸 알고 잠에서 깨어 우울했던 도다리, 이제 퇴원을 해 꿈이 아닌 현실에서 다시 자전차를 탄 도다리가 연말까지 일기를 계속 쓰고는 마침내 2015년 초 자전차일기를 책으로 만들어

낼 것이다. 도다리의 자전차 일기가 책이 되어 우리 손에 들어올 때 모두 진심으로 축하하며 다 같이 크게 외칠 것이니…

"앗싸! 도다리! 앗싸! 30구르메!"

(2004. 12)